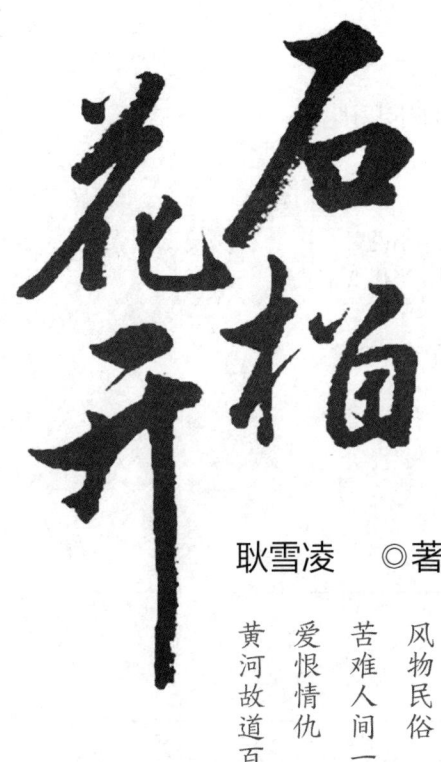

耿雪凌 ◎著

风物民俗
苦难人间一曲绝唱
爱恨情仇
黄河故道百年沧桑

人民日报出版社

图书在版编目（CIP）数据

石榴花开 / 耿雪凌著. -- 北京：人民日报出版社，2019.4
ISBN 978-7-5115-5886-2

Ⅰ.①石… Ⅱ.①耿… Ⅲ.①中篇小说—小说集—中国—当代②短篇小说—小说集—中国—当代 Ⅳ.①I247.7

中国版本图书馆CIP数据核字(2019)第057530号

书　　名：	石榴花开
作　　者：	耿雪凌
出 版 人：	董　伟
责任编辑：	袁兆英
封面设计：	邢海燕
出版发行：	人民日报出版社
社　　址：	北京金台西路2号
邮政编码：	100733
发行热线：	（010）65369509　65369527　65369846　65363528
邮购热线：	（010）65369530　65363527
编辑热线：	（010）65363105
网　　址：	www.peopledailypress.com
经　　销：	新华书店
印　　刷：	北京中科印刷有限公司
开　　本：	880mm×1230mm　1/32
字　　数：	197千字
印　　张：	10.25
印　　次：	2019年4月第1版　2019年7月第3次印刷
书　　号：	ISBN 978-7-5115-5886-2
定　　价：	36.00元

引子（代序）

在这个人物众多，关系错乱，时间漫长的故事叙述中，我得先告诉你们几个关键人物的名字，生了十九个子女、打劫自己亲爹的女人叫石榴，害死自己男人的女人叫小麦，跳湖自杀的女人叫大麦，原都是真实的人物，是与我血脉相连的亲人，她们的身份分别是我的姥娘，我的二姨，我的娘，那个叫鲜花的男人是我爹。关于她们的一些记忆，关于这个庞大的家族，关于这个庞大家族相关的人物，都是我的家人，亲人，她们与我荣辱与共，休戚相关。年轻的时候，她们的故事像一个幽灵，像一场噩梦，在万籁俱寂的漫漫长夜，不经意间就袭击了我，缠绕了我，窒息了我。我避之唯恐不及。直到知天命的年纪，一种叫作宿命的东西光顾了我，笼罩了我，在我心里安营扎寨，名利，生死，身份，地位，乃至鬼魂，都成了稀松平常。我的心四平八稳，我有了足够的勇气和镇定，坐在电脑前，敲打键盘，用文字记录。彼时，那个

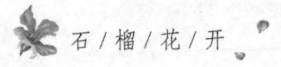

叫石榴的老女人,她就坐在我的背后,有时候又来到我的电脑前,她用沉着狡黠的目光打量我,审问我,你写的啥?我写的啥?在她强大的气场面前,我的镇定瞬间丢盔弃甲,土崩瓦解。我的心一阵慌乱,我躲着老太太鹰一样的目光,嗫嚅着,没敢说出"写的你"这几个字。

事实是,这个目光炯炯的老太太,在一天晚上,她来到我电脑桌前,坐在我身旁,无比坦然地对我说,我知道你写的我,你不用遮遮掩掩,你写吧,我经历的事,够你写一本书。石榴,这个在别人眼里浑身上下细枝末梢都充满故事的老女人,在她九十岁的时候,终于和岁月达成了和解,在无数个晨昏和白昼,只要我愿意听,她就来到我身边,细细碎碎地讲述。或慷慨激昂,或黯然神伤,或欲言又止,含羞如少女。当然,以她九十岁的年龄,免不了颠三倒四,免不了重复混乱,也免不了放屁打瞌睡。也许,她的讲述有所取舍,有所回避,她的讲述,只是她生命的一鳞半爪,只是她生命的冰山一角。也许,她的讲述,对自己的美德,有所夸张和美化,这都是极有可能的事,也是情理之中的事。也当然,这本书不是老太太的一家之言,有的是我深入采访得来的,有的是我道听途说得来的,有的是我亲眼看到亲身感受的,有的是我想象杜撰出来的。

老年的时候,石榴打一种纸牌的麻将。回老家,我喜欢看她一本正经地打牌,一本正经地为一毛钱和牌友争得面红

/ 引子（代序）/

耳赤。牌桌上几个老太太平均年龄在八十二岁，老太太年岁是最大的，眼不花耳不聋，账面上也丝毫不含糊。

石榴家一亩多地的农家院落，方方正正，院子里有结串串榆钱的老榆树，有挂嘟噜槐花的老槐树，有秋天树叶红艳艳的银杏树，还有杏树桃树李子树，树下墙根下长着鲜嫩的婆婆丁和荠荠菜；院子一角，石榴种了一畦菠菜和油菜，还种了几垄麦子。油菜花开黄灿灿，麦香闻着睡觉沉。堂屋东面的空地上长着一棵老槐树，有些年头了，两人合抱不拢。石榴说，这棵树，住着老神呢。几次要刨，都差点出事。饥荒年，想刨了卖钱，刚动了几锨土，树梢头凭空就炸了咔嚓咔嚓的响雷。还有一次，石榴起夜小解，说是听到老神在树上说话了。说的啥，石榴说，不能说，说出来就不灵了。逢年过节，石榴都给树上老神上香上供的。

石榴的喜活是在她八十四岁那年预备下的，石榴说，七十三，八十四，阎王不请自己去。石榴给院子里的那棵老槐树连着烧了三天香，上了三天供，石榴跟老槐树说，人家靠人过，俺家靠神过，老神您保佑俺人丁兴旺，居家平安，俺要您到地下也陪着俺，保佑俺。香雾缭绕中，三舅请人刨了老槐树，请了马家寨最好的木匠。活是好活，一拃多厚的板子，都是独板，没用一根钉，都是用榫子合的。五尺五寸高，七尺七寸长，亮亮堂堂的。喜活搁在石榴床前头，当粮囤十多年。这个一生孕育十九个娃、养活十八个的老太太，睡在

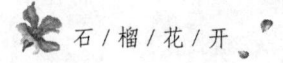

一个冬天飘着雪花的静谧夜晚,没再醒来,享年一百零一岁。

在石榴家绿树成荫、花香果香烂漫的院子里,我喜欢听老太太和牌友说家长里短,喜欢听她们讲陈年芝麻谷子事。

传言老太太会打双枪,还传言说,她为了养活儿女,打劫了自己的爹。关于石榴的故事,我添油加醋,恣意妄为,洋洋洒洒写了四万多字,我把石榴放在第一章,她也必须是第一章,她爹的脑袋在一个夜晚呈现出一个血窟窿。以此章节改编的中篇小说《石榴》获得"喜迎党的十九大"主题文学征文优秀奖。第二章我浓墨重彩地写了石榴的两个女儿大麦小麦和一个男人的故事,他们是我娘我二姨和我爹,他们畸形悲壮的三角恋,是我的痛,也是我的幸。这个章节作为独立中篇小说《大麦小麦》刊发于《湖南文学》2016年第7期主编推荐头题,获"大美菏泽"文学大赛小说故事类一等奖,获《齐鲁文学作品年展2016》优秀奖,获菏泽市首届"牡丹文艺奖"。《湖南文学》主编黄斌老师的推荐语是这样写的:"大麦和小麦,两姐妹都经历过被人强暴的劫难,在大麦心里留下的是难以言说的恐惧及对生活的消极,于小麦反而激发出了身体里原始的性,她对性不可遏制地追求,她与姐夫不伦之恋所开的恶之花,害死了丈夫,葬送了姐姐,间接造成了侄儿的死亡,大麦、小麦、鲜花、石榴、马驹、菜篮子等一众人物,如同大地上的一株株植物,带着粗粝,带着爱恨,鲜活于读者眼前。小说浓郁的原生气息,表现人

/ 引子（代序）/

性的欢乐时也反映了人性本能的逼迫和不堪。"关于她的非主角子女，关于我舅我姨那一代芸芸众生相，我写在第三章，他们是我们的父辈母辈，是生活在你我身边的普通人，普通人的故事有血泪也有温暖。第四章写了石榴的孙辈，写了一个叫麦芽的女人，写了我，写了我和麦芽的纠结缠绕。这个章节里承载着你我的童年，以及你我童年的伙伴与闺蜜的故事。第五章写了生死轮回，写了石榴的晚年。生命从始点走向终点，是一场轮回，也是一个圆满。哪一章都离不了石榴，就像瓜离不开秧，鱼离不开水。每一章故事都关联纵横又相对独立，它们仿佛从石榴家源头滋生蔓延开来的无数河流，每一条河流都沿着各自的生命轨迹奔流，在奔流不息中交汇、融合、分离，分离、融合、交汇；它们又仿佛是石榴手中放飞的风筝，纠结缠绕，又各自挣脱，只是，它们无时不在感受着源头的召唤，就像河流终将汇入大海，就像生命终将落入尘埃。

  黄河故道宽阔的河底生长着莽莽苍苍的芦苇和蒲草，两岸树林茂密苍盛，故道高滩地广人稀，多种植耐碱的碱谷、黍子、稷子和高粱，最适合隐蔽，自古是兵家必争之地。故道北岸的浮龙湖、浮岗集是解放区，是八路军、游击队的根据地，马家寨则是七路顽杂盘踞之地，故道以南的利民县是日本鬼子的窝点，故道一带是几股军事力量经常拉锯交锋的区域，加上汉奸、土匪横行，这里各种武装力量交错混杂，

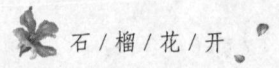 石/榴/花/开

枪声多，抓人多，死人多。

　　石榴花开，是一个关于记忆的故事。发生在黄河故道方圆几百里、纵横几十年的故事，我放在一个名叫石榴的女人的家庭里来写。在这个关于记忆碎片的叙述中，我是一个叙述者，旁观者，同时也是这个庞大家族中的一员，参与其中，深陷其中，我惶恐着，不知道故事是否可以这样叙述，不知道这样叙述是否会得到读者的认可和喜爱。

目 录

001 **第一章 石榴**

一九三八年的星空　　　　　　　　002
马家寨　　　　　　　　　　　　　013
嫁作他人妇　　　　　　　　　　　019
活埋　　　　　　　　　　　　　　022
摇啊摇，摇到外婆桥　　　　　　　027
石榴爹的脑袋被砸一个窟窿　　　　037
蚂蚱盛宴　　　　　　　　　　　　039
马家寨战斗　　　　　　　　　　　042
姥爷娶了小老婆　　　　　　　　　049
石榴的身体像一座春天的花房　　　053
黄河故道鬼故事　　　　　　　　　055
拉大锯，扯大锯，姥娘家唱大戏　　062
废墟中的中药房　　　　　　　　　066
石榴是个狠角色　　　　　　　　　072
石榴把家搬到了龙门口　　　　　　076
石榴和土匪　　　　　　　　　　　077
石榴自己家成立了革命组织　　　　082

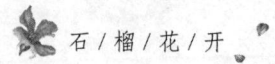

龙门口的传说	086
九姨说，二妮子和你爹搞破鞋	089

091　第二章　大麦小麦

大麦和小麦	092
大麦	101
鲜花	102
月亮湾	104
小麦	107
马家寨的戏班子	108
马驹	113
大麦和鲜花	115
提高警惕	116
鲜花和大麦	118
小麦	121
马驹和小麦	123
马驹和他背后的菜篮子	126
小麦的麦秸垛	131
鲜花的麦秸垛	133
小麦的蜜月爱情	135
大麦和小麦	140
大麦的蓟菜芽花	147
鲜花打了大麦	150
马驹和小麦	155

	水淋淋的大麦	156
	小麦	158
	小麦的饺子宴	160
	小麦	162
	小麦嫁了又嫁了	164
167	**第三章　多子多福**	
	说书的瞎子	169
	神婆	179
	本是同根生	186
	修鞋匠	202
	花痴	206
	遭遇黄皮子	210
	娶了俩媳妇	221
	像父亲一样	229
237	**第四章　我和麦芽**	
	子孙	238
	童年	241
	麦芽	245
	我	248
	麦芽嫁了个傻子	250
	麦粒死了，麦芽男人也死了	254

我男人死了	260
我给麦芽交了住院费	262
就算是事实真相	263
麦芽又嫁了个傻子	265
麦芽和另一个女人的博弈	267
我的生活一团糟	274
情人	276
还债	278
麦芽来了	280
我和麦芽	284

285   第五章   生命是一场生死轮回

麦芽和石榴	286
麦芽和小麦	288
老君庙	290
石榴	291
石榴成了接生婆	293
舅爷	297
石榴的大烟袋	298
生命是一场盛大的生死轮回	300

304   跋：生命是一树繁花，写作是一场修行

第一章 石榴

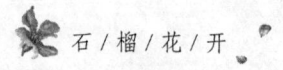

一九三八年的星空

一九三八年六月,花园口黄河大堤决堤的前一夜,石榴蜷缩在她爹赶着的毛驴车上,昏昏欲睡。那一年,她十三岁。夜,墨一样黑。毛驴车在夜的心脏里哒哒前行,天地静默。麦子的甜腻气息热烈浓郁。间或,呱呱呱咕的叫声划破夜空,像来自另一个世界。记忆里,呱呱呱咕叫声一起,紫灵灵水嫩嫩的桑葚子要熟了,黄灿灿鼓胀胀的麦子能燎吃了,呱呱呱咕在天上叫着割麦种谷,她在地上嚷嚷着葚子熟透麦子熟透。

石榴沉浸在一个梦里。梦中她似乎睡在摇篮里,又似乎荡漾在她家后院的秋千上。空中飘着麦子的香,飘着桑葚子的甜。她的娘,笑意盈盈地在一旁看着她。娘说,妮,吃饭啦。就是这一声呼唤把她唤醒了吧。石榴回到了现实里,听见了嗒嗒的驴蹄敲击着地面,听见了呱呱呱咕的叫声在夜空里孤寂清冷。石榴从篷车里探出头,睡眼惺忪,带着哭腔问,爹,咱到哪啦?咱快到了不?她的爹,水门镇的钱庄老板,打一个长长的哈欠,低沉着声音说,妮,快了,用不了天明就到了,搭船时爹叫你,你睡吧。石榴憋着一泡尿,对爹说,爹,你停一下。

爹把石榴抱下车。石榴走开几步,蹲在路旁小解。出家门时娘给爹穿一身家染酱色旧衣裤,给她也穿了一身粗布棉夹衣。夜的清冷里她打着寒噤。憋得久了,尿得急,一条水柱带着沙沙的响声滋得远。老话说得没错儿,姑娘尿一条线,媳妇尿一大片,松软的沙土地滋出一个水窝窝,沙沙的响声叫她觉得难为情。

麦田匍匐在夜里,像小姑娘安睡在娘的怀抱里。夜空幽深高远。星星满天,遥远如梦,仿佛又触手可及。这是石榴一辈子见过的最多的星星,这是她一辈子见过的最辽阔的星空。漫天的星星对她眨眼睛,对她一个人说着悄悄话。间或,有流星滑向夜的深处。她们也是调皮的孩子,玩耍累了,要回娘怀抱去了吧?她们手里的灯笼可真明亮啊。不知道她们的灯笼是啥样的,是兔子灯、牛蛋灯,还是她最喜欢的走马灯呢?她看见勺子柄朝向东南的勺子星,看见亮灿灿的天河,没找见牛郎织女星。牛郎织女在偷偷相会吧。她蹲着,瓷白圆润的小屁股露在外面,没觉得冷。密密匝匝的繁星吸引着她,她一时忘了身在何处。

夏日夜晚，在院子的石榴树下，她偎在娘怀里，娘给她猜谜语。青石板，板石青，青石板上钉洋钉。娘给她讲牛郎织女，讲勺子星。她跑出娘的怀抱仰头看。院子里的天空被树遮挡，被房檐遮挡，只有石槽大的一片，星星孤单单的，只有那么凄惶惶的几颗。

这个在旷野被繁星一时迷失的小姑娘，这个没经受过任何风雨的石记钱庄的大小姐，这个为了躲避灾难第一次出远门的大小姐，她还不知道她的好日子回不去了，她的好日子都即将成为过往，她将永远地失去她的娘，她的哥。

几个时辰之后，她三百里之外的家，她的娘，她的三个身强力壮的哥，都将陷在一片黄河水的泥沼汪洋中。她的娘和两个哥，不久将和她阴阳两隔，她的小哥，将老之时，才得以相见。她的爹，精于算计的钱庄老板，这次是大大地失算了，他将为他的这次失算付出失去老婆和儿子的代价，不久，还将要搭上自己的老命。

爹，啥时候啦？天快明了不？小解之后石榴起身时头有点晕。她仰头看星星把脖子仰疼了，起身时一个趔趄一屁股蹲在身后的麦地上，麦芒扎疼了她的小屁股。石榴走向她爹和驴车，音色里满是委屈。她想家。想娘。想热乎乎的饭菜和被窝。她爹说，妮，四更天了，就快天明了，你再睡会儿，一睁眼，天就明了。石榴被她爹抱上了车，车上满满当当，只在一角给她留了个窝。说是睡，也只能猫狗样蜷着。

第一章 石榴

天色微明时驴车到了黄河故道。石榴的爹从瞌睡迷糊中醒来。两天三夜的日夜兼程实在是累坏了他,也吓坏了他。他一路牵着驴,实在走不动才在车把上坐一会儿打个盹。心疼驴。驴和命一样值钱。一路的胆战心惊。怕遇着二鬼子,怕遇着劫匪,怕遇着小日本。好在一路平安无事,只远远地听到过几声枪响,也不知谁打谁的。石榴的爹把一泡长尿酣畅淋漓洒了,连装了两锅烟狠狠吸了,才叫醒了她。

呈现在石榴面前的是一道宽泛的黄河故道,故道里混沌的河水灰蒙蒙雾蒙蒙,像一个不谙世事的小姑娘,懵懂寂然。故道年代久远,不知道这条河道是黄河哪朝哪代哪年哪月改道留下的,石榴不知道,他爹也不知道。

一九三八年六月的一个清晨,十三岁的石榴站在黄河故道南岸的大堤上,湿露打在她的脸上身上,有点清冷,些微的凉意使她打了一个寒战。石榴茫然回头看一眼来路,小路曲折蜿蜒在无边的麦田里,像一条灰头灰脑的长蛇,把她的家抛在遥远的身后。来自故道两岸,来自河南与山东两省村庄里雄鸡报晓的声音,高亢嘹亮,间或,有狗吠的声音,或远或近地传来。呱呱呱咕的叫声,远了,淡了。

起风了。麦田起了麦浪,河水起了波纹。石榴打一个寒战,又打一个寒战。

一位船老大闻声从岸边的帐篷里走出来,谈拢了价钱,车、驴和人都上了船。在那个一九三八年六月的清晨,小船

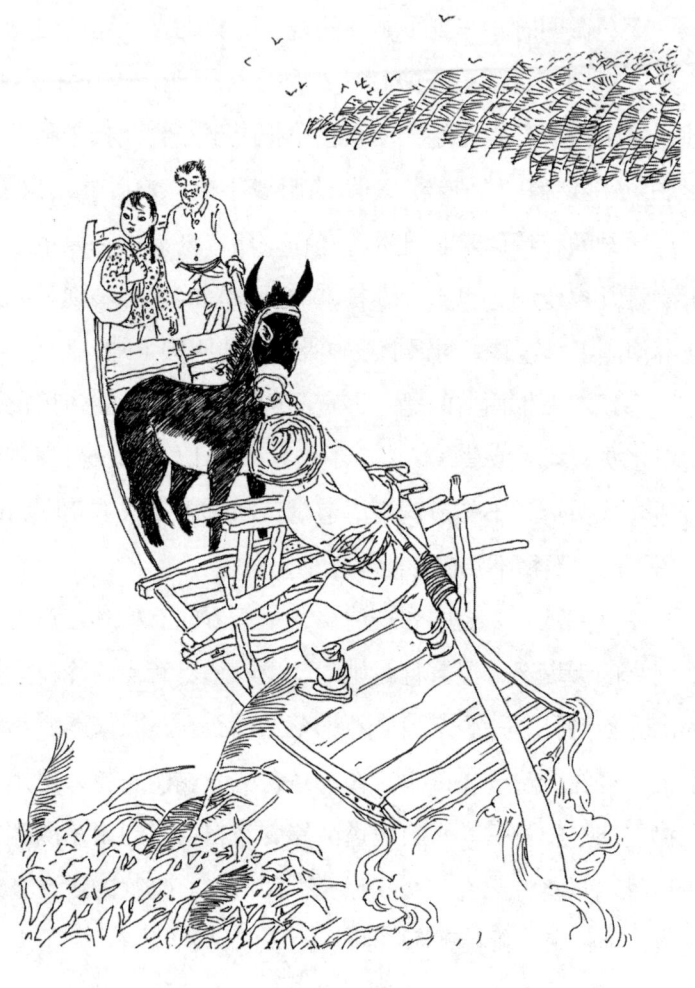

《逃难的石榴》

小木碗,咯噔噔,俺到姥娘家住一冬。姥娘看见怪喜欢,妗子看见瞅两眼。妗子妗子你甭瞅,楝子开花俺就走。葡萄上了架,茄子打提溜。娘的兄弟俺的舅,也不叫俺住个够。

第一章 石榴

载着石榴,她爹,一头毛驴,四只木箱,划过宽阔的黄河故道水面,开启了石榴新的人生。

这个后来成为我姥娘的年轻女人,在以后漫长的岁月里,在她老年的叙述中,她说,八辈子也忘不了过河时的凄惶。夜里星星满天,过河时却瞬间狂风大作,雷声轰隆,大雨瓢泼。事实上,这个十三岁的小姑娘,当时坐在黄河故道风雨飘摇的小船上,在狂风暴雨中,哇哇大哭,号啕不止,一直到上岸,她都浑身战栗着。

正是在这个狂风大作、电闪雷鸣的清晨,滔滔滚滚的黄河水张开血盆大口,吞噬了她的村庄,吞噬了她家的房屋,吞噬了她的童年。她的娘,脑袋砸在了房梁下,血流如注,旋即毙命;她的哥,一个抱着一扇门板,被洪水挟裹而下,不久,在漂流中呛水而死;一个死死抱住连根拔起的杨树侥幸生还,沦落异乡,战乱中被抓了壮丁,参加了随军团,去了台湾,成为一名落魄老兵;一个攀爬到一处高岗,和几个乡亲挤在一起,高岗岌岌可危,这位哥哥被人从身后推下,后挣扎出洪水,逃亡路上,和人争食械斗而死。事实上,整个水门镇都陷在一片洪水的汪洋中,房倒屋塌的声音淹没在洪水的咆哮中,哭爹叫娘的悲怆如蝼蚁呻吟。侥幸生还的,在后来的官方统计中,也不过三千余人,而水门镇当时的人口在万人以上。

石榴的爹,水门镇钱庄曾经的石老板,在后来无数次捶胸顿足的哭诉中，在后来无数个寂寞的漫漫长夜里，深陷自责和懊恼之中。黄河决堤的消息传来时，他一面吩咐三个儿子分头收欠账，一面和老婆在暗中做着逃难的准备。石榴的娘全乱了阵脚。她摸摸这个掂掂那个，不知道该把啥装到车子上。石榴的爹低吼着，外表镇静，内心也早已乱了方寸。

石记钱庄在水门镇的中心街，沿街两间铺面，石记钱庄四个镏金大字悬在门楣，后面是石家的四合院。房子有些年头了，清一色的青砖瓦房，是她的爷爷的爷爷建造的，是她的爷爷修缮的。石记钱庄在水门镇是唯一的一家钱庄了。早些年，还有刘记钱庄和孙家老字号，这两年，兵荒马乱，生存困顿，钱庄经营惨淡，就连孙家老字号也无以为继，关门歇业，只剩下石记钱庄苟延残喘。石记钱庄是从石榴的爷爷的爷爷那辈做起的，吃瓜留瓜蒂，一辈传一辈，到她爹这一辈，四代了，据说，石榴的爷爷的爷爷是清末的秀才。

石榴记忆里的家是一个大村寨，村寨四周高高的土寨墙上长满野草，有细细高高的狗尾巴草，有趴在地上的小小虫盖体，有拽不动的老牛拽，有长满刺儿的蓟菜芽，蓟菜芽开花却好看，粉的，白的，紫的，一大片。还有三棱茎秆的沾绵草，沾绵草头顶的花瓣形状像霜花像雪花。把沾绵草棱形的长茎扯开了，猜晴天阴天。扯到底，扯不断，第二天是晴天，扯断了，是阴雨天，小孩子过家家的游戏，也不当真的。还有好多知名不知名的野花花，离家不远的黄河大堤上也长

第一章 石榴

满野草野花花。石榴和小伙伴跑到高高的寨墙上揪狗尾巴草，摘花花，也跑到黄河大堤上捉知了猴。大堤上的知了猴是真多。天挨黑，知了猴就从洞里出来啦。先是指甲盖大小的一个小洞口，再是手指肚大小的小洞口。捅破薄薄的洞洞口，伸进一只手指头，急着见世面的知了猴就抱着手指头出来啦。也有知了猴是聪明的，知道是遇着危险了，嗵一下跳了无底洞，不用铲子挖地三尺，就找不到它。总有不被捉到的知了猴爬出了洞，可爬着爬着不是被人们捉住了，就是被嗅觉灵敏的猫狗田鼠和刺猬吃掉了。也总有不被捉到不被吃掉的爬了树，变了知了，变了知了也被早起的人们捉住了。侥幸活下来的就藏在树叶里整天知了知了地叫，也不知道是知道了个啥。知了猴和知了用盐淹了，用油煎了炸了，焦酥焦酥的，喷香喷香的。石榴也和小伙伴一起拿了竹竿粘知了玩，也拿竹竿戳知了猴皮，等摇着拨浪鼓的货郎来了换头绳换花米团。

石榴家院后是一片小树林，是她家的小树林，树林子里什么树都有。开香甜槐花的老槐树，结榆钱儿的皱皮老榆树，还有枣树杏树棠梨树。她娘摘了槐花蒸着吃，也喝香香甜甜的槐花饭。榆钱摘下来蒸窝窝头，蘸了辣椒石榴能吃俩。杏树棠梨树开花一片白，像云彩落在了树枝头，招蜜蜂招蝴蝶。枣树开花不张扬，米粒一样细细碎碎的枣花甜在空气里，能把人醉得摔跟头。枣花蜜甜得淹嗓子。石榴爹养了蜜蜂，石榴拿蜂蜜兑了凉水喝。小孩子摘花捉蝶，也糟蹋果子。青杏又酸又涩的,揪一颗咬了,口水出来,眼泪下来,牙齿也酸倒了。青枣又黏又涩的,咬一口,呸呸呸吐了。杏有早熟的羊屎蛋儿和麦黄杏,有晚熟的海棠红和巴达杏。麦黄杏麦子熟了它就熟,海棠红和巴达杏个儿大,挂在树上像一树红彤彤的小太阳,巴达杏吃完拿砖头砸开了吃杏仁,也美味得很。羊屎蛋杏个儿小,叫了羊屎蛋儿。枣子有早熟的脆灵枣和布袋枣,大人小孩子都爱吃,咬在嘴里嘎巴脆,嘎巴甜,长长的布袋枣也叫咪咪枣。小孩子被馋虫勾得睡不着,月光里噌噌爬树摘了藏在被窝里吃,咯吱,咯吱,嘎嘣,嘎嘣,小老鼠一样。脆灵枣和布袋枣都不能晒干枣。木灵枣个头大大的,紫红紫红的,挂在枝头招鸟儿也招小孩子。木灵枣晒干了冬天能当零食吃,石榴衣兜里总鼓鼓囊囊装一把。石榴娘拿枣熬一大锅腊八粥,过年蒸黏黏面团子和枣花糕。小孩子没有谁去偷青棠梨吃,青棠梨把舌头涩成大舌头,半天缓不过劲来。树林子里还有两棵老桑树,一棵结白葚子,一棵结紫葚子,招小孩子,也招乌鸦和麻雀。石榴和她的小伙伴,和乌鸦麻雀每年夏天都围着桑葚子乐上一阵子,吃一嘴的黑,吃一嘴的甜,吃一肚子的叽叽喳喳和得意。

　　石榴家院子里有一棵老石榴树。在黄河故道两岸,在中原一代,家家户户的院子里几乎都会种一棵石榴树。红红火火的花朵是好日子的盼头,籽实饱满的果实是多子多福的念想。石榴花的形状,也叫人浮想联翩呢。盛开的石榴花,连

第一章 石榴

着坚实的花托,像女人的私处,又像女人的子宫,也像女人的屁股。女人旺,家里日子就旺了。老百姓把结果的石榴花称为大屁股果花,把不结果的石榴花称为尖屁股幌花。石榴树每年结的石榴有碗口大,中秋节,她娘摘了石榴敬月姥娘。石榴籽儿亮晶晶,水汪汪,甜蜜蜜,咬在嘴里汁水流。石榴出生在石榴花开的五月间,石榴花开红艳艳,她爹她娘都喜欢,随给她起名叫石榴。

石榴家西屋里喂着两头大黄牛,有一年一头黄牛一窝生了俩牛犊,把她爹娘喜坏了。东屋里住着她仨哥。她仨哥长得都亮堂,大哥和他爹一般高了,媳妇说下了,定的是秋后的喜日子。石榴住在堂屋西间里,她爹她娘住在堂屋东间。

生意越来越难做。鬼子来了,旱灾来了,水灾来了,生活难以为继,钱庄的生意眼见得一日不如一日。石榴的爹,继承了祖辈的精明和勤奋,苦心巴力,经营着店铺,又置了二十亩田地。眼见得麦子黄梢了,眼见得收获在望了。

镇上人被抓去掘堤了。掘堤的消息用大手捂着,可是消息从捂着的手指缝里像风一样在镇子的角角落落流窜蔓延,在一望无际的麦田里流窜蔓延,弄得人心惶惶,鸡飞狗跳。石榴的爹做了后悔终生的决定。他认为是惯于虚张声势的传闻,不能不当真,也不必全当真,权衡之下,他决定先把要紧的家当送出去,留儿子在家把欠账收了。蚕老一时,麦熟一晌,兴许还能把麦子也收了。中央军的拖沓松懈贪生怕死在老百姓中都当笑话说呢，生在黄河岸边长在黄河岸边的他对黄河大堤的坚固深信不疑，哪能就那么容易扒开呢。听说镇上米粮行的吴老板，丝绸坊的渠老板，也在夜里偷偷地搬运东西了。穷人倒是沉得住气，也吵吵嚷嚷，沸沸扬扬，可是，没多少值钱的家当，所有的家当就是田里即将成熟的麦子。狠不下心走，没处走。去哪里躲，去哪里立身安命呢。逃荒要饭的日子，不是万不得已，谁愿意呢。

在有记载的人口大迁徙中，山东人习惯闯关东，河南人习惯向西走，所谓的向西，即山西陕西甘肃一带。逃的人家大都奔山西陕西去了，石榴的爹和娘想到了石榴的姥娘家，单县城，隔了黄河故道，在山东境内。传闻被日本鬼子占领了，是敌占区了，却并没有人员伤亡的消息传来。石榴爹娘商量来商量去，最后还是石榴爹拍板，与其长途跋涉，凶吉未卜，倒不如投奔亲戚家。她爹和娘的打算是，就算到不了县城姥娘家，能到黄河故道北岸的马家寨也行。马家寨是她姥娘家下庄子，是她姥娘家祖林所在地，有她娘同父异母的兄弟在。走动少，终归是打断骨头连着筋的骨亲。把要紧的家当细软装上车，把妮子先带上，在带啥不带啥上打麻缠，在带走妮子的问题上爹和娘都没二话。

爹和娘都宝贝妮子。妮子机灵伶俐。再说，妮子在家也帮不上什么忙。没告诉妮子咋回事，只说带她去走姥娘家。石榴说，外面人都说河堤要塌了呀，她爹和娘口风紧，前后声地斥责她。爹和娘都不说，可爹娘的神情和平常不一样，严肃得很，石榴小小的心里有了莫名的不安和惶恐。临出门前，她爹把她抱上车了，她又吵着下来，跑进屋，在枕头下翻找了一样东西装兜里。是一只生肖玉坠，一只模样温顺的小牛，十岁时娘给她的生日礼物，是她娘从自己脖子里解下给她的，她和她娘一个属相。

马家寨

　　县城进不去了。其时，整个湖西地区已沦陷，日军封锁了进出城的各个交通要道。她姥娘家的众多人口早在日军占领县城之前就闻风南逃了，她姥娘家的楼房瓦舍，已大部分沦为废墟。石榴和她爹只好在马家寨安顿下来。

　　马家寨在黄河故道北岸，古孟渚泽南岸，地理位置奇特，三省交界，三县交界，有一足跨三省、两步走三县之说。全寨东西长九里，南北宽五里，暗含太极八卦之奥妙。寨墙厚重高耸，护寨河水深宽阔，寨内街道整齐，店铺林立，素有第二县城之称。

　　相传，老子骑牛路经此地，见四周清幽古朴，碧水环绕，地势起伏合阴阳之兆，遂安居于此。老子骑板青牛来往于阡陌之中，教化庶民司农桑，建家园，整个村寨正气浩然，神

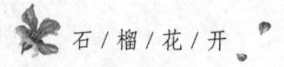

秘万象,威势非别处可比。老子去后,百姓念其德高,建庙祭之。庙堂三间,香火旺盛。老君塑像慈眉善目,青牛温顺矫健。唐宋以后,道教经久不衰,至清经多次扩建,成为规模宏大、气宇非凡的建筑群,成为单县八大庙院之首。战乱中得以幸存的老君庙,毁于十年浩劫。在那个疯狂的年代,老君庙建筑几乎被夷为平地,老君爷塑像也惨遭毒手。

在以后的岁月中,老君庙一直荒废着。有意思的是,到了二十一世纪初,规模更为宏大的老君庙建筑群又再次拔地而起,香火也更为旺盛,这自是后话。

石榴姥娘家是单县城里最大的地主,富甲一方,马家寨是石榴姥娘家最大的下庄子,是她姥娘家祖林所在地。她姥娘家占地面积三百亩的祖茔地,"文革"之前还在。松篁交翠,古木参天。数百株粗可合围的松柏间,立着墓碑坟茔、石牌坊和墓表,一只只站立着的石羊石马栩栩如生,一排排的石供桌阔大厚实。

石榴对她这位在马家寨开中药房的舅舅印象模糊。小时候去姥娘家,在纷乱庞杂的人群中,石榴不记得她见没见过这位舅舅了。事实上,她这位舅舅根本就是灯草篱笆,指望不上。在最初冷着面孔卖给石榴她爹两间佃户住的茅草屋之后,她这位舅舅就再没正眼瞧过她,石榴和她这位舅舅形同陌路,比陌生人还生分。舅舅如此,指望舅妈能有啥好脸色?简直就是葫芦藤上结南瓜,妄想。关于她这位舅舅以及位于马家寨中心的中药房,我在后面还要说。

那是一段以泪洗面的日子。安置好住处石榴她爹当天下午就牵着毛驴上了路。已经回不去了,家已化作一帘幽梦。在故道岸边遇着那位船老大,船老大语不成声,发、发、发大水了,那边发大水了。石榴爹抬头看到对岸一堆灰仆仆的影子。他爹一下子就瘫了,委顿了。

渐渐地聚了好多死里逃生的人。号号啕啕呜呜咽咽的哭声如黄河故道蜿蜒的水面,时而急骤,时而低缓。都对着来路跪下了。石榴爹整个身子都匍匐在故道大堤上,涕泪长流不止,身体颤抖不止。在以后的两年里,石榴爹曾四次踏上回乡寻亲的路,他还差点为此搭上性命。

第一次是在事发半月之后,石榴天天哭着要娘,石榴爹心里也急,他在一个清晨牵着毛驴出发了。大半日行程,沿途都是拖家带口从黄泛区逃难来的人,都告诉他过不去,黄水漫灌,一片汪洋。

第二次是在一个多月之后。走了一天一夜,到了黄泛区跟前,过来的人告诉他,几十里几百里都见不到人烟了,村庄和道路都在泥沼里,房屋和牲畜都泡在泥沼里烂掉了。浮尸遍野,蛆虫横流,瘟疫泛滥,往前走,就是死路一条。石榴爹灰了心。石榴又大哭了一场。

第三次是在半年之后。春节前,石榴爹冒着严寒在冰天雪地里又走了一回。沿途碰见日本鬼子和八路军交火,嗖嗖的子弹从头顶飞过，毛驴惊起狂奔，把石榴爹甩出几丈远，石榴爹脸和手摔得血肉模糊，一颗子弹打飞了帽子，打穿了耳朵。石榴爹一路狂奔，及至累趴在地，摸着自己的脑袋，一时都想不起那是个什么东西。想清了脑袋还在，他嘿嘿笑了，直笑得涕泪交流，号啕不止。毛驴跑丢了，铺盖和唯一的一点干粮也没了踪影。石榴爹衣衫褴褛，蓬头垢面，十多天之后回来时像个叫花子，石榴一下子都没认出她爹来。

石榴爹最后一次回乡是在一年后，那次他走到了家门口。家已是一片废墟，问遍了村上侥幸活下来的人家，没谁见过她娘她哥，没谁能说清他家人的下落。石榴至此断了念想。

石榴，这个曾经娇生惯养的水门镇钱庄老板的大小姐，一旦知道疼她护她的亲娘不在了，一旦知道她的好日子回不去了，她似乎一夜之间长大了。她擦干泪水，像个女主人一样学会了精打细算过日子，她吃得下粗茶饭，穿起了粗布衣，在她爹惊奇愧疚的目光中，出门买米买面，在家洗衣做饭，给她爹煎药喂药。倒是她爹，大病一场，一直打摆子，仿佛被抽去筋骨魂魄，从此一蹶不振。

石榴十四岁时已出落成一个模样俊俏的大姑娘，她沉稳果断，干净利落。她的美丽与聪颖，深深地打动了后来成为我姥爷的那个年轻小伙子。

相传老子诞生在农历正月十五，后人祭之，便把这天定为马家寨庙会日。紧跟马家寨庙会，又兴起了天爷、天地、玄帝、火神、风神、峨眉姑娘等庙会。每逢庙会，马家寨周边南至归德、开封，西至濮阳、曹州，东至徐淮，北至济宁，方圆数百里的善男信女蜂拥而至，香火车马长达数十里。五里长街，经幡飘飘，梵乐阵阵，红男绿女，摩肩接踵，人声鼎沸，甚是热闹。会场上大戏连台，杂耍成片。耍猴的，卖唱的，店铺、酒楼，各显其能，外地商贾，纷至沓来。传说庙会胜景曾惊动东海龙宫，水族怪异也来凑趣。某年庙会，有渔人亲眼所见浮龙湖水面浮出车马一辆，内载红衣女子朝庙会而来。

不知从何年何月起，每逢农历的一三五八，成了马家寨约定俗成的集日。集日这天，通往马家寨的乡间小道上，挑担的，挎篮的，推小土车的，赶着大轱辘车贩粮食的，从黄河故道南岸来贩卖牲畜的，赶猪牵羊来配种的，男女老少都行色匆匆，朝着马家寨赶来。商丘、曹县、金乡、济宁等附近州县的商贾也趋之若鹜。偶尔也有来自江南的南蛮子，一路北上，卖些绫罗、玉器、瓷器、山货之类的稀罕物件。饭馆、酒楼、地摊，街上鳞次栉比的锅灶冒出袅袅的炊烟，蒸炸烹煮，野味湖鲜，地方名吃，香味四溢。李家烧鸡、王家大炖羊肉、乔家吊炉烧饼、张家豆腐片、周家手擀面、梁家胡辣汤，令人垂涎欲滴；经营布匹、鞋帽、针头线脑的摊贩早已沿街支起摊子；商铺、药房、酒肆、寿衣店、照相馆、糕点铺子、印染铺子、彩扎铺子、洗澡堂子、铸造农具的炉坊等临街的店铺和门市相继开张。

日上三竿,集市上已经是人山人海、人欢马叫,叫卖声、讨价还价声、争执声此起彼伏。锵剪子磨菜刀的砂轮火星子四溅;旋锭子的纺线锤子在旋床上吱吱地旋出细碎的刨花;铸造农具的炉坊里铁锤通红,铁水飞溅;羊肉汤锅里,咕咕嘟嘟冒着诱人的香气;相面、看手相、点痦子的摊子前铺展着乱七八糟的八卦易经图;耍猴子、玩杂技的场子周围,看热闹的人围了个水泄不通;卖老鼠药的嘴里不停地喊着自己编的顺口溜:"老鼠药,药老鼠,大哩小哩都逮住。上恁炕,爬恁床,咬烂恁家的新衣裳。爬锅台,上案板,踢烂盘子蹬烂碗。咬箱子、咬柜子、咬老妈妈的棉穗子。咻噔噔,咻噔噔,一直咻噔到三四更。""一毛钱不算多,药死老鼠一大窝;恁不买俺不卖,老鼠在恁家谈恋爱。下了一窝又一窝,恁家老鼠多又多……"

集市一角,安静地坐着一个打锡壶补锅补盆的老头,老头把熬好的锡水倒出来,银白色的锡水泼在沙土地上像面糊一样稀软,老头儿拿一把小铲子把锡水摊得薄薄的,匀匀的,待到锡水稍稍冷却了,老头儿就把锡片捡起来,拿在手里任意造型,用小锤头东敲敲西打打,敲出一只样式好看的酒壶来,敲出几个小巧可人的酒盅来。老头把锡水倒在烂锅烂盆的小洞洞上,敲几下,小洞洞就没了。

粮市在老君庙前街,街上有棵老槐树,据说,百多年了。老槐树树高三丈,遮天蔽日,两人合抱不拢。槐花盛开季节,整个马家寨都裹在槐花香里。早年,百姓到集市上买卖粮食,卖者卖不完画圈原地放好,下集再来交易。期间,有急食者,背粮食回家,下集也必来寻卖主还钱。从没发生过泼皮无赖的事。不光粮市,整个马家寨都民风淳朴,路不拾遗,夜不闭户。后来,兵荒马乱的年月,世道乱了,人心也乱了。

嫁作他人妇

牛家米粮店在粮市正中间,在老槐树下。牛家米粮行的掌柜是我姥爷的爹,这个在给儿子完婚当天夜里吃了枪子的男人,对前来买米买面的小姑娘印象深刻。她来,朴朴素素一身衣裳,文文静静地站着,声音干脆沉着,临走时道声感谢,一个浅笑绽放。小姑娘的光顾是小店的节日,最高兴的莫过于牛家米粮店当时的少掌柜。这个后来成为我姥爷的年轻人,叫牛运仓,是家中的独子,时年二十一岁,长得一表人才,正值青春萌动。他在见过我年轻的姥娘一面之后就神情恍惚,似曾相识的感觉使得他魂不守舍,寝食难安。

夏天的一个早晨,远远地看着那个在晨光里踩着碎步一步步走过来的小姑娘,我年轻的姥爷忽然心跳加速,大汗淋

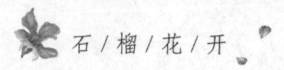

漓。其时,他正蹲在门外分拣黄豆,起身时把一簸箕拣好没拣好的黄豆都泼撒一地。晨光里滚动着一地的碎金子。小姑娘蹲下来,低了头,手脚利索地收拾残局。

我姥爷后来不记得当时那个小姑娘来买什么了,他在柜台里心烦气躁灵魂出窍噼里啪啦拨着算盘珠子,一遍又一遍,总是不对。那个小姑娘,就站在柜台前,近在咫尺。她干脆利落地说,小米三斤,高粱五斤,黄豆五斤,黄豆五七三十五,你忘记进位了。那时候,我年轻的姥爷汗流浃背,汗珠子像一颗颗饱满的黄豆从脸上滚落,他忽然就拖着哭腔大喊了一声,爹——。他的爹,牛家米粮店的老掌柜,一边用欣赏的目光打量着他未来的儿媳妇,一边用爱怜的目光看着他狼狈不堪的儿子,哈哈大笑。

新婚之夜,送走闹喜的人群,石榴取笑我姥爷,你那一声爹,叫得像狼嚎,你爹要是不答应,你会不会吃了你爹啊?我姥爷嘿嘿傻笑着,你看出来了?他年轻的小新娘无比娇羞无比自豪地说,早看出来啦,从第一次见你就看出来啦。

石榴成亲是一九三九年的冬天,腊月二十六。那一年,她十四岁,牛运仓二十一岁。

牛运仓身穿红色绫罗绸衣,头戴黑色礼帽,胸佩大红花,满面春风坐在高头大马上,恨不得一步跨入洞房,将他的小新娘揽入怀中。石榴坐在八抬大轿里,嘤嘤啜泣。想起生死两茫茫的娘和哥,石榴禁不住泪水涟涟。没有娘管着,石榴

第一章 石榴

自己也节食三天。是规矩礼数哩，吃得多了，到婆家拉屎放屁惹人笑话。石榴自己缝的嫁衣。一件荷花牡丹的红绸子袄，一件相同料子的红绸子棉裤，脚上一双绣着鸳鸯戏水的红缎子鞋，头顶绣着龙凤呈祥的蒙头红。当地风俗，丧不压喜，即便她亲娘昨个殁了，她今个出嫁，也得穿红着绿，也得喜兴。民间还有冲喜一说哩，兴许，她穿红着绿了，她喜兴了，她娘和哥就会梦一样出现在她婚礼上呢。她娘送她的生肖玉坠，她贴身戴着了，是她娘留给她的唯一念想了。

她爹给她的陪嫁是一只樟木的衣柜箱，是带过来的老物件，衣柜箱底埋了十块银圆压箱底，添置了两床新棉被，都是绸缎面料的，央邻家女人缝的，也真是难为她爹了。

期待中的新婚之夜没有如期到来。

那晚，两个送灯铺床的本家嫂子一人一句地唱："一进门黑盈盈，大嫂二嫂来送灯；东一撒，西一撒，生的小孩带鸡巴；南一撮，北一撮，生的小孩一小窝。"十四岁的小新娘石榴坐在新床上心如撞鹿，满面含羞。她的新郎早已欲火中烧，抓耳挠腮。送走闹喜的人群，送走铺床的嫂子，他急吼吼地关门插了门闩，转身将他的小新娘一把抱起。二人宽衣解带，正准备行夫妻之事，外面突然传来一声接一声的爆响。沉浸在欲火中的石榴和新郎以为是鞭炮，一天噼里啪啦的鞭炮声震得人耳朵轰鸣，直到又一声爆响炸裂，二人在惊愕中慌忙起身。

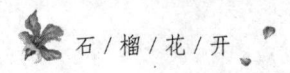

倒在血泊中的是牛家米粮店的老板和老板娘。二鬼子打劫，将他们前来阻挡的爹和娘双双打死了，把他们家翻了个底朝天，把家底都给翻出来带走了，把石榴陪嫁的十块银圆也给翻出来带走了，把他们家的粮食米面也几乎抢了个精光。

石榴就这样和她的公公婆婆在命运中擦肩而过，就这样和即将到来的米粮店少奶奶的地位擦肩而过。在为数不多的几次买米买面的印象中，她深信那是一对慈祥和善的老人。他们央媒人到她爹跟前说媒求婚，下了足够大的聘礼，给了她足够大的面子。可是缘分浅薄至此，石榴只好诚惶诚恐地打起精神，和她新婚的男人一道将两位老人草草安葬了，从此，石榴开始了她作为一个女人当家做主的生涯。

其时，正是日本鬼子、二鬼子、汉奸、土匪在黄河故道一带横行霸道的时候。

活埋

黄河故道宽阔的河底生长着莽莽苍苍的芦苇和蒲草，两岸树林茂密苍盛，故道高滩地广人稀，最适合隐蔽，自古是兵家必争之地。故道北岸的浮龙湖、浮岗集是解放区，是八路军、游击队的根据地，马家寨则是国民党和七路顽杂盘踞之地，故道以南的利民县是日本鬼子的窝点，故道一带是几股军事力量经常拉锯交锋的区域，加上汉奸、土匪横行，这里各种军事力量交错混杂，枪声多，死人多，抓人多。

一九四零年冬天，腆着大肚子的石榴生下她的第一个儿子。从此，她以每年一个，甚至赶年头年尾一年两个的纪录生下一个又一个孩子（只在一九四一年冬至一九四三年秋，牛运仓被抓壮丁期间有所中断），那些孩子像一嘟噜一串的杏和枣儿，挨挨挤挤地来到世间，情愿不情愿，都由不得自己做主。兵荒马乱的岁月，石榴的田地兀自茁壮地肥沃着。

石榴腰肢纤细，骨盆宽阔，乳房饱满，屁股结实圆润，是最适合生命繁衍的良田沃土。她的婆婆，她的婆家奶奶在她未进门之前，就喜滋滋地断定，她们的媳妇是一块肥沃的田地，他们家将会人丁兴旺。买牛要买抓地虎，娶媳妇要娶大屁股。女人屁股大、胯骨宽好生养，老祖宗的话，一准没有错。

一九四一年冬天，一个大雪过后、树上屋檐上冰凌柱子拃把长的早晨，牛运仓艰难地推着小土车，给一家老主顾送碾好的米面。遭遇新婚之夜的抢劫之后，石榴和她男人靠给人碾米碾面过日子。街上不时响起零零星星的枪炮声，他在一个拐角处滑倒，爬起来又滑倒，这时候，一杆枪抵住他的后脑勺，他在那个毫无征兆的早晨被抓了壮丁。

是石榴生第二个孩子的第二天，又是一个男孩。石榴看着襁褓中的婴儿，脸上挂着一个母亲甜美骄傲的笑容。乳房

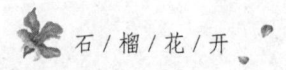

饱胀,奶水丰盈。太阳虚晃晃地挂在天上,照得树上屋檐上的冰凌扎眼。石榴出得屋来,顺手在屋檐下掰一根冰凌嘎嘣嘎嘣嚼了。去茅房小解,日偏西南,不见男人回;夜晚来临,不见男人回。石榴坐卧不安,心里生出不祥的预感。

石榴脚穿毛翁子,走在滑溜溜、硬邦邦的街面上。毛翁子是她婆家奶奶用故道里的芦苇缨子编织的,厚厚的木底板,走在雪地上嘎嗒嘎嗒响。石榴趔趔趄趄,摔倒了爬起来,摔倒了爬起来。她记得男人是说给北街东头的一家馍馍店送米面。那晚,石榴穿越长长的马家寨大街,不记得自己是怎么回到家里的。一双毛翁子不知丢在去的路上,还是来的路上,缠在半大脚上的裹脚布也没了踪影。小时候,她奶奶给她裹脚,裹了几次,她扯破嗓子嚎,她娘心疼,就随了她。她坐在被窝里,感觉不到一双脚的存在,牙齿咯咯打战,浑身筛糠一样哆嗦不止。不觉得冷,只觉得自己整个人都掉进了冰窟里。身旁婴儿哭哑了嗓子,她抖得奶头塞不到婴儿嘴里去。

家里只剩下她七十多岁的婆家奶奶和两个孩子,一个刚满周岁,一个刚出生两天。而她,那一年,也只有十六岁。石榴亲奶奶死得早,她和她婆家奶奶相依为命,比亲奶奶还亲。

十六岁的石榴也是在那一年冬天,遭遇活埋。

春节前的一个大清早,石榴把磨了一夜的小米给主家送去,急急慌慌往家跑。一夜推磨,没顾上给孩子喂奶,乳房

第一章 石榴

鼓胀得像冻馒头,滴滴答答的奶水早已濡湿了棉袄前襟。那天,她穿了一件蓝底白花的小棉袄,一件家染老蓝棉裤,头顶一块蓝方巾,跑得急,迎面就撞在人怀里。是巡逻的二鬼子。二鬼子搂紧了她,又松开了她,二鬼子退后一步定定地打量她。眼前的女子气喘吁吁,眉眼明亮,面色红润,女人身上的奶香勾了二鬼子的魂,女人高高耸起的乳峰,亮瞎了二鬼子的眼。

前后夹击,石榴无路可逃。

石榴扑向迎面而来的二鬼子。她一口咬下了二鬼子的半只耳朵。石榴血盆大口,咬牙切齿,面目狰狞,像极了一只穷凶极恶的疯狗。

石榴那次惨大了。她被踩在地上拳打脚踢,被皮带抽,被枪托砸,最后像死狗一样被拖进一条废弃的壕沟里。二鬼子血头血脸,那脸比鬼脸还瘆人,二鬼子的嚎叫也比鬼叫还瘆人:给老子活埋喽这婊子!给老子活埋喽这婊子!

石榴说,那时候我可真像个泼妇,啥脏话都可着嗓子骂遍啦,觉得自己这回是老鼠啃菜刀,死路一条啦。嘿嘿,以前还不知道自己会骂人哩。天寒地冻,地像石头一样硬实,开始二鬼子刨土刨不动,刨过冻土层,刨得快了,泥土一铁锨一铁锨劈头盖脸砸下来。土埋到胸口,心闷住了,气上不来了,骂不出声了,就伸着脖子等死啦。这时候响起了一连串的哨子声,嘟嘟嘟,嘟嘟嘟,嘟嘟嘟。

《石榴被活埋》

　　小公鸡挠草垛,没娘的孩子真难过。跟狗睡,狗咬他;跟猫睡,猫掐他。娶个花娘搂着他,花娘不疼他,又掐他,又咬他。

/ 第一章 石榴 /

二鬼子他娘的集合啦。后来才知道是日本鬼子打过来了,那些龟孙王八蛋集合逃跑啦。

老年的时候,石榴端坐在舒适的藤椅里,或者在打牌的时候,说起这回事,有时候会手舞足蹈,嘎嘎大笑,最后往往还会加一句,大难不死,必有后福,老祖宗说得就是没错!

摇啊摇,摇到外婆桥

一九四二年,春天无雨,夏天无雨,庄稼枯死,地裂得像敞开的大裤腰。马家寨和别的村一样,天天都在求雨。在求雨的队伍中,前面是一个扫地引路的小寡妇,后面跟着七个头顶簸箕的小姑娘,每个小姑娘身后又跟着一个用扫帚疙瘩敲打簸箕的寡妇,一群小姑娘和寡妇们绕着坑塘边哭边唱。这一年,石榴以年轻寡妇身份被推举出来在前面扫地引路。石榴手执扫帚在前面扫路,一群头顶簸箕的小姑娘和手执扫帚的寡妇跟在后面,绕着寨前的蛤蟆坑转圈圈。蛤蟆坑有两丈深,十丈长,二十多丈宽。正三圈倒三圈,一边转,一边哭着唱:"老天爷,下雨吧,庄稼苗子旱死啦,旱得谷子拧拧劲,旱得秫秫不出穗。""哭,哭老天,哭得老天可怜怜。三天下了安乐雨,四天给您摆供钱。"石榴想着生不见人死不见

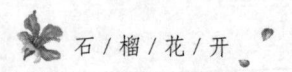

尸的男人，想着过日子的难，真就哭得上气不接下气。连着哭了好多天，老天爷就是不开眼。大片大片的庄稼焦枯憔悴，像寡妇面皮，又像寡妇肚皮，瘪瘪的，无籽无实。

饥荒使石榴饱满鼓胀的乳房迅速坍塌，两个孩子像撒了气的皮球，没了哭的力气。她奶奶前胸贴后背，整个人软塌塌的，像件单薄的破衣裳。家里值点钱的东西或换了米面，或被人偷走抢走。讨饭要饭的站在她家门口，先是可怜巴巴地讨要，继而扑过来见啥抢啥，夜里偷东西的也是肆无忌惮，偷不到东西还骂骂咧咧，跟明抢也差不多，都欺负她孤儿寡母。不久，家里藏匿的半袋米半袋面也被人抢走了。

那天上午，明晃晃的大太阳下，一个男人摇摇晃晃地闯进来，对着石榴和两个孩子高高举起手中的棍棒。石榴扑通跪在地上，把两个孩子掩在身下，哆哆嗦嗦叩头不止，都拿去吧，别伤孩子。都拿去吧，别伤孩子。事实上，石榴已经连续两天靠野菜汤充饥，她的乳房里再无一滴奶水。她身体虚晃，早已无力抵抗。眼看着男人把她家的半袋米半袋面扛在肩上，石榴放声大哭，扑过去抱住了男人的腿。

大哥，可怜可怜孩子，可怜可怜我们孤儿寡母，给我们留一口活命的吧。

石榴的哭号哀伤欲绝。

男人低头间良心发软，将背上的米倒一半在地上，仓皇踉跄而逃。石榴叩头不止，不住声地说着谢谢大哥，谢谢大哥。

第一章 石榴

小时候，石榴见过家里的金菩萨和翡翠玉蟾。金菩萨有两寸高，慈眉善目，端坐莲花台，放在她家香案上；翡翠玉蟾碗口大小，通身碧绿，放在她家店铺的柜台上。她娘说，都是府里的东西，是她娘的陪嫁。她娘是单县城里朱家大院的小姐。小时候，石榴不止一次跟她娘去过姥娘家，每次去都小住一段时日。

刘隅首处在全城最中心，是最热闹的地方了，东西南北牌坊街就是从刘隅首分出去的。街两旁的店铺里店铺外卖什么的都有。卖羊肉汤烙馍吊炉烧饼油煎包油酥火烧油茶馓子的，街上推着小土车摇着拨楞鼓卖针头线脑卖糖稀捏糖人的，挎着篮子卖水煮花生炒花生油炸麻花冰糖葫芦的，吆喝得唱小曲一样好听。街两旁香油铺果子点心铺老棉布铺棺材寿衣铺笔墨纸砚铺，应有尽有，光是羊肉汤馆就有七八家。汤锅咕嘟咕嘟地开着，烟雾缭绕着，香气缭绕着，勾得人口水滴答，肠胃缠麻花。姥娘或娘来街上买东西时有时也带上石榴，她们给石榴买糖葫芦买麻花买花生吃。

她姥娘所在城里的牌坊可多啦，差不多每条街上都有好几座。好多街都是以牌坊命名的，好多地方都是以牌坊园子命名的。像牌坊东西南北街，像朱家牌坊园子张家牌坊园子李家牌坊园子，多得叫外人听了像入迷宫。

她娘说，早些年，单县城里牌坊有一百多座，民国末年还有三十多。每座牌坊都是石刻的，四柱三间，斗拱重檐，造型好看，气势威严。四柱和额枋上的雕刻活灵活现。云龙戏珠，狮子滚绣球，鹤凤飞翔，八仙庆寿，二十四孝，文臣武将，花鸟虫鱼，梅兰竹菊，鸱吻神兽，应有尽有。这些牌坊都是给女人立的，当然是给有身份的富人家的女人立的。男人死了，女人不再改嫁，立贞节牌坊；礼尊三从四德，三纲五常，立节孝牌坊。

在姥娘家小住的日子，石榴和她的表姊妹一起在牌坊街上玩。牌坊是真威风，四根跨街石柱盘着碗口粗的龙蟒，石柱前的大狮子双眼圆睁，阔嘴巴里牙齿像锯齿，夜晚，在下面走过，都觉得头顶脊背冷飕飕的，都不由加快了脚步，觉得上面狮子龙蟒鸱吻神兽会冷不防跳下来咬人一口，或捉了人去。后来看见它们老不动她们就不怕了，夜晚她们绕着牌坊的石柱藏猫猫，攀着石柱往上爬。有时候还敢拿泥巴去砸它们，有时候还看见小孩子朝它们身上尿尿哩。一个年长的表姊妹小大人似的说，小孩都是从牌坊上掉下来的，就好像牌坊是一棵会开花结果的树，摇一摇，小孩子就会噼里啪啦落下来。她们曾经抱着牌坊的石柱使劲摇，希望听见嘭的一声或者啪的一声响，小孩能从牌坊里蹦出来，或者从牌坊上面落下来。

这些雕刻精美的牌坊在日本鬼子来时给轰掉了，在大炼钢铁时烧掉了，在"文革"中砸烂了，只有百狮坊和百寿坊，作为"封建礼教的罪证"，作为反面教材，幸免于难。

《求雨》

  老天爷,下雨吧,庄稼苗子旱死啦,旱得谷子拧拧劲,旱得秣秣不出穗。
  哭,哭老天,哭得老天可怜怜。三天下了安乐雨,四天给您摆供钱。

百寿坊是为石榴姥娘家说不清几世的曾祖母修建的,百狮坊和百寿坊前后差着十三年,说起来,百狮坊和百寿坊是有渊亲的,百狮坊是为朱家女儿而建,百狮坊和百寿坊是姑嫂牌坊,论辈分,石榴是该叫作姑姥娘之类的吧。

一九九六年,在县志的修改编撰中,主管编撰工作的惠主任不知从哪里知道了我和朱家的渊源,打趣我这个重外孙女一定要写一篇关于牌坊或者朱家大院的文章。在老县志中,关于百寿坊百狮坊,我看到这样的文字记载:

单县是闻名全国的牌坊县,从宋代至清末,境内建坊百余座。城内主要街道上,凌空架着一座座精美的牌坊,从而形成了牌坊园子和牌坊街等地名。在单县牌坊中,犹以百寿坊百狮坊为精,工艺高超,气势雄伟。

百寿坊

百寿坊俗称朱家牌坊,位于单县城内牌坊北街,乃清乾隆三十年(1765年)为翰林院孔目赠儒林郎朱叔琪妻孔氏而建。牌坊以青色鱼子状石灰岩构成,通高十三米、宽八米,四柱三间三层楼阁式建筑。以前后坊心边沿浮雕百个不同书体的"寿"字得名。其独特之处是:坊座雕有8头矫健雄狮昂首远望,8条出水蛟龙绕柱回舞,额枋上饰满盛开牡丹,与正间上下额枋祥云间翩翩飞舞的5只透雕仙鹤、次间上额枋浮雕的相对翱翔之鸾凤构成了具有无穷魅力之艺术佳作,寓意福寿万年、富贵无媲或喜上眉梢。

百狮坊

百狮坊俗称张家牌坊,坐落在单县城内牌坊西街。始建于乾隆四十三年(1778年),是朝廷为文林郎张朴妻朱氏而建。牌坊高十四米,宽九米,四柱三间五楼,歇山顶,正中车马道,两侧分设人行道。此坊刻有一百只形态各异的狮子,故名百狮坊。百狮坊正间前后坊心镌有"节孝坊"三个楷书大字。百狮坊均为透雕和浮雕,因为百个狮子雕刻精致,形无同者而居群坊之首,名扬海内。全坊结构严谨匀称、气势宏伟、雕镂精美、物象生动、玲珑剔透、繁而和谐,令人一赏三叹。

关于朱家大院的文字记载,我看得格外仔细。我揣想着它曾经的繁华和富庶,企图在其间找见石榴的影子和蛛丝马迹。

朱家大院

朱家大院是明清时期单县朱家大地主的院落。单县大地主,号称朱、黄、刘、王等八大家,而以朱家为最大,曾挂过双千顷牌,自称"出城巡游数千里,车不轧外姓的地,靴不沾他家的泥"。其宅院占单县城内面积的五分之一,约30亩,南北五个大四合院,房舍百余间,是明清时代的古典楼阁。黑漆广亮大门,门前五层台阶,有石狮子、高旗杆,门上方悬挂金字双千顷匾额。硕大的黑、白、黄、花犬趴在门前，有专人守门。进门是柜房，二院有客厅，三院是楼阁，四院是佣人住所，五院是花园，有假山、流水、荷塘，大院后面设牢房。

在县城外有朱高台子、朱老家、朱高庄、马家寨、朱楼、朱杨楼、朱瓦屋、朱潘庄等十几个朱家地主庄子。朱洪儆时，又选定县城南门里黄隅首西路北的宅基，役使100名技工，三年建成新宅，楼房瓦舍100余间，其中五座大楼20余间。楼舍墙壁使用水磨砖，下铺方基石，上覆鸳鸯瓦，楼顶皆五脊六兽，钢叉云燕，脊鱼海马，猫头排山，室内铺方砖。中央的藏书楼名"燃藜阁"，书楼三间，磐石奠基，磨砖砌壁，杉木梁椽，上覆筒字瓦，淡雅不饰脊。下至半墙，镶嵌四大块宽厚优质玻璃。

室内有红木几案桌，左右是闽侯林椅和御窑出产的茶壶茶杯。中间有精细屏风，中西两间在玻璃窗下有两张紫檀木八仙方桌。打开檀木桌套，露出大理石桌面，白地黑纹，像是一幅泼墨图画，另一张是景德镇御窑绿地红花图案花纹的瓷面。北壁有一张罗汉榻，榻围栏细刻刘石庵书法诗词。西山墙挂有郑板桥所画风雨墨竹一幅，其亲笔题诗："咬定青山不放松，立根原在破岩中。千磨万击还坚劲，任尔东西南北风。"左右是闽侯林则徐书写的对联："退一步天空海阔，忍三分月霁风光"。楼上三间，以12页精雕屏风竖立南面，室内用方砖细磨精砌成八角图案花纹,墙壁及天花板全用木制方格菱子附贴,再以细花洋纸裱糊。

原院落占据整个西南城角,房舍多数毁于日军占据单城期间。解放后为湖西地委驻地,1951年建湖西人民会议厅时又拆掉一些,1995年扒掉了西平房客院,现剩两处楼院。两楼院门楼在1977年建县委办公楼时拆掉,楼及客院平房上的鸱吻和脊兽在"文革"中被拆除。

一九九六年,对于惠主任的邀请我爽约了。那时候,我男人车祸身亡,车祸现场的女人重伤,在医院里昏迷不醒。那个昏迷不醒的女人是麦芽。麦芽,小麦被鲜花在麦秸垛旁强奸生下的女儿,我同父异母的姊妹。那时候,对于百寿坊、百狮坊和朱家大院以及石榴的姥娘家,都无精打采,提不起兴趣。

石榴最后一次去她姥娘家是她姥娘出殡,爹娘带上她和哥哥,一起给她姥娘送葬。

她姥娘停灵七七四十九天。棺材是金丝楠木,内棺外椁,黄香密封。她姥娘"倒头"之后,每日里人来客往,前来悼念者素车白马,鞭炮鼓乐齐鸣。斋僧布道,设坛诵经,好不热闹。

石榴七八岁年纪,只是觉得热闹好玩。她看着她爹行跪拜礼,周围起了哄笑,她也跟着笑。她不知道是她爹在该上

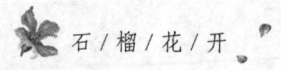

灵前进香时又趴下磕头了；不知道是她爹把二十四拜礼磕成了二十五拜；不知道她姥娘家祖林在离城六十多里的马家寨，浩浩荡荡的送葬队伍要两天一夜才能到达；期间歇脚停在她姥娘家沿途购置的"灵地"上，是谓"车不轧外姓地，靴不沾他家泥"。

她姥娘送葬队伍的排场吸引了一座城里看热闹的人，堵塞了牌坊东西南北街。抬丧用的十六人抬，扎了形态逼真的童男童女和纸牛，扎了花花绿绿的摇钱树和纸房纸罩子。她姥娘的灵棚设在百寿坊下，人群拥堵得走不动，喊丧的喊破嗓子，一直到天近傍晚送葬队伍才出城。

在石榴的印象中，她姥娘家的房子多得像迷宫。一座房子连着一座房子，一个院子连着一个院子，那些房子都差不多，青砖青瓦，房顶飞檐斗拱，五脊六兽，猫头排山，钢叉云燕，连着院子的是一道窄窄的青砖斗拱门。门窗，廊柱，瓦当下的额坊雀替，都是朱红色。房子里的八仙桌，木椅，架子床，都雕龙刻凤，花鸟呈祥。每座院子里都种着石榴和白玉兰。她姥娘家院子里人也多得很，大人小孩，主人佣人，以至于石榴都不记得他见没见过她那位在马家寨开药房的舅舅了。

儿时的石榴时常沉浸在姥娘家迷宫样的宅院里，沉浸在姥娘家热闹繁华的富庶里。她小小的心里，常拿自己的家和她姥娘家比，有时候还会叹着莫名的落寞和伤心。

第一章 石榴

金菩萨供在她家堂屋的香案上,她娘她爹每天早晨起床净手后第一件事就是在菩萨面前跪了,念念有词。翡翠玉蟾摆在她家钱庄的柜台上,招财哩。逃难那天石榴看见她爹她娘把金菩萨和翡翠玉蟾包好装箱了。石榴最后一次见它们是半年前,春节,她爹拿出来放桌上跪拜。

石榴爹的脑袋被砸一个窟窿

石榴问她爹要金菩萨和翡翠玉蟾。从夏天开始,石榴去她爹那里的次数更多了。石榴说,爹,揭不开锅了!爹,大人孩子都饿得走不动路了!爹,闺女一家要饿死了!她爹开始还给她小东小西的,有时候是一块两块银圆,有时候是几吊钱,有时候是一碗米一瓢面,最多的一次她爹给过她一只玉手镯,她拿去当铺当了,换了一斗米,一升谷子。后来她爹给的就少了。任她哭,任她闹,她爹低了头装哑巴。有时候就很不耐烦地说,爹也没吃的啦,爹也要饿死啦。

家里最后的半袋米面被抢之后,石榴就天天泡在她爹家里,问她爹要金菩萨,要翡翠玉蟾。她爹只说没有了,说拿当铺当了,说被贼人偷走抢走了。石榴知道东西就在她爹手里,是她爹藏了不给她。

那天傍晚,石榴拄着一截木棍,一路跟跟跄跄来到她爹床前,扑通跪了。跪麻了腿脚,也没了说话的力气。她爹只躺在床上闭着眼,不理她。被她吵狠了,她爹拍着床帮说,妮,逼死爹啦。她爹的脸也是菜色,她爹也只剩一把骨头架子了。

石榴把头磕在她爹的床帮上,梆梆响。

石榴哑着嗓子说,爹,救救闺女一家吧!爹,救救闺女一家吧!给你磕头啦!石榴的额头磕在床帮上,血水泪水模糊了纸片子一样瘦薄的脸。

她爹转头闭了眼。

心灰意冷的石榴试图扶着床帮站起来,她仰起昏昏沉沉的头,又无力垂下了。在垂下头的一瞬间,她看到床下一个松软的沙土坑,上面隐约印着单薄的手指印。

石榴枯涩的眼睛里有了明亮的光芒,她急急用双手刨了,刨出红布包裹着的金菩萨和翡翠玉蟾。

石榴夺门而出。他爹跳下床,奔过来拖住了她。

她爹死了。头上一个血窟窿。那年月,人命不值钱,死了也就死了,每天死的人多了去了,饿死病死的,被日本鬼子二鬼子打死的,被强盗贼人害死的,人命比啥都贱。

石榴爹的死是石榴一辈子的隐痛和伤口,在以后漫长的岁月中,石榴很少说起她爹的死。在别人问及的时候,石榴也是顾左右而言他,也是含糊其词的。

石榴的玉坠一直贴身戴着,再苦再难的日子石榴都没舍得卖掉它。石榴临终前,执意要我给她解下来。石榴说,原是该给你娘的,是你娘没福气。石榴把它留给了我。

蚂蚱盛宴

牛运仓回来是一九四三年秋天。一场蚂蚱雨像一阵旋风刚从田野里刮过,一场攻打马家寨的血腥战斗也刚刚结束。

头年涝,二年旱,三年蝗满天。蚂蚱来的时候是正午。石榴正往锅里蒸菜团子,榆树皮和着红薯叶子和的面。她奶奶烧火。明晃晃的院子里忽然就变了夜晚,嗡嗡的声音像狂风携着暴雨呼啸而来,天上有噼里啪啦的东西掉下来。是蚂蚱。她奶奶说,我的个亲娘哎,不得了啦,来蚂蚱啦!

蚂蚱来的时候是六月初。六月六看谷秀,谷子刚出穗,高粱刚举起大喇叭头,玉米还没出缨,蚂蚱遮天盖地扑来,庄稼一眨眼的工夫就只剩下半截光秃秃的秆子啦。

石榴种的二亩高粱被蚂蚱吃得光光的,二亩谷子也被吃得光光的,还可惜了一条裤子。是她自己的一条裤子,出门时情急之中抓在手里了。裤子被她绑在一截竹竿上,挥舞成丝丝缕缕的烂布条。她的胳膊肿得像一截木桩,脖子肿得也像木桩,石榴累瘫在蚂蚱的尸体上。

两个孩子也被她颤巍巍的奶奶拖到高粱地里。两个孩子

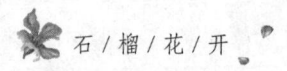

和她奶奶都像蛤蟆一样在地里爬着跳着，呼哧呼哧不停地摇晃高粱秆子。在蚂蚱像暴雨夹着冰雹的轰鸣中，她奶奶撩起衣襟捂着嘴，尖着嗓子对两个孩子发号施令，爬，爬，朝前爬；晃，晃，别停下！她奶奶不时吐着哑着撞进嘴里的蚂蚱。

两个孩子的肚皮上沾满了蚂蚱尸体的汁液，青绿，黑黄，花里胡哨一片。他们的娘和老奶奶都坐在地上，拍打着地面上蚂蚱的尸体，号啕大哭。他们的老奶奶牙没了，大张着的嘴像个黑洞洞，没头没脑的蚂蚱往嘴里乱窜。老奶奶扯起衣襟捂住嘴，扯着长腔接着哭。老奶奶干瘪的乳房和肚皮瞬间被蚂蚱覆盖了。两个孩子从没见过这么多的蚂蚱，活蹦乱跳的蚂蚱爬满了他们全身，弄痒了他们的肚皮和小鸡鸡。他们咧开小嘴，发出莫名其妙的笑声和欢快的吵闹声。这样乱哄哄的场面，真好玩啊。两个孩子不知道他们的娘和老奶奶哭啥，为啥哭。

到处都是蚂蚱的尸体。密密麻麻，一堆一坨，填满了沟壑和田垄。土埋。火烧。火烧的香气在空气中东一头西一头乱窜，像小抓钩抓挠着肠胃。没有人敢吃，都说有毒，都说吃了死后变大肚子蚂蚱。石榴从火堆里抓起一把。石榴把一团蚂蚱放到嘴里时，她奶奶吓得面如土色，连比画带喊地叫嚷，快吐喽，快吐喽，有毒，有毒，死了变蚂蚱！

石榴一脸的悲壮和决绝。死就死吧，变蚂蚱就变蚂蚱吧，死了比活着好，变蚂蚱也比做人好。这孤儿寡母的日子,啥时候能熬出个头啊。石榴吃了一把,又吃了一把,后来她胡乱抓起一把又一把塞进嘴里,咽进肚里。她奶奶想爬过去制止她,可是她瘫成了一团稀泥巴。石榴闭上眼睛,大气不出,听着肚子里的声音。

那一声期待的,恐怖的,山崩地裂的响声没有到来。

她放了一个响屁。那一个响屁像一枚炮仗。石榴在响屁声中像一枚炮仗一样蹿起一尺高。

一袋烟的工夫过去,她还在;两袋烟的工夫过去,她还在。石榴就那么站着愣怔着,摸摸肚子,肚子在,晃晃脑袋,脑袋也在。她把手指放在嘴里咬,疼痛的感觉像明晃晃的大太阳一样袭击了她。

石榴看见满地光秃秃的庄稼秆子,看见满地绿油油黄乎乎的蚂蚱尸体,看见她奶奶稀泥巴一样瘫在地上,她的两个孩子,正翻着跟头,打着滚,大呼小叫着,像两只撒欢的小狗。

石榴笑着哭着,哭着笑着,把家里的盆盆罐罐,筐筐篮篮,就连舀水用的葫芦瓢,都拿出来盛满了蚂蚱的尸体。她把它们用水煮了,用盐腌了,把它们用文火炒焦了,盛满了家里的盆盆罐罐。她把炒焦的蚂蚱尸体在石臼里舂碎了,和着红薯叶子榆树皮蒸窝窝。在后来一个多月的日子里,蚂蚱的尸体成全了孩子饥饿的味蕾和肠胃,两个孩子吃得手舞足蹈,吃得肚皮滚瓜溜圆。他们的脸色和小胳膊小腿,都因着

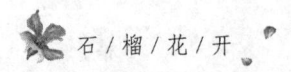

这些蚂蚱的尸体丰盈起来。她奶奶在她和孩子兴高采烈吃蚂蚱的时候,痛心疾首,叽叽咕咕地说着死后变蚂蚱的话,依然老太太跳井——坚决拒绝进食一根蚂蚱腿。

拒绝吃蚂蚱的都是村里的老人,他们不想死后变大肚子蚂蚱。年轻人全都不顾了,他们抵挡不住蚂蚱尸体的香气,他们抵挡不住饥饿的蹂躏,至于死后变什么,不管,也管不了。只要眼前能填饱肚子,蚂蚱能吃,猫能吃,老鼠也能吃,就连人,也有人偷偷地吃了。石榴说,邻家五岁的孩子,奄奄一息,他爹把他的小腿小胳膊和屁股煮了吃了。野地里扔的孩子,缺胳膊少腿的,多得是。

马家寨战斗

那场八路军攻打马家寨的战斗,石榴也深陷其中。八路军来势凶猛,守军负隅顽抗,战斗直打得天昏地暗。

当时驻守马家寨的是被老百姓称为二鬼子的李子仪的国民党军,李部凭借着马地主家的两道寨墙,又依仗日本鬼子撑腰,对马家寨老百姓烧杀抢掠,对驻扎在黄河故道北堤外的八路军屡屡挑衅冒犯。马家寨最大的地主叫马麻子,马麻子一脸的麻子坑,都说麻子不叫麻子叫坑人,马麻子脸上的麻子是患天花落下的。那麻子坑是真大哩,有黄豆豌豆粒

第一章 石榴

儿大。据说马麻子祖上是靠挖人家祖坟发的家,到了马麻子这一代,马家已经是马家寨最大的地主了。马麻子家在马家寨后岗上。当年,马家发迹之后,请了风水先生,看上了马家寨后岗上的一片高地。财大气粗的马麻子他爷花钱把原来佃户居住的土房子全部买下来拆除了,建成清一色的砖木房。然后建了高高的寨墙,围绕寨墙又挖了一道深一丈五的寨壕。石榴说,马地主家寨墙是古城墙样式,四面寨墙用厚厚的大青砖砌筑成,高约丈余,称作"寨围子"。寨墙的东、西、南、北四个角都修筑了炮楼,俗称"外四楼"。寨墙以内留出一丈宽的车马路和人行路,车马和人行路的两侧是一排排砖木瓦房,是马地主家为长期佃户建造的住房。中央位置,是马地主的四合院,四周也是用大青砖垒起的围墙。围墙四个墙角,也修筑了炮楼,俗称"内四楼"。马家四合院由大堂楼、东西配房、厢房组成,此外还有账房、仓房、管家住房。马地主家战乱时做了二鬼子窝点,后来斗地主分田地时把两道寨墙都拆了,把马家外围大大小小的房子瓜分给了贫下中农,留了中间的四合院,先是做了农委会,后来又做了人民公社。

二鬼子加固了寨墙,又加宽深挖了寨壕,沟底埋了被油浸透的枣木尖桩,门口架了高高的吊桥。加宽寨壕占用了石榴家半亩宅基地,石榴不要赔偿钱,石榴想要搬到寨子里住。石榴挎着一篮子红枣去见李子仪的副官,石榴说,她能烧水,

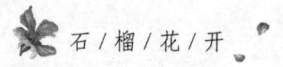

会做饭,还会浆洗衣服。

其时,她男人下落不明已经一年多,在外人眼里,她多半就是个小寡妇了。石榴年方十八,身为两个孩子的母亲,她的风韵比黄花女子更有味道。石榴一家侥幸留在寨子里,在马家寨是有很多闲话的。可是,嚼舌根有什么用呢。事实是,好多嚼舌根的女人都失去了舌头丢了命。都说李子仪的副官是个花心大萝卜,是个见了女人走不动路的货色,传说毕竟是传说,石榴的豆腐他吃到没吃到,石榴的便宜他占到没占到,谁知道呢。石榴不说,经年的窃窃私语都只能是阴沟里的风,年代久远,好些个窃窃私语都像流言,像日子一样消失了。又如副官和两个女人同时拜堂成婚的盛大场面,曾经那么的沸沸扬扬,沸沸扬扬之后,也随着岁月和日子烟消云散了。

李部仗着牢固的工事负隅顽抗了两天两夜。两天后赶来增援的日本鬼子和汉奸部队在黄河故道中了八路军埋伏,被打得死伤大半,败退虞城。寨里的二鬼子见大势已去,慌了手脚,像一群无头苍蝇往外蹿,窄窄的吊桥上人挤人。有的被挤到吊桥下,有的被打死在吊桥上,有的受伤掉到壕沟里,被自己埋的尖桩活活扎死。从寨里侥幸逃出来的二鬼子也遭了外围八路军的枪子儿,马家寨周遭的巷子和羊肠小路上,尸体一个挨一个,像撂倒的麦秸个子。李子仪侥幸逃脱,他手下那个婚礼上和两个女人一起拜堂的副官到阎王那

第一章 石榴

里报到了。

在那次战斗中,死的官兵一轱辘车一轱辘车地往黄河故道里拉。事实上,战斗中死伤的老百姓也多。牛二家一拉溜五个活蹦乱跳的儿子,胳膊腿都被炸飞了,没一个囫囵尸首。通往故道的路上,血流成河,马家寨寨内更是尸首遍地。

空气中充斥着刺鼻的血腥气息。遍地的尸首开始还埋,后来就拉到故道里随便扔了,故道干涸的河床上尸首成堆,成群结对的野狗吃红了眼,成群结队的老鼠吃红了眼,成群结队的绿头苍蝇都有马蜂大。尸首腐烂的气息迅速蔓延,整个马家寨臭气熏天,整个黄河故道里臭气熏天,随之而来的瘟疫又死了好多人。后来故道里的冤魂野鬼每每出来作祟,小的时候,石榴讲得最多的,就是黄河故道里的鬼故事。

石榴说,那场战斗真是打得天昏地暗。她和奶奶、孩子躲在红薯窖里,听见子弹贴着地面嗖嗖飞,密集时候像过年放鞭炮,冷枪冷火半天嘣一声,像穷人家的孩子偶尔放的二脚蹬。动静可是比放鞭炮大多了,天摇地动的。在震耳欲聋的枪炮声中,红薯窖颠簸摇晃,随时都有坍塌倾陷的危险。泥土坷垃从红薯窖顶上和四壁哗哗啦啦降落,劈头盖脸,一家人都成了泥猴子。吃喝拉撒都在红薯窖里,腥臭难闻。可是,有腥臭味闻着是多么幸运的事,死了,闻不着腥臭味,也闻不着饭菜香啦。

枪声稀落时石榴爬出了红薯窖。满地的尸体,满地的残胳膊断腿,东一截西一截,东一堆西一堆。土地成了猩红色。绿头苍蝇黑压压一堆一团。她奶奶胃口浅,呕吐得一塌糊涂,石榴赶紧扶她奶奶到茅坑旁趴下,闻了一袋烟工夫,她奶奶才喘过气来。以毒攻毒,这方法还是她奶奶说起的,她奶奶说,闻大粪能治晕血,不料今日派上用场了。石榴说,也不觉得怕了,和人一起捡拾残胳膊断腿抬尸首往故道里拉。也有意外收获,好些官兵身上藏着东西。石榴眼疾手快,翻找出来掖了藏了。石榴家的房子倒塌了两间,有什么当紧呢,人还活着。

在那日本鬼子二鬼子汉奸土匪乱碰头的年代,活跃在马家寨周围的还有两支地方武装,一支是"常三"的队伍,一支是"二百斤"的队伍。人人都说"二百斤"杀人如麻,谈其色变的时候,石榴总有着少有的平静。

在黄河故道一带,流传着一句非常流行的话,常三的队伍——平嗡。平嗡,方言,意思是说不排队,没秩序嗡嗡叫着一起往前冲。常三,聚集一帮地痞无赖,也做打家劫舍的事,也做偷鸡摸狗的事,但他抗日,打日本鬼子。常三的队伍常年隐蔽在黄河故道南岸十里槐花林里,神出鬼没。一天,驻扎在虞城的一个叫白小林的日军小头目,带领部下到马家寨扫荡,在十里槐花林里遭遇常三的队伍,小鬼子压根没把这群散兵游勇放在眼里,却不料常三的队伍一窝蜂地冲

/ 第一章 石榴 /

上来，乱枪之中打死了白小林，残暴狂妄的日军小头目阴沟里翻船，一命呜呼。第二天，恼羞成怒的日本鬼子从商丘开来了一百多辆汽车，扑向马家寨。马家寨的老百姓在常三队伍的掩护下，都跑到堤北芦苇荡里躲了起来，守寨的是被老百姓叫作遭殃军的国民党军。国民党军贪生怕死，在日本鬼子强大的炮火面前，不堪一击，伤亡惨重，眼看马家寨就要失守，二百斤的队伍像天兵天将一样出现了。二百斤昼伏夜出，被传得神乎其神，好多关于她的传说，见过她的人却不多。传说中的二百斤是个女人，身高体胖，面如满月，眼如明镜，人高马大，十分威武，号称"二百斤"。二百斤会使双枪，枪法绝准。二百斤的部下有五百余人，男男女女都骑着高头大马，常随二百斤骑马出行的两个副官，也是女人，都二八年纪，长得十分俊俏。二百斤骑栗棕色马，着一身黑色，两个女副官骑白马、黑马，一个着红色斗篷，一个着绿色斗篷，神出鬼没。二百斤和她的部下平日里专做除暴安良、除奸打霸、劫富济贫的事。眼看着日本鬼子在自己家门口烧杀抢掠，横行霸道，残害百姓，二百斤手里的枪早怒火满腔了。

二百斤的队伍齐刷刷出现在寨墙上，一时间，枪声四起，震耳欲聋，连守城的国民党军都不知道二百斤的队伍啥时候进的寨。到了夜晚，下起了瓢泼大雨，更发生了让日军胆战心惊的事，马家寨寨墙上的一盏盏煤油灯在狂风暴雨中，突然亮起，任狂风大作不摇动，任大雨倾盆不熄灭，不一会，又见一年轻女子骑健壮青牛为油灯添油，衣袂飘飘，似置身风雨之外。传说，这年轻女子就是太上老君的婢女，蛾眉姑娘。再看寨墙之上，二百斤身披黑色斗篷，腰插双枪，巍然站立，左右是两个俊俏的女子，也各抢双枪，满寨墙的兵排列整齐，严阵以待，风雨大作中，似皆在风雨之外，日军大骇，连夜逃窜，枪声大作中，日军损失惨重。

石榴那次也用小土车推着孩子到芦苇荡里逃命了，第二天鬼子撤离，她回到家里，在家里遇着了二百斤。二百斤受了伤，大腿处中了枪。石榴把她藏到她家红薯窖里。那时候，石榴还不知道她是传说中的二百斤，石榴见到的是一个普通女人，甚至比普通女人还瘦小一些。女人在石榴家里躲藏了半个月。临走，女人留下银两给石榴，也说了她身世。二百斤本姓齐，徐州人氏，因其父擅长武功，自幼习得一身本领，因能单手托举二百斤重物，得诨名二百斤。二百斤嫁的是马家寨的一户富绅之家，不料婚后第二年男人和公公在经商去商丘的途中被日本鬼子打死，二百斤发誓为男人和公公报仇，自此组建了一支队伍，活跃在马家寨一带。石榴第二次见到二百斤是在三年之后，她的两个小儿子被淹死在黄河故道、石榴悲恨交加的一个夜晚。那个晚上，石榴在儿子坟前一边哭，一边发着人世间最恶毒的诅咒。二百斤悄悄走近她，陪她伤心落泪，劝她节哀，劝她识时务。石榴自此再没见过二百斤，石榴说，二百斤跟了八路，随队伍走了。

第一章 石榴

　　石榴说,也怪,枪炮落在老君庙内,不是枪走火就是炮炸膛,落在老君庙内的炮弹都成了哑弹,老君庙在炮火连天中,仿佛置身战火之外,不管是小日本、二鬼子,还是八路军的炮火都奈何不了它。太上老君依然鹤发红颜,双目炯炯,毫发无损。

姥爷娶了小老婆

　　牛运仓被抓壮丁半年之后辗转到了南京,一路枪林弹雨九死一生自不必说,逃跑的途中曾经一天三次被抓,还曾经一夜三次投降。仗打得乱,一会遇到国民党的队伍,一会遇到八路军的队伍,他也分不清哪是八路军,哪是国民党,像只没头的苍蝇,晕头晕脑乱撞,牛运仓最终还是落到国民党手上。说来可笑也可悲,好多和牛运仓一样被抓了壮丁的,跑来跑去,到死都不知道自己是哪路兵,跟谁打的仗。

　　当年,和我姥爷牛运仓一起被抓壮丁的还有鲜花的爹白板凳,我该叫作爷爷的一个人。鲜花,后来成为我爹的这个人,他和我娘大麦我姨小麦的感情纠葛,是第二章的故事。牛运仓被抓时我大舅一岁多,二舅刚出生两天整。那时候,大麦小麦都还是未知数,鲜花还在他娘肚子里,他爹被抓当天夜里他从他娘肚子里钻出来,可是,晚了一步,就差这几个时辰,鲜花和他爹白板凳错过了一辈子。两人在徐州开往南京的途中被分到一个运输队,两人合用一辆小土车运粮食,一个推,一个拉。途中,两人几次合计着逃跑,都没得逞。

一次差点就得逞了。那天下午,下着大雨,两人被一个大个子兵领着去沿途村里拉征牛,跑了大半个村,终于找着了一头牛。两人都成了落汤鸡,牛也成了水牛,任怎么拉,怎么拽,牛知道此去凶多吉少,蹄子像长在地上不肯挪动一步,牛主人好话说尽,塞一把响当当的现大洋在大个子兵口袋里,大个子欢天喜地地收了,放了征牛。天已擦黑,陌生的村巷子里空无一人,两手空空的牛运仓给白板凳递个眼色,俩人撒开脚丫子大跑。大个子兵哇哇乱叫一阵,看追赶无望,怀揣着现大洋喜滋滋掉头走了。也合该牛运仓和白板凳倒霉,俩人跑半夜,喘息未定,没来得及欢庆,迎头又碰上抓差的。俩人被打了一顿,又稀里糊涂被抓进队伍。

一天后他俩又遇着那个大个子兵,不知道是他们压根就没跑出同一支队伍,还是大个子兵也易了主,之后不久他俩在行军途中的僻静处,亲眼目睹了大个子兵被身后的同伙一枪托子砸在脑袋上,身上的大洋被抢劫一空。那个同伙骂骂咧咧的,娘的,早分给老子一半,也留你一条狗命。五天后的一次战斗中,牛运仓和白板凳用一根扁担抬子弹,白板凳在前,牛运仓在后,一梭子弹从侧面飞过来,从白板凳的一只耳朵钻进去,另一只耳朵钻出来。牛运仓眼睁睁地看着白

第一章　石榴

板凳摇晃几下，扑通倒地，一梭子血射出一丈远。他吓得屎尿流了一裤子。

一九四三年秋天，牛运仓所在部队北上开往济宁，途经老家，他在一个漆黑夜晚离队换了老百姓服装潜回家。牛运仓回来时带来了一个十二岁的小姑娘。

小姑娘是他战友的妹子，战友在一次日军偷袭中为保护他牺牲了。兄妹俩爹娘早在战友参军前就死了，死于黄河花园口决堤之后的大瘟疫。

牛运仓是在他回来半年后的一个晚上说出他战友遗愿的。他拿自己的大炮在石榴身上狂轰滥炸之后，有点羞涩有点难为情地说，小姑娘，他战友的遗愿是要他收房做小老婆。石榴折起身把他从身上掀下来，踹到床底下。

那时候，他老婆石榴已经怀有四个多月的身孕。

说起来，小姑娘是个不错的小姑娘，名叫青杏。长得眉清目秀，穷人家的孩子，懂事，吃苦，耐劳，手脚也利索，跟在石榴身后，叫姐叫得也甜。石榴喜欢这个妹子，可是再喜欢也不希望她给自己男人做小老婆，心再宽的女人也不会。

石榴又哭又闹，摔东砸西，我大舅二舅成了出气筒，还在石榴肚子里徘徊的胎儿，后来成为我娘的大麦，也受到株连。大舅二舅四五天没吃上一口热乎饭，她自己也四五天不吃不喝，害得刚刚发育成形、像小老鼠一样大小的大麦差点胎死腹中。牛运仓，那个平时看上去温顺的男人，这回像天

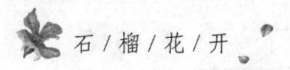

下所有馋嘴男人一样铁了心,他对石榴的抗争装聋作哑,对石榴的痛苦视而不见。

她奶奶说,人犟不过命,人的命,天注定,命里该来的,早晚都会来,她奶奶又说,遗愿不可违,给他收了吧。石榴为此也恼着她奶奶。

石榴有两个月不叫男人上她的床。

石榴回了水门镇,回了生她养她的地方。石榴坐在马车上哭了一路。

家已不是家的样子,残墙断壁,一片瓦砾,一片凄凉。

那是石榴离家后第一次回家,也是最后一次。石榴打问村上活下来的老人,询问她娘她哥的消息。哪里就有消息呢。能活着的,都有音信了,没音信的,多半凶多吉少。石榴不知道此刻在千里之外的战场上,她的小哥正躲在一个壕沟里和八路军激战。她小哥活着,和她也是生死两茫茫。想着生不见人死不见尸的娘和哥,抚摸着腹中的胎儿,想着自己命的苦,石榴哭得悲悲戚戚。石榴在老屋前烧了纸钱,到老再没回去过。

青杏被纳二房是一九四五年夏天。婚事是石榴一手操办的。不算大排场,可场面也很说得过去了,弄了一班响器唢呐,呜呜哇哇吹打了一天。

那时候,牛运仓已被选为马家寨的区长,牛家米粮行重新开张。石榴所有的委屈,女人所有的委屈,在生计面前,渺小卑微得如一粒尘埃，如沟壑旁的野草。

石榴的身体像一座春天的花房

石榴在她男人回来之后的两年里，又生了两个，一个丫头，一个小子，丫头取名大麦，后来成了我娘。石榴那块田地，有种就生根发芽，丝毫不受外面枪林弹雨的影响，也丝毫不受季节更替天气旱涝的影响，像一只惯于下蛋的老母鸡，咯咯哒，下一只蛋，咯咯哒，又下一只蛋，偶尔还下双黄蛋。

青杏在一年后的生产中死于难产，她生下一个丫头，大出血，丫头保住了，自己死掉了。丫头取名小麦，名字也是石榴给取的。

石榴不愿想起那个夜晚，石榴也很少提起那个夜晚。是她刚生完我四舅的第五夜，咔嚓咔嚓的响雷像要把屋顶揭开，一道接一道的闪电像孤魂野鬼在空中张牙舞爪，雨水从天上倒下来。男人去县城执行任务没回，她奶奶病在床上起不来。小女人在剧烈的疼痛中翻滚着。

我不是一个心里阴暗的人，但我总禁不住以小人之心度君子之腹，我揣测着石榴那一晚的心思，石榴那一晚的心思必定是不平静的，必定是电闪雷鸣、惊涛骇浪的。所有的恶念，所有的快意恩仇必定是兴奋了她，也吓坏了她。石榴最

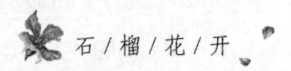

终也必定是在电闪雷鸣般的恶念中凤凰涅槃、浴火重生了。不然,哪里会有小麦的出生呢。后来,在小麦和大麦争夺男人,在大麦跳湖死的那一刻,石榴也必定是咬牙切齿的吧?她恨着小麦,也必定后悔着自己在那个电闪雷鸣的夜晚给了小麦一条性命吧?

孩子生下来是在下半夜,石榴把剪刀在火上烧了,把脐带剪了,那一刻,她心里是有过一丝庆幸的吧?小女人生的是丫头。她把丫头包好放在床上时,发现小女人下身汩汩流淌的鲜血从床上淌到地下,黏黏稠稠的一大片。石榴望着气息渐渐微弱的小女人,望着门外的暴雨雷电,瑟瑟发抖。

石榴背来了她奶奶。她把奶奶放在小女人床头上。奶奶试试小女人鼻息,拽着湿淋淋的她没让她去请大夫。奶奶颤颤巍巍地说,运仓回来我给他说,你尽力了,没你事。奶奶说了没她事,男人回来也没怪罪她,以后的岁月里,她心里还是隐着歉疚的,她把这份歉疚还债一样还在小麦身上了。

再没有哪个女人拥有像石榴一样值得骄傲的乳房,再没有哪个女人拥有像石榴一样值得骄傲的子宫。石榴其实是一个小个子女人,身高不足一米五,却是标准的丰乳肥臀。石榴的乳房饱满温润,石榴的屁股尖尖翘翘,石榴的子宫是一座春天的花房,春风一吹,种子发芽,一个个鲜活的生命破土而出,迎风见长。

我姥爷死于一九六零年的那场大饥荒,他死后三个月,

第一章　石榴

石榴又生下他们的第十九个孩子。在十九个孩子中，十男九女。那一年，石榴年方三十五岁，我姥爷四十二岁，如果不是我姥爷早逝，真不知道石榴神秘的子宫里还会孕育多少生命。她的乳房像一座取之不尽用之不竭的甘泉，流淌着琼浆玉酿，滋润丰盈着一个个幼小的生命。青杏死后，石榴的乳房同时供养着两条生命。她的乳房比以往任何时候都更肆意汪洋，比以往任何时候都更饱满硕大。小麦钻在石榴怀里，贪婪地叼着乳头，贪婪地吸吮着乳汁，真正的有奶便是娘。

黄河故道鬼故事

牛运仓被选区长是在他回来的那年冬天。遭遇夏天旱灾秋天的蝗虫之后，遭遇日本鬼子二鬼子的血腥洗礼之后，马家寨人口大减，整个寨子鸡犬不闻，不见人烟。街上晃动着的都是小日本、二鬼子。活着的人贫病交加，奄奄一息，每天都有人冻死饿死。玉米秸秆被磨了吃，高粱秸秆被磨了吃，吃的人肿胀着大肚子哭天喊地哭爹叫娘拉不出屎来。没办法，石榴只好用手抠，我的两个小舅舅都被抠得嗷嗷叫。这时候鬼子给老百姓发了粮食，成袋成袋的白米堆放在街上，只要去领，鬼子就会笑眯眯地放你肩上让你背走。后来鬼子要马

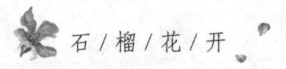

家寨人自己选出人来,替他们发放粮食。牛运仓当选了。

牛运仓拿不准主意要不要当那个区长,他回家和石榴商量。

刚从街上背回一袋大米的石榴说,选咱当,咋不当,谁给咱饭吃,咱给谁干活。一大窝孩子要活命,活命比啥都要紧,死了说啥都白扯。事实上,当不当区长都不是牛运仓说了算,也不是石榴说了算,不当,怕是连命都保不住。可是,鬼子的大米白面也不是好吃的,鬼子不仅要区长帮他们发粮食,还要他帮着抓人修碉堡,修工事,抬担架,打自己人。

一九四五年夏天,石榴的大儿子二儿子,一个五岁,一个四岁,在失踪两天之后,尸首在黄河故道里浮上来。几天前,他们的爹,马家寨的区长牛运仓,在小鬼子的威逼利诱下,刚帮小鬼子做了一件事。一个藏在寨子里的八路军,面对小鬼子以一寨人性命为代价的威逼恐吓,牛运仓交出去了。

两个儿子死得不明不白,石榴认准了是有人把她儿子投了河,姥爷说,可不敢瞎说,兴许是孩子自己掉河里淹死的,兴许是二鬼子祸害的,是二鬼子的反间计。哑巴吃黄连,只能咬碎牙往肚里吞,石榴的仇恨只能发泄在一个用麦秸扎的小人身上。石榴亲手埋葬了两个小儿子,和两个小儿子一起埋葬的,还有那个扎满钢针的麦秸小人。

石榴的婆家奶奶死于一九四六夏天。老人病得也蹊跷。只说浑身哪里都疼,遍访名医,却看不出啥毛病。石榴找了算命先生。算命先生摇着头不收卦金。没几天,猫头鹰在她

第一章 石榴

家屋前柳树上连着叫了三个晚上。听着猫头鹰叫,石榴知道阎王爷来下请帖啦,她奶奶大限到了。果然,花掉了五亩好田地钱,老人还是撒手归西了。

石榴后来才知道,她奶奶是保佑她呢,田地少了,她家才逃离了地主成分。在以后长达半个多世纪里,家庭成分成了个人命运的主宰。贫下中农扬眉吐气,贫下中农的招牌像一张畅通无阻的红色通行证,而被贴上地主标签的人家成了过街老鼠,他们在后来的一系列运动中被批被斗,如丧家之犬,惶惶不可终日,他们有的还为此丢了性命。他们的子女也受到株连,参军,招工,招干,推荐上大学,都与他们无缘,他们被骂作地主羔子狗崽子,低人一等。石榴家的成分划分的是富农,即便是富农,后来我十舅想当兵,他体检合格,政审也是没通过的。

那年夏天,发生在黄河故道里的鬼故事,每每听石榴讲起我都会不寒而栗。石榴说,之前,好多故事都是听她奶奶讲的。而那年夏天的事,是她亲身经历的。

遵照她奶奶的遗愿,她死后要埋到祖坟上,牛家祖坟在黄河故道南岸的虞城县,李家祖上是从河南逃荒要饭落脚到黄河故道北岸的。为了把她奶奶安葬到祖坟上,石榴和姥爷一行四人抬着老人的尸首在一天傍晚出发了。

老人的尸首是绑在绳床上抬着的。石榴说,不能盛殓入棺,路途远,只能把她奶奶扮病人,死人住店是犯大忌的。

石榴说这主意是她想出来的,把她奶奶的尸首绑床上,用一块蓝色的棉布单子盖着。床是那个年代独有的绳床,没有床板,代替床板的是纵横交叉的麻绳,老人的尸首深陷其中。傍晚出发,走到黄河故道天挨黑。乌鸦在树梢头哇哇大叫,猫头鹰在树梢头嘎嘎大笑。水不深,最深处也不过齐腰,原以为两里多宽的黄河故道水面,也就一个多时辰的路程,可是走到河中间过不去了。明晃晃的月亮一下子被天狗吞了,人像走进了狗肚子里,霎时就黑得啥也看不见。水面起了漩涡,脚底下像被什么东西绊住了,对面看不见人,喊人也听不见。石榴说,她大声喊我姥爷的名字,可嗓子卡住了,光张嘴,出不了声。好多只冰凉冰凉的手拉着她的胳膊抱着她的腿搂着她的腰,她着急挣扎,动弹不了。周遭响起了哭声呻吟声,喊疼的凄厉号叫,喊救命的疾呼。她好像听到她的两个孩子喊救命,凝神倾听,嘈嘈杂杂中又听不真切。她大声呼喊他们的名字,就是出不了声。直到远处传来雄鸡报晓的声音,天狗逃遁,一切复归沉寂。

犹如一场梦中醒来,大家依然肩上抬着老人尸首,僵立在水中央。

在送葬队伍中,有石榴有我姥爷,另外两个是八路军。八路军借送葬之行,深入河对岸的敌占区摸排情况,没想到遇到了黄河水倒,遇到了鬼打墙。其中一个说是八路军,其实还是个十六七岁的孩子。他吓得灵魂出窍了。上岸后一直神情呆滞，目光涣散，一语不发，走路像僵尸一样机械僵硬。这个可怜的孩子死在回来的路上，回来时眼看到了黄河故道，他大叫一声，口吐鲜血，倒地身亡。

石榴说，那个八路军孩子叫黄河水倒拉走了。黄河故道里的冤魂野鬼太多了，她那次也吓得尿了裤子。水倒的故事她听她奶奶说起过。

她奶奶说，黄河水倒就是黄河里的冤魂野鬼，他们死后像人一样在水里游走，身躯在水面以下，头发漂在水面，碰见过河的人就拉住做替身。她奶奶多次警告她，夜里千万别去故道边，看到河水里有东西漂着别去捞，听到人叫你名字别答应，一伸手一答应水倒就把你拉走了。那年花园口黄河大堤决堤之后，一时间河水倒流，淹死了几十万人。黄河中浮尸如过江之鲫，尸体顺着水流往下漂，一摞摞堵在河湾处。一群群大鱼鳖精在水下啃食，咔嚓咔嚓，伴着凄厉的痛苦呻吟，夜里顺风传二里地，让人毛骨悚然。那两年，不要说晚上人不敢走近黄河故道，就是大白天，一个人也不敢。

发大水之后的第二年，都接近秋天了，秋老虎当头，晒得人蔫头蔫脑，村上叫李二镢头的一个老光棍，自恃胆大，和人打赌，要去黄河故道洗澡。是正午，白花花的大太阳头顶悬着，牛运仓和几个年轻人，跟着李二镢头来到故道边。故道里水浅至膝，最深处也不及腰。李二镢头在年轻人的起哄声中走向波澜不惊的河水。没走到河水中央，就见李二镢头身子摇摇晃晃扑扑棱棱,像是和什么人拉扯打架,水面溅起白凛凛的水花花,没等几个年轻人反应过来,李二镢头就没了影子。几个年轻人往回跑,腿转筋,脚打拐,四肢不听使唤,爬着滚着,嚎得没人腔。

一个叫羊屎蛋的孩子,被家里人抬回家,浑身哆嗦得按不住,眼瞪得牛眼大,手在空中乱抓乱挠,嘴里不住声地喊着有鬼有鬼,叫得那个瘆人,当天夜里就死掉了。牛运仓那次也吓破了胆,一直昏迷不醒,是他奶奶请巫婆跳了大神,傍晚拿耙子去故道搂魂才醒过来的。

其时,牛运仓爹娘刚给石榴爹送了定亲礼,石榴后来和牛运仓开玩笑,你那时候要是被鬼拖走了,我算不算你的寡妇?我要不要给你守节等着立牌坊?

抬着她奶奶的尸首住店也遇到大麻烦,单说是个病人店家都不让住,怕沾惹晦气,姥爷找了好几家,都被撵出来了。石榴一次次地赔着笑脸,好话说了一箩筐,付了双倍价钱,最后总算找到一家住下了。

石榴说,是带奶奶去还愿的,只是,奶奶路上不能见光见生人,不能说话。

石榴又走近奶奶,拍着床沿,大声说:奶奶,您听见了没?回头,咱来时还住这里,咱得好好谢谢这好心的店家!

在这次送葬之行中,牛运仓成功掩护了八路军,是立了大功的。事实上,牛运仓在整个抗战时期都是立了大功的,他名义上是伪区长，也正是利用了这个身份，他不止一次地给八路军通风报信，给八路军筹粮，他还亲手掐死了一个日本鬼子，救了一个八路军的命。

那个夜晚，在一个巷子口，一个鬼子追一个八路军，被他碰上，他一个绊子让鬼子趴下了，他扑过去，骑在小鬼子的身上，死死掐住了小鬼子的脖子，小鬼子反手扯断了他新崭崭的夹袄袖子，咬掉他一截手指头，我姥爷和那个八路军一起把小鬼子埋了。他还带头给八路军支援了三千发子弹、二十杆长枪。

石榴记得那个夜晚，那个夜晚家里来了八路的人。八路要牛运仓筹粮食，带头捐枪支弹药。石榴私下里跟男人说，二鬼子七路皮，就是她娘的一窝子遭殃军，见鸡逮鸡，见羊牵羊，见猪捆猪，见牲口拉牲口，拉不走的也给杀了吃肉。马三家里的一头青驴被杀了，一头黑老犍被拉走了。你再看看人家八路军，到了村里也不进老百姓家门，住在树林子里，拿老百姓一根针都给钱。打鬼子也不含糊，都抢着往前冲，不像那帮龟孙二鬼子七路皮，鬼子一来就变成缩头乌龟了！二鬼子是兔子尾巴长不了了，咱得给自己留后路。

可惜后来没人出来给姥爷当证人，证明他不是汉奸。当然，身为区长，他也干了不少坏事，愿意不愿意，他都得给日本鬼子、给二鬼子送信、筹粮、抓壮丁。他当区长的代价也是巨大的，他不仅为此失去两个年幼的儿子，在以后漫长

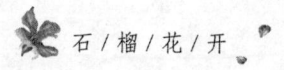

的岁月中,他没被定性为汉奸,但在马家寨人眼里他就是汉奸。没谁公开说,可是平日里人们躲瘟疫一样躲着他,也躲着他们一家老小。一旦马家寨认定了他是汉奸,他就是跳进黄河也洗不清。"汉奸"这两个字像揳进他皮肉里的钉子,像粘在他家门楣上的狗皮膏药,拔不下来,揭不下来。石榴说,幸亏他早饿死了,不饿死,后来也得斗死他,整死他,他活着,只会拖累这个家,给这个家带来更多的祸灾。

拉大锯,扯大锯,姥娘家唱大戏

石榴的婆家奶奶享年七十六岁,这位经历了晚清及民国的老人,在她有生之年,陪年轻的石榴度过了兵荒马乱的岁月。石榴对她感情深厚。

在一年前失去亲生母亲,在新婚之夜死了公公婆婆,那一年,石榴年方十四岁。在她生下一个又一个孩子之后,伺候她月子的是这位年迈的奶奶,在她男人被抓壮丁杳无音讯的日子,陪她一起度过无数不眠之夜的是这位年迈的奶奶,劝她给自己男人娶二房的也是这位奶奶,石榴与奶奶相依为命。与其说是老人的坚强感染了她,倒不如说是老人听天由命的生活态度感染了她。老人说,死不了,就活着。这个小脚、走路颤颤巍巍,腰背如弯弓的老人,倔强而随遇而安地活着，七十六岁，在那个年代，也算是高寿之人了。这位老人对石榴的影响深入骨髓，终其一生。石榴后来一辈子常说的一句话也是，死不了，就活着，好死不如赖活着。

婆家奶奶其实是个很会讲故事的老人，她的小曲唱得也好。这位大半辈子被叫作牛刘氏的老人，这位身份证上被写作牛刘氏的老人，也曾经有一个好听的名字，叫刘春秀，在她九岁被卖到牛家做童养媳之后，被唤作丫头，十二岁圆房到老一直被叫作牛刘氏，或者孩他娘，不要说别人不知道她的名字，就连她自己，也似乎忘了自己曾经有个名字，叫过刘春秀。后来，几十年后，姓刘的邻居家添了一个孙女，起名叫刘春秀，她才恍惚，这个名字听起来好听，耳熟，自己原是叫这个名字的，自己原是有名字的。

石榴和她奶奶一起做针线的时候，常听老人讲她的身世。老人小时候家道并不坏，是因为她爹吸大烟，家道吸败了，她才被卖到牛家做童养媳，那人比她大十岁，对她还好，可是男人在她生下儿子半年后就死了，死于肺痨，那一年她十六岁。真真的寡妇熬儿呢。儿子熬大了，出息了，当了北伐兵，还护送过孙中山灵柩从北京到南京，挂着家里老娘，当逃兵回了家。也娶上媳妇了，可是半道儿子媳妇又撇下她都走了，好在给她留下了孙子孙媳，还是能生养的孙媳妇。石榴好多的故事好多的小曲都是在夜晚听老人讲的唱的，有时候，她们一起在月下纺线织布，做针线。挨饿的时候，她们一起躺在床的两头，搂着饿得奄奄一息的孩子，相依为命。

老人讲，牛家原是穷苦人家，买她做童养媳也是因为家里穷，花几个小钱早早讨一房媳妇预备着，还能做使唤丫头。她男人肺痨，不好看的病。听人说吃老鳖能治，有一年黄河发大水，河道里水滔滔横流，她公公就捉了一只老鳖，准备给她男人炖了吃。夜里听到喊救命，找不见人，最后看见老鳖头伸着，嘴一张一合，知道这老鳖吃不得了，她公公是善良的人，就给老鳖放了生。放生了老鳖，她男人没多久就死了，可是她家里从此有米有面吃了。她家的米缸面缸，白天吃得光光，夜夜都会自个儿满上。遇到仙家了，她公公婆婆说，是仙家答谢救命之恩哩。儿子命里就是短命鬼，神仙也救不活。这样的日子过了好几年，婆婆贪心哩，每天傍晚都把米缸面缸舀得空空的，等着仙家夜里填满。有一个夜晚，秋天的夜晚，小虫唧唧唧，月亮亮晃晃，秋露寒凉，婆婆说是小解，偷着起身躲在厨屋里，想看看仙家到底啥模样，想给仙家要财宝。三更天，她看见一个老头赶着驴车进了她家院，院门是木门，从里面用门闩闩着的。老头来时门闩自个儿开了，门自个儿开了，没有一点声响。驴车停在院子里，老头从车上提起米面布袋，朝屋里走。婆婆就是这时候忍不住蹿出去扑通一声在老头面前跪下的，她说，仙家，给我们送些金银财宝吧。好半天没动静，她抬起头，老头、驴和驴车都不见了，老头和驴车再没来过。老人讲完这个故事，总是说，人不能贪心哩，越贪心就越是啥也得不到。外财不发苦命人，命里八尺，求不来一丈。

石榴的好多故事都是从她婆家奶奶那里听来的，石榴的好多小曲都是从她婆家奶奶那里学来的，娘死后，我住在石榴家，晚上跟石榴睡脚头，石榴的故事和小曲伴我度过了童年。有时候，石榴说和唱都是自顾自的，在我睡着的时候，石榴一个人依然自说自唱。我夜里被尿憋醒，晕头晕脑睡眼蒙眬起来小解，仍然会听到石榴说着唱着，有时候就是瞎哼哼，听不清她说啥唱啥。

石榴的小曲，后来我知道那是叫作民谣的一种民间小曲。

拉大锯，扯大锯，姥娘家唱大戏。戏台搭在南场里，场边有个卖糖哩。啥糖？芝麻糖。姥娘姥娘您尝尝。粘着姥娘嘴，俺给姥娘倒口水。粘着姥娘牙，俺给姥娘倒碗茶。卖糖的，恁走吧，俺舅出来没好话，糖不酥，钱白花，一脚踹恁个仰巴叉！

小木碗，咯噔噔，俺到姥娘家住一冬。姥娘看见怪喜欢，妗子看见瞅两眼。妗子妗子你甭瞅，楝子开花俺就走。葡萄上了架，茄子打提溜。娘的兄弟俺的舅，也不叫俺住个够。

小老鼠，上灯台，偷油吃，下不来，叫花妮，抱猫来，啊呜一口一口咬下来。

奶奶疼孙子，葫芦里头攒金子；姥娘疼外甥，秋秋地里撵遛虫。（遛虫，说的是小麻雀，也说小小虫。）

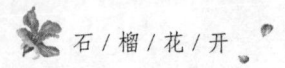

小柳树,发芽啦,一早起来走娘家。爹出来接包袱,娘出来接娃娃。嫂子出来一扭打,八虎头妮子又来啦。

小槐树,槐花开。槐树底下搭戏台,俺请三姐来看唱,三姐哭着从南来。俺问三姐哭啥嘞,嫁的个男人不成材。赶个集到黑来,也不给孩子捎个烧饼来。捎个烧饼没有唛,气的孩子打扑啦。扑啦到锅底下,烧的没尾巴。

状元的爹,状元的娘,状元的大娘来撒床。一把粟子一把枣,大孩领着小孩跑。头把撒到床里面,生养的孩子做武官。二把撒到床外面,生养的孩子做状元。

状元的爹,状元的娘,状元的大娘来铺床。新铺体,新盖体,新弹的棉花新套的。老蓝的,到两头,一头一个花枕头。这边绣的并蒂莲,那边绣的红石榴。

废墟中的中药房

关于石榴的母亲,关于石榴那位在马家寨开中药房的舅舅,我从石榴的叙述中,得出的印象是她母亲是朱家大院的小姐,后来从县志的了解中,我才知道,她母亲和她母亲的兄弟都应该是庶出。也许石榴压根就不知道她母亲是庶出,也许她母亲压根就没告诉她,她母亲不告诉她是很有可能的,又不是啥光彩的事,也许,她母亲说了,石榴知道,但她没

第一章　石榴

有给我说出来。

开中药房的舅舅看上去比石榴爹年龄小，四十岁的样子，穿长衫，白白净净，戴一副眼镜。石榴和她爹初到马家寨，她舅舅的冷淡寒了石榴的心，寄人篱下的凄凉，加上失去母亲的痛楚，也让石榴一下子成长起来。舅舅态度冷淡，指望舅妈有好态度，更是脚面上支锅。在以后的生活中，石榴只有在给她爹抓药的时候，给她婆家奶奶和孩子抓药的时候，才偶尔走进她舅舅的药房。

中药房两间，临着街，中药房有个好听的名字叫"回春药房"，"回春药房"几个烫金大字横悬在药房的门楣上，在阳光下闪闪地发着光。后来石榴才知道回春药房的名气大着呢，回春药房在石榴的太姥爷那一辈就有了，到了石榴舅舅这一代已是第六代祖传了。只不过，以前的中药房开在城里面，是她舅舅在马家寨又开了一家，相当于连锁吧。石榴见过城里的中药房，比马家寨的排场大，那是一开溜八间房。听说她太姥爷曾给清朝的一位巡抚用过药，回春药房的名字就是当年的巡抚赐予的。在她姥娘家小住的日子，石榴看见早晨小伙计把一扇扇门板卸下来，按顺序排好，晚上再把门板按顺序扣上去；门板是枣木的，风雨日头把它们抚摸得光滑油亮，透出生命的深红底色，看上去厚重结实。药厨也是枣木的，于笨拙古朴中透出枣木的清香来。在老掌柜高一声低一声乌梅二钱，长砂二钱，南蛮松脂三钱的吆喝声中，小伙计熟练地打开一方方写着药名的小抽屉，用那杆巴掌大的秤盘儿量着一味味树皮草根样的中草药。那一只只写着药名的小抽屉对石榴来说充满神秘感。蒲公英、车前草不过是路边野生野长的草，谁知道它们竟是一味中药呢。知道了神秘的蒲公英就是婆婆丁之后让石榴很失望了一阵子，那么好听的蒲公英咋会就是路边沟壑野生野长的婆婆丁啊，那么贱的一种野草入了中药它就变得神秘了，珍贵了，入了中药它的身价就抬高了，它还换上了一个那么好听的洋名儿。人和物同理呢，地位变了，身价也会变哩。就像她，要不是大水淹了家，没了娘，咋会寄人篱下、看人脸色行事呢。石榴一辈子都不会忘记她舅舅对她的冷漠，在她给她爹抓药的日子，她舅舅从没正眼瞧过她，更没对她爹的病情嘘寒问暖过，那是多大的轻贱和侮辱呢！

她舅舅家的门楼在马家寨也是相当气派的，仿着城里的住处，高大的朱红大门上是两条烫金的气势威猛的龙，门两旁是一副龙飞凤舞的烫金对联，"行圣贤济世之道，体天地好生之心"，横批是"妙手回春"。据说这副对联也是清朝那位巡抚赐予的，所以她舅舅每年春节都给它走遍铜水儿，像老祖宗一样地供奉着。后院是标准的四合院，正房四间，东西偏房各两间，偏房正房都是青砖青瓦房，正房的屋脊上卧着两只小狮子，小狮子昂着头，挺着胸，又威风又神气。比起石榴和她爹住的两间茅草屋，她舅舅家的房子就像金銮殿了。

第一章　石榴

那两间茅草屋，是她舅舅落脚马家寨之前置下的，原是给下人用的，后来漏雨漏风，连下人也不用了。

关于她舅舅和中药房的好些事，石榴是结婚后听别人说起的。她舅舅的中药房有祖传秘方，有男人用的祖传秘方，回春药房就是靠着祖传秘方支撑下来的。石榴说，她舅妈曾给她一个银钵儿，要她把生孩子后的胎盘和新生儿的脐带血盛里面，她舅妈说熬药哩，是药引子，胎盘和脐带血都是药引子。石榴说，她生孩子脐带血多，艳红艳红的盛满了银钵儿。她舅妈也只有在那时候才肯露一个笑脸，送一包红糖给她。晚上她舅舅在灯下极有耐心地用文火熬，他把一种茶水样的东西添在银钵儿里一块儿熬，熬干再添，熬干再添，每回都添七次。石榴养孩子那几年，她舅妈还常常要她把奶水挤在一只玉白的茶杯里，把孩子的尿液也盛在一只玉白的茶杯里，尿一定要七岁以下男孩的童子尿。她舅舅再把这两样东西倒在银钵儿里，添上两味中药一块儿用文火继续熬，每次都要熬三个多时辰，银钵儿里最后呈现出一块暗红、散发着奇异香味的东西来。好多男人都是冲着那东西而来的。

打鬼子那几年，街上到处是兵是炮，一会儿日本鬼子，一会儿二鬼子，一会儿八路军，死的人多伤的人更多。来抓药的搭眼一看就知道是哪路军。日本鬼子来的时候身后都跟着二鬼子，先是日本鬼子叽里呱啦一阵子，二鬼子对着他点头哈腰，然后二鬼子转身对掌柜说话的时候，态度立马就来个一百八十度大转弯，拉着长脸，拖着长腔，二鬼子横着呢，不给钱还耍态度；八路军打仗猛，对老百姓也很客气，不偷鸡不摸狗不睡女人，每次来抓药都给足了钱。

石榴舅舅舅妈都死在那次打马家寨的战斗中。她的舅妈被二鬼子当着她舅舅的面先奸后杀。夜晚，她舅舅在后院偏房熬那种药，她舅妈在一旁帮忙打下手，呼啦啦来了四五个守寨的二鬼子，砸开了门，闯进来，按倒她舅妈就撕衣服。她舅妈那时也就三十出头，丰满滋润，被几个二鬼子轮番糟蹋了。据说几个二鬼子都吃了那种药，昂奋得很。她舅妈嚎的像鬼一样，半个庄寨的人都能听到。她舅舅眼睁睁看着，没挣扎没反抗，没挣扎没反抗身上也多处吃了刺刀。

石榴说起他舅舅舅妈的死，说了"现世报"几个字，没有一点同情的样子，说起她姥娘家一个大家族的消亡，她也是事不关己的样子，不是她寡情，是那个世道，叫人把生死看淡了。早在日本鬼子占领县城前夕，朱家族人十之八九携家带口，逃往南方，朱家大院被炸被烧也十之八九，只是，石榴的这个舅舅，不知是出于何种考虑，偏不走，最后落了个妻遭轮奸、自己身首异处的下场。更具讽刺意味的是，她舅舅家的祖传秘方，在他自己身上却不管用，她舅性无能，没能留下一男半女。中药房连同她舅舅的院落，自然也是灰飞烟灭，瓦砾一片。

《背芦苇和蒲草的孩子》

六月六,看谷秀。

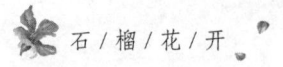

石榴是个狠角色

跟石榴,这个叫石榴的女人,说啥都行,就是不能抱怨养孩子难。也是,石榴十四岁结婚,到三十五岁时已经生养了十九个,十九个当中,十男九女,加上收养的一个,她养活了十八个,有两个在四五岁上被人扔到黄河故道淹死了。跟这么个女人说养孩子难,那可真是打草搂蛇,找不自在。小麦,小老婆生的,那个我该叫作二姨的女人,在她亲娘生她难产死后,一头扎在石榴怀里,也是由石榴一手拉扯大的。

战乱,水灾,旱灾,蝗灾,饥荒,都不能阻挡石榴矮小的身躯顽强地孕育一个又一个生命,她瘪着的肚子不久就被我姥爷的种子填满,不知是我姥爷的种好,还是石榴的地好,石榴的肚子就像田地里的庄稼,收割一茬,又长出一茬,一个又一个生命从石榴的身体里鱼贯而出,蓬勃生长。石榴说,你舅你姨生在锅台前的有,生在大田地里的有,生在磨坊里的有,你小舅生在茅房里。开始还有她婆家奶奶照顾着,后来奶奶死了,她自己就把脐带咬了,用秫秸糜子割了。坐月子?没有的事。生完孩子躺一晌都是小小虫摇牌坊,痴心妄想。大的叫,小的哭,像一窝光腚小小虫,都张嘴等食吃。生完孩子当天夜里就推磨推碾子,受的罪,吃的苦,八天八

/ 第一章　石榴 /

夜说不完。整天听说东家孩子饿死了，西家孩子扔故道了，你舅你姨命都大，没死，都活下来了。就是你姥爷，命薄，没熬过来。石榴说到我姥爷，还是有些伤感的。对于我姥爷的死，石榴多少有些愧疚吧？事实是，在那个老母猪放屁都是大荤腥的一九六零年，石榴把少得可怜的吃食省给孩子吃，我姥爷把他那一份又省给石榴吃，他自己只有死路一条啦。

　　石榴家一大群孩子，都是大的带小的，像猫衔老鼠。睡觉按着大小顺序排，吃饭按着大小顺序排。睡觉夏天睡的是沙土窝，冬天睡的是地铺。黄河故道的沙土平地三尺厚，故道宽阔的河床上，河两岸的南滩北滩上，有盐碱地，有半淤半盐碱的鬼脸子地，更多的是大片大片的细若粉尘的沙土地。盐碱地、鬼脸子地和沙土地上都长不出好庄稼，可是，沙土冬暖夏凉，能当被窝睡，能当尿布用。石榴把担来的沙土用筛子仔细筛了，在太阳下晒了，在热锅里炒了，倒在屋里地面上，厚厚的沙土窝便是一大窝孩子的床。拉了尿了，都在沙土窝里，早起，用手捧，用衣襟兜，屎尿也粘不到手上身上。地铺是芦苇、蒲草打的，黄河故道里有莽莽苍苍一眼望不到边的芦苇和蒲草。石榴打了芦苇和蒲草，在河堤上晾晒干了，打成捆，带领着一群孩子背回家。背芦苇和蒲草的身影掩在芦苇和蒲草下面，只看见成捆的芦苇和蒲草在蠕动，看不见人影子。远远看，像一队草个子在缓慢爬行。偶尔，有一两只叫苇扎子的小鸟落在上面，一路"嘎,嘎,唧——"地欢叫着随行。地铺是大通铺,半尺厚,暄腾,暖和,孩子火力大,睡在上面盖一床破棉被都出汗蹬被窝。

黄河岸边长大的孩子,都是在沙土里滚着爬着长大的。抓一把沙土,看它水一般从指缝里流出;将小脚丫埋进沙土里,看脚趾头像知了猴一样一点一点慢慢拱出来;或者几个小伙伴一起把一个同伴埋在沙土里再扒出来。总是玩得不亦乐乎,玩耍时不小心蹭破磕破了皮,随手抓一把沙土按在伤口上就好了。

石榴性子急,干活利索出名,打孩子下手狠也出了名。石榴打孩子,不许孩子哭出声,也不许别人拉。大麦五岁时,石榴在锅上蒸菜窝窝,大麦在灶下烧火,柴火湿,呛烟了,石榴夺过冒着烟的烧火棍就打,把大麦的头发给烧焦了,头皮烧起一串泡,头上起了鸡蛋大的疙瘩。还有一次六舅跟她顶嘴,她抓起织布梭子劈手砸过去,六舅鼻子嘴巴瞬间开了花,血流了一脸一肚皮,嘴巴肿得能拴驴,六舅疼得三天喝凉水都龇牙,愣是没敢哭一声,哭,还会招来一顿打,六舅鼻梁上月牙形的疤痕就是那次落下的。开始,我姥爷还拉,他拉,石榴打得更狠,有时候还不管三七二十一,连带着姥爷一起打。

排队打饭是石榴家一景。十几个小人儿从厨屋门口按大小顺序排出去老远,每个小人儿手里一手拿碗一手掂砖,碗

/ 第一章 石榴 /

用来盛饭，砖用来当板凳坐，也用来搁碗。谁抢谁挨罚，罚站墙根，罚饿饭，罚挨烧火棍。大的欺不着小的，小的也落不下，石榴不懂管理科学，但她用简简单单的办法把一个家管理得井井有条，把一大窝孩子管理得服服帖帖。

孩子生病，石榴有的是土办法。积食胀肚子，石榴走七家，每家要一块剩窝头，拿回来在锅里炒糊了，冲水给孩子喝；有一年五舅小鸡鸡疼，撒不出尿，石榴到谷子地里薅看谷老熬水灌他喝，连着喝了七八天，五舅撒尿顺畅了；头疼脑热夜哭，她用婆婆丁熬水用茅根熬水给孩子喝，用缝衣针在火上烧了扎舌根，扎一口污血出来；也有不灵的时候，不灵时石榴也叫姥爷写"天皇皇，地皇皇，俺家有个夜哭郎。过路君子念三遍，一觉睡到大天亮"的帖子，傍着天黑贴到十字路口；石榴自己也用耙子给孩子搂魂，用筷子打站驱鬼，也找巫婆跳大神。好在一窝孩子都皮实，没大病大灾。那时候虱子多，大人孩子衣裳缝里都密密麻麻的，身上有，头上有，被窝里也有，被窝里跳蚤也多。石榴曾一度把一窝孩子头发都剃了，男孩子剃了光头，女的好歹留了板寸，搁现在，还时尚了。

石榴家的日子过得也光鲜。石榴纺花织布做针线都是快手，她把纺出来的棉线拿颜料染了，把织出来的花布打糨子浆洗了，在石碌上用棒槌捶了，然后拿剪刀裁了，针脚密实地给一家老小做新衣裳，一家老小都穿得光鲜体面。过年，

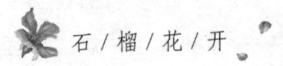

石榴挑一只最肥的青山羊剥了煮了，炖一锅羊肉汤，敬天敬地敬各路神仙，给一窝盼年的孩子打馋虫。

石榴把家搬到了龙门口

石榴主意大着呢，她说，打柴的不能跟着放羊的走。日本鬼子败了之后，石榴暗中和男人商量，在离马家寨两里多远的龙门口新建了家园。瘦死的骆驼比马大，牛运仓当区长那两年，是有不少进项的。牛运仓从部队回来时，据说也是带了小黄鱼的。盖了四间正房，底上两层，东西配房也起了两层，垒了高高的院墙，四角修了碉堡。用细芦苇苫的房顶，屋檐前出后包，屋脊是好看又坚固的竹节脊。屋墙是厚厚的混砖墙，那时候，整个马家寨也只有马地主家的屋墙是混砖墙，寻常人家都是麦秸和泥干打垒。盖房子时石榴挺着个大肚子和男人一样搬砖和泥垒墙出大力，砖也是石榴和牛运仓一起和泥脱坯烧的砖。为了在那一片半淤半盐碱的鬼脸子地上种庄稼，石榴和牛运仓像土拨鼠一样把地翻了个底朝天，挖的沟有一人多深，石榴和牛运仓站在沟里，只见地面上有土甩出来，不见干活的人影子。

石榴把家搬到了龙门口，可是马家寨的生活她也是时刻参与其中的。她在龙门口躲着运动和批斗，躲着是非和灾祸，一旦她认为风平浪静的时候，一旦马家寨需要她帮助的时候，她就会出现在马家寨的老宅里，打扫房屋，收拾床铺，生火做饭。她说，屋子里不能没有人气，没了人气，招鬼祟，就成了鬼屋。马家寨的婚丧嫁娶，娘生孩满月，没有一次她能置身其外，缝老衣缝嫁衣缝棉被，哪一样都少不了她。来龙门口请她帮忙的人像狗吃糖稀，拖拖不断。嫁闺女娶媳妇讲究的是两铺两盖，后来涨到六铺六盖了，缝铺盖要找儿女双全的女人，要找心灵手巧的女人，石榴是最合适人选。石榴手脚利索，针线密实匀称，都争着请她。有人来请，石榴手头再忙，也会扔下活计跟了人走。逢到哪家老人"倒头"，她总是不请自到，送了纸钱，一头扎到丧屋里帮着缝白衣裳。石榴有了稀罕吃物，也不独吃。东家大娘西家婶子，总会捎带着送上一份。石榴说，自己吃了填坑，外人吃了传名。石榴人缘极好，她游离在马家寨之外，又深陷马家寨鸡零狗碎的生活之中。我的童年，也跟着石榴，穿梭在龙门口和马家寨其中。

石榴和土匪

石榴有三次和土匪交锋的经历，每每说起来，石榴都很感慨，有时候也很炫耀。

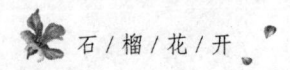

兵荒马乱岁月，遍地起贼，世道乱得很。一九四七年秋，石榴在北滩上收高粱，那一年高粱长势好，秸秆挺拔壮实，高粱子实饱满丰盈，石榴矮小的身子不及高粱秆一半高，可她手脚麻利，她手中的镢头上下翻飞，成片成片的高粱在她身后哗哗啦啦倾倒。冷不防蹿出来两个人，捂了石榴嘴和眼睛，绑了，装在麻袋里，扔在小土车上，推到不知啥地方。石榴醒来发现自己在一个地窖里。

地窖里臭不可闻。地窖里还有被抓的马家寨马地主家年轻的马少爷。两天后石榴就是在那个地窖里，当着马少爷的面生下我五舅。石榴后来说，马少爷那一年十六岁，慈眉善目的一个小伙子，在石榴的指挥下，他心慌意乱、笨手笨脚当了一回接生婆。我五舅救了石榴的命。土匪大骂着晦气，把石榴母子放了。也许真应了那句"见女人生孩子，不吉利"的谶语，那个马少爷没能活着走出来。事实上石榴怀抱着我五舅没回自己家就先到马家寨找了马地主，马地主和土匪讨价还价时把土匪激怒了，土匪撕了票。

石榴说，可惜了一个好后生，长得慈眉善目的，石榴大骂马地主不是东西，舍命不舍财，天底下哪有这样狠心的爹娘！石榴说这话却自捆嘴巴，两年后，我这个在土匪窝子里出生的五舅被绑架了，五舅被绑架时石榴多少有点理解马地主了。

一九四九年春，一帮土匪毛贼在一个傍晚绑架了我五

第一章 石榴

舅,要石榴拿钱赎人。石榴站在碉堡楼子上说,不瞒大爷您说,这个小五就是在土匪窝子里出生,又给送回来的,他爹被抓了壮丁,生死下落不明。俺孤儿寡母,一大窝孩子,正愁养不活哩,您带走,省俺心了,还得谢您哩,再送一个要不要?反正在俺家饿死也是个死。

石榴咬着牙愣是八天没去回。石榴说,那个揪心啊,真怕他们伤了你舅命。黑心哩,要三十块现大洋,一个子儿都不能少,到哪里去弄三十块大洋?此时石榴家里已经揭不开锅啦,砸锅卖铁也凑不齐三十块大洋。八天后的夜里听着你五舅在门外哭着喊娘,那些天白天黑夜都听着你五舅哭着喊娘,以为又是听讹了,以为你五舅早被土匪害死了,不敢信。听到啪啪的拍门声,不敢叫你姥爷出来,你姥爷一出来就得被抓。我出去,隔着门缝摸到你舅的小手,在小手上咬一口,才相信是你五舅真回来啦。谢您啦,您大人大量,不和俺村妇一般见识,您积德行善,老天爷保佑您行大运发大财!石榴叩着响头,颠三倒四,好好地把送我五舅回来的毛贼颂扬了一番。两次从土匪手里死里逃生的五舅,生命在十七岁时画了句号。冰天雪地的腊月,他和三舅去临沂泗水卖鞭炮,回来的路上,人和地排车一起栽进深沟,他摔断了腿,回来后没几天发烧烧死了。石榴说,马少爷给他接的生,马少爷把他带走做伴了。

解放后那几年,土匪依然十分猖獗。山东的响马河南的

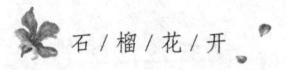

贼,当地老百姓称土匪为响马,其中,横行于黄河故道一带的响马数黄岗镇的朱世安最为强大,手下喽啰二十多人,打家劫舍,杀人越货,绑票撕票,无恶不作。

一九五二年冬天的一个夜晚,朱世安带领一帮土匪包围了石榴住的龙门口。朱世安这一帮子土匪更狠,嚷嚷着要石榴要么交出我姥爷,要么交出一百块现大洋。土匪骑在高头大马上,都端着枪,朝碉堡上瞄准。石榴怀抱着我不满月的八舅,站在黑暗的碉堡楼子里,朝下喊话:俺男人不在家,去归德(今商丘)他二大爷家借粮食去啦,走了好几天啦,还没回来,也不知是死是活,俺一家老小都两天粒米没沾牙啦。老总,俺知道您是杀富济贫的大英雄,您走错门啦,不会和俺孤儿寡母过不去,您高抬贵手,另寻门路吧!

其时,我娘最大,八岁,三舅七岁,四舅和二姨都是六岁,我娘和二姨在屋里照看着瓜秧马泡秧的五舅六舅七舅和三姨四姨五姨,我姥爷藏在碉堡楼子下面的红薯窖里。我三舅四舅脚下垫着两块砖,刚好能把头露出碉堡楼子的窗户底沿。他们手里拿着石榴和姥爷自制的土炸弹,在石榴和土匪喊话的当口,我三舅四舅拉着了引线,把炸弹扔下去了。炸死了一匹马,炸飞了一截土匪腿。土匪的枪密集地响起来。石榴急忙点燃了鞭炮求援。那时候,为了对付土匪,石榴和马家寨结成了同盟,相约遭到土匪抢劫,以鸣鞭炮为令。土匪仓皇而逃,石榴捡了死马,剥了煮了,给舅和姨开了大荤。

《石榴智斗土匪》

东西街,南北走,出门碰见人咬狗;捡起狗来砸石头,却被石头咬了手。

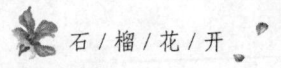

石榴自己家成立了革命组织

  石榴的婆家奶奶死后停灵要七天。这个一辈子勤勉节俭的老人，临死前病得蹊跷，死后两个遗愿也蹊跷。老人的遗愿，死后要埋到故道南岸河南老家祖坟去，停灵要七天。当地风俗，停灵期间要设宴席款待前来吊唁的亲戚和庄客。七天轰轰烈烈的流水席又耗尽了五亩好田地。为了款待一拨又一拨庄客和亲戚，石榴只好又低价卖出去五亩好田地。一年后打土豪分田地，石榴家的成分划分的不是地主，是富农。

  前后卖了十亩好田地，只剩下不到五亩薄地啦，田地少了，石榴辞掉了家里扛活的大领二领，还把两头耕牛也卖了。地里的粮食不够吃，我舅我姨一度挨饿。他们饿得前胸贴后背，一个个像无精打采的饿皮虱子，瘪瘪的爬都爬不动。

  马家寨的马地主和石榴家的田地挨着，他带着管家架着鹰牵着狗撵兔子，他看石榴笑话，见了石榴就说，大妹子，中午吃的啥饭？咋不见你家娃儿出来耍？

  石榴心里虚，说话声音却不含糊，高腔亮嗓：吃的蒸馍大肉，他娘的娃儿都吃饱撑得走不动路，在太阳底下躺着晒肚皮呢。

  是躺着，因为饿得走不动。石榴说，人是一盘磨，睡着

第一章 石榴

了不渴也不饿,天不黑石榴就叫孩子睡觉,白天也不叫他们多动弹。那个嘲笑石榴为厚葬她奶奶卖十亩好田地的马麻子在打土豪分田地时被斗争了一回又一回。他把地契埋了不肯交出来,分他家牛时他拽着牛尾巴不让拉走,被工作队的人五花大绑了,拉到万人大会上斗,后来吃了枪子儿。

牛运仓没定性为汉奸,没在日本鬼子投降后以汉奸罪处死,没在以后的运动中以汉奸罪批斗,是石榴一把鼻涕一把泪哭来的,是石榴一筐子鸡蛋一篮子瓜果换来的。白天,面对工作组的人,石榴在街上嚷嚷得比谁都响,哭得一把鼻涕一把泪,她说,不说我男人亲手掐死了一个日本鬼子;不说我男人为救八路军的命,生生被鬼子咬断了手指头;不说我男人给八路军送信送粮送子弹,不说我男人放跑了要活埋的八路军探子,单说说我的两个儿是咋死的?!我的两个儿是为保全一庄寨老少爷们的性命死的!可怜他们小小年纪就丧了命!石榴白天哭哭闹闹,晚上挎了鸡蛋和瓜果送到工作组组长屋里。

石榴说的放跑八路军探子也确有其事。放跑八路军探子是在一九四五年春,鬼子抓了一个八路军的探子交给姥爷活埋。姥爷看到那个探子横竖不过一个十五六岁的孩子,穿着半截裤子,光着脚丫子,褂子上补丁摞补丁,姥爷把那个稚气未脱的孩子领家里交石榴藏红薯窖,把一个吃里爬外的手下做了替死鬼。没谁公开说我姥爷是汉奸,可是,毕竟我姥爷的身份曾经是伪区长，哪场运动他都脱不了干系，哪场运动石榴都跟着受牵连。石榴带着一大家子逃离了马家寨，逃到龙门口，才逃离了被斗被批的厄运。

五六十年代，各种各样的运动层出不穷，石榴一家住在龙门口，马家寨工作组的干部跑了几次都跑烦了，跑懒了，好多次干部来的时候，石榴都指着躺在床上的我姥爷说，人随王法草随风，犯了错就得受惩罚，俺绝无二话。可就是吃菜吃得拉稀，顺腚淌，起不来床了，你们背走吧，路上小心着，甭拉你们身上。要是死路上，你们顺道埋了，不用送回来，也不是啥有用值钱东西。

六十年代的革命小将也跑烦跑懒了，懒得来回跑路斗石榴和她的一窝小崽子。他们来的时候，要砍石榴家的桂花树，说桂花树太香了，是故意麻痹他们斗志，石榴二话不说，跑茅坑舀来一勺大粪，泼在桂花树上。石榴说，不香了吧？小将要斗石榴，石榴说，甭劳累你们，你们看着，叫我儿女斗我，我们家成立了革命组织。我家老大老二为保全全庄寨的人死了（石榴有故意拿大舅二舅说事之嫌），我家老三现在是老大，被选为我家的革命领导。石榴拿出自制的红旗，叫我三舅竖在高高的寨墙上，拿出给我三舅四舅我娘我姨缝制的红袖箍叫他们戴上，给我最小的舅和姨也戴上了，石榴给我也戴上了。石榴把红缨枪发到我舅我姨手里，可惜红缨枪不够，我和九姨都没捞着。石榴给自己戴上纸糊的高帽子，叫我三舅把她双手反绑了，三舅不绑，六舅把石榴绑了，石榴蹲马步带领我舅和姨喊口号。打倒地富反坏右分子石榴！打倒富农石榴！喊口号我和九姨憋得脸通红，把吃奶的劲都使上了，革命小将看了几次新鲜，后来也不来了。他们走后石榴夺过红缨枪，劈头盖脸打在舅和姨的身上，还多打了我六舅几下子。

六舅挨打时跑得比兔子还快，石榴脱下鞋子砸过去，她顺手抓起扫帚疙瘩打了我和九姨。石榴说，叫你们龟孙王八羔子斗我，一窝子白眼狼！揭你们皮，抽你们筋！后来六舅真要在自家院子开批斗会斗石榴，被石榴用红缨枪戳破了头皮，差一点戳瞎了眼。六舅一气之下宣布和石榴脱离母子关系，自己一个人搬到马家寨，投入到他的革命中去了。

石榴搬离龙门口是她七十三岁那一年。之前，我舅舅们早已陆陆续续搬到马家寨去了，他们嫌龙门口不方便，寂寞。还有，不好说出口的理由，他们怕。

石榴七十岁之后，经常一个人在黄昏里跑到空旷的田野和干涸的河床里，哦哦啊啊大喊大叫。地里老多牛羊吃庄稼，你们快去撵撵！河里老多鱼，都翻塘了，你们快去捞！田地里只是一片空旷的田野，一地寂寞的庄稼，哪里有牛羊的影子？河床干枯得能吞下活孩子，哪里有鱼的影子？石榴喊的次数多了，舅、舅妈、姨和表弟表妹都觉得瘆得慌。

石榴再没有别的异常。她眼不花耳不聋，穿针引线割草

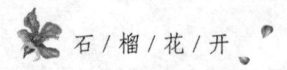

拾棉花都不在话下，上楼下楼气息匀称，她的记忆力也丝毫没有减退，说起以前桩桩件件历历在目。叫她搬走，她死活不肯。直到七十三岁那年夏天，石榴在大雨天去大田地里撵牛羊，摔断了腿，身不由己，舅和姨才强行把她搬到马家寨。在这之前，我的六个舅舅两个舅妈和两个姨已经先她而死，我娘已经死了三十多年。那座碉堡式的楼房，早已斑驳陆离，可还坚固，直到在石榴搬走后的当夜轰然倒塌，成为一座废墟。

在那个月光清朗的夏日夜晚，风安静得像熟睡的婴儿，石榴家那座碉堡式的房子，寂然倒塌。它像一个年迈的老人，就那么寂然无声地蹲下身子，安详地坐在地上。房子，它也是有灵性的吗？据说，那些牛啊羊啊鱼啊，从此，也再没出现过。

龙门口的传说

关于龙门口，还有一个传说。

清朝嘉庆年间，黄河发大水，河里水位猛涨。人蹲在堤顶上就能用河水洗脸、洗脚，黄水随时都有漫堤的危险。这天夜里，突然山崩地裂一声巨响，黄河大堤决口了，黄水冲出缺口，水头几丈高，向东北方向狂奔。水头过处便是一片

第一章　石榴

汪洋，村庄田园全被吞没，穷富官民逃不及的都葬身水底。

黄河险情传到北京，朝里即派洋河太守金大人，来单县督促官民抢险复堤。这位金大人是个贪官，不以民事国事为重，只图借机大发横财。他在这里从不认真组织修堤，只知向朝廷告急要银子，本人成天吃喝玩乐，一直拖了十二年，还是没有合上决口。

朝里有个大臣名叫刘墉，为官清正，执法如山，一心为国分忧，为民解难。他听说金某人治河复堤十二年合不上决口，百姓深受其害，决心要亲临黄河险段看个究竟。他得到皇帝恩准，就出京直奔单县而来。

刘墉来到单县，直奔河口视察，在岸边落轿安住。刘墉明察暗访，把金某所作所为都已摸清。传谕金某次日来见，准备当面查问。第二天及早升座等候，不见金某到来，却见金某的属下随员来报，说金大人已吞金自尽。刘墉一听，知金某是畏罪。但事情还得问清楚，就盼咐把金某手下办事的几个头目带上来审问。这些人见金某已死，谁也不愿去替他背黑锅，就把金某奉旨来河工后，如何置百姓生死于不顾，冒领贪占治河银两，借机发财，并打算事成后辞职回乡，坐享荣华富贵的事，原原本本地说一遍。刘墉叫人记了口供，让招供人画了押，然后写了奏折奏明朝廷。

刘墉此来，原本是查看一下，并没打算领着修堤，可是姓金的死了，一时无人接替，汛期又至，修堤刻不容缓，只

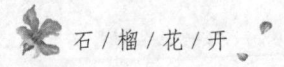

好亲自上阵,并下决心把口子合上。他把金某贪占的还没来得及运走的工银,全部拿到河工上来。他晓谕邻近各州府县军民同心合力修复大堤,刘墉始终坚守在决口处,亲自指挥,所以修堤的进度很快,不过五六天的光景大堤决口只剩下不大的一个豁口了。大堤接近合龙了,可口子越小水流越急,一筐土倒下去,马上就让水冲跑了。口子不光堵不上,两边已填好的土还不断被冲塌,人们连土带筐一块儿往里丢,也无济于事。情况越来越严重,若再迟延,就要塌方,将前功尽弃。刘墉一看,事已万分危急,就当即拿出圣旨,大喝一声:"圣旨到",将圣旨投入决口处激流之中,随从官员纷纷把官帽扔向滚滚洪水,说也奇怪,那圣旨刚一入水,黄水便一下子竖立起来,齐齐向后退去。趁这个当口,众人赶紧下"门埽",扎木桩、垒沙袋、填石块。决口堵住了,大坝合龙了,堤岸上下响起一片欢呼"万岁"之声。大坝合龙之后,孟渚一带百姓再无水患之忧。金某十二年没有合上的决口,叫刘墉十二天就修复了。百姓无不称颂刘大人功德,称颂皇上功德,就把刘墉合龙的大堤决口处叫作"龙门口"。

令人惊奇的是,在大坝合龙后的第二年,龙门口一带生长出许多不知名的奇花:花蕾形状酷似清朝官帽,蓝边红顶,还有花翎。大者如盘、小者如纽。满坡遍野、清香四溢。人们都说此花即刘墉率军堵黄之时,随从官员掷官帽于水中所生,当地百姓称此花为"清官帽儿"。龙门口东西长堤相接之处,即是当年刘墉指挥大军堵黄驻扎之处。松柏苍翠、林木幽深,夏日炎炎,人们暑热难耐,若登此堤顿觉冷意森森、遍体生寒。更奇的是,方圆半里左右,绝无半只飞蝇蚊虫之类,只有缕缕清凉伴着一种不知名的花香随风可闻。当地人说这一切都与刘墉来此有关,说蚊蝇也有灵性,不忍打扰刘墉刘大人歇息,故此躲远了。有诗赞曰:"巍巍长堤笼祥云,奇花遍野芳草荫。昔年圣迹今何在,参天松柏蔽龙门。"

九姨说,二妮子和你爹搞破鞋

九姨在我七岁时给我说的那件事。

那天,不知为啥石榴把二姨打了,二姨把九姨打了,九姨就告诉了我那件事。我记得那天九姨脸上的泪痕非常醒目,像大雨冲刷过的小沟沟,脏乎乎,一道一道的。她用袖口一边抹眼泪,一边揩鼻涕,她糊着鼻涕疙疸的袖口像姥娘糊的袼褙一样厚。她跑过来对我说,你娘是叫二妮子害死的,她和你娘抢你爹,和你爹搞破鞋,不要脸,你去喊她大破鞋。我说,她又没打我,我不喊,要喊你喊。九姨就扯开喉咙喊了。二妮子不要脸!大破鞋!二妮子不要脸!大破鞋!二妮子大破鞋!二妮子大破鞋!石榴把九姨又打了一顿。石榴脱下鞋劈头盖脸把九姨一顿打,九姨一边跑一边喊,石榴的鞋子跟着飞出去了。我懵懵懂懂,去问石榴,啥是破鞋?二姨咋是破鞋?石榴就黑了脸,叫我不要信九姨胡咧咧,为此九姨又挨了几回打,后来九姨就对我说,骗我的,说着玩的。虽然九姨说了是说着玩的,骗我的,心里还是有阴影了。我娘是二姨害死的?她和我娘抢我爹?我爹有啥好抢的啊?再见了二姨,就翻白眼,好在那些年二姨很少回来,我不知道是石榴不叫她进门了,嫌她丢人现眼,还是因为别的啥。

第二章 大麦小麦

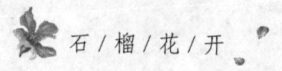石 / 榴 / 花 / 开

大麦和小麦

在鲁西南地界,麦不读mài,读mèi,大麦和小麦都叫作大妹和小妹;水不读shuǐ,读fěi;说不读shuō,读fō。方言,自古有之,唠嗑,拉家常,你要照着书本上的字音,字正腔圆,乡里乡亲的会笑掉大牙,说你拽洋文,说你瞎谝能,说你羊屎蛋子插鸡毛,钻天能豆。石榴一辈子生了十男九女,她给大女儿二女儿起的名字叫大麦小麦,给大儿子二儿子起的名字叫庄稼粮食,接下来叫玉米高粱的有,叫大米小米的有,叫芝麻花生的有,叫大豆谷子的有,而玉米高粱转眼就被叫作了棒子秫秫,一大窝孩子,把庄稼粮食叫了个遍。石榴说,名字就是个记号,叫粮食多吉祥,叫着大麦小麦,就觉着大麦小麦都满囤;叫着谷子大豆,就闻着饭的香气啦。

关于我娘大麦,关于她的大女儿,石榴很少提及。在我问及的时候,石榴说起来也是轻描淡写,有时候我问的多了,

石榴还往往有些不耐烦,一个自己作死的人,说她干啥。关于我二姨小麦,石榴说的也少,只是,二姨她活着,就时不时出现在我的视野里,即便我不想听,不想见,有时候也躲不过。关于大麦小麦年轻时的一些事,关于她们和我爹的纠结缠绕,石榴越不说,我就越想知道。在我缠着石榴非要给我说的那个夜晚,石榴轻描淡写地说了我娘跳湖的经过之后,倒是她最后说的几句话,让我记忆深刻,让我震惊,无语。

那晚,是我男人死去两个多月之后,是一个闷热的夏天的夜晚。我和石榴在院子里乘凉,说是乘凉,其实也就是图个心里安慰,屋里屋外哪里都一样,空气中没有一丝风,人像在热锅里蒸着,动不动都一身臭汗,我拿了一领芦苇席,铺在院子里的石榴树下,石榴躺在席子上,我坐在石榴身边,拿蒲扇给她扇风,赶蚊子。对发生在我娘我爹和二姨之间的事,蓄谋已久。那晚,铁了心要问个清楚明白。石榴叹口气,老半天,才轻描淡写地说,你爹和你娘不好了,和你二姨好上了,你娘跳湖死了,顿了顿,她又说,你二姨后来也没好日子过。问经过,石榴就有些不耐烦,有啥好说的,死了就是死了呗,自己作死,要见阎王,天王老子也拉不住。黑夜里我只听见石榴的语气冰凉寡淡,看不见石榴脸上的表情。石榴伴睡,还打起细微的鼾声。末了,石榴似乎在睡梦中说话,她说,日子都是人过的,自个儿把日子过瞎了,怨不着别人,怨自个儿没本事。只顾着自个儿死了清净,把苦都留

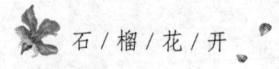

给老的少的啦。

　　怨不着别人，怨自个儿没本事。只顾着自个儿死了清净，把苦都留给老的少的。我琢磨着石榴的话，多少有点理解了石榴的冰凉寡淡，多少有点理解了石榴的苦衷。石榴在心里看不起轻生的大麦，石榴埋怨大麦没本事，没看住自己男人，自己把日子过瞎了，石榴还怨大麦自私，光想着自个儿的苦，自己了结了，把苦留给活着的人。大麦小麦都是她闺女，大麦是亲生的，小麦不是，可小麦也是她一手养大的。手心手背都是肉，哪个把日子过瞎了，石榴脸面上都过不去，何况，小麦的日子后来过得也不光彩，石榴没话可说。石榴窝嘴窝心，都只能自己在心里憋着，用不好听的话说，是苍蝇吞进肚子里，是哑巴吃黄莲，是吃锅里屙锅里。小麦是石榴眼里的一粒沙，指甲缝里的一根刺，心尖尖上的一颗钉，而大麦，是一种隐痛深埋在石榴骨髓里，是一种钝痛，不知哪痛，浑身都痛。

　　我揭石榴伤疤了。我撕扯着石榴的伤疤，在石榴的伤口上撒着盐，舔着自己心底的血，疗着自己的伤。没谁告诉石榴我男人死的事，舅和姨都小心翼翼地瞒着她，舅和姨也都对我男人的死讳莫如深，闭口不谈。事实是，那时候，我男人身亡，事故现场的女人麦芽重伤，在医院里一直昏迷不醒。关于那场车祸，像一个神秘莫测的巫术，像一个深不可测的噩梦，只有等麦芽醒来，才能真相大白。谁知道这个女人能不能醒来呢。就算这个女人醒来，也是一面之词，离事实真相还有十万八千里的距离。我盼着她醒来，又盼着她死掉。

我心里五味杂陈，也说不上多恨二姨，怨还是有的。对于鲜花，我心里充满厌恶和憎恨。娘死后，石榴把我接到她家里，鲜花一次都没来看过我，我在马家寨上小学的日子，他也没到学校找过我。而他家就在马家寨后面的月亮湾，距龙门口也不过一里路，距小学学校不到二里路。我的恨，是被遗弃的屈辱和自卑。鲜花老年一个人过得很凄惨，他一辈子找了五六个女人，没有一个跟他过到头，最后沦为乞丐，靠乞讨为生，大年夜冻死病死在大街上。鲜花活了四十七岁。四十三岁时他再次勾引人家女人，两条腿都被打折了。石榴说，报应，不是不报，是时辰不到。鲜花死后我一个人无端地流了一晚上的泪。真的说不上为什么。鲜花生养的孩子不止我一个，我还有一个亲弟弟，娘死时弟弟才一岁多，刚会走路，娘从湖里捞上来那会儿就在大堤上放着，弟弟不知道娘死了，还趴在娘身上吃咪咪，拉都拉不开，拉他把娘的咪咪拽起老长，直到娘全身僵硬，咪咪僵硬。我这个弟弟也是短命鬼，娘死后那天家里乱成一团糟，没人管他，不知咋的也掉到湖里淹死了，陪我娘一起走了。也好，他们娘俩在那边相互陪着，也少些孤单。早些年娘的坟头旁边有一个小坟头，那就是我弟弟的。小麦也是和鲜花生了孩子的，麦芽和麦粒，他后来的女人有几个也给他生养过，算起来，鲜花最少应该有六七个子女吧,可是,他的葬礼上一个子女都没来,是村里干部出面找人把他火化了,埋掉了。鲜花死的消息是九姨告诉我的,九姨说,你爹死了。我愣怔半天没反应过来,反应过来我冲着九姨吼,我没爹!我是黄河故道捡的!我是老鸹窝里拾的!吼完我把脚下的小猫狠狠地踢了一丈远。小猫呜呜咽咽看着我,满腹委屈。可恶的多嘴多舌的九姨!我的情绪之激动我自己都吃惊。我以为我放下了,可是在那一刻我知道我从来都没放下过。他活着他死去他都是一个客观存在,他在我不能触及的地方存在着,潜伏着。他不要我,他从来都没找过我,即使在他腿瘸之后靠乞讨为生的后几年,他也从来没有登过我的门。也是听九姨说,他弄了一辆小轱辘的地排车,又弄了一个四肢瘫痪的孩子做诱饵,两个人都匍匐在地排车上,以手撑地,划动前行,沿街乞讨,我完全能够想象那是一个什么样的情景。蓬头垢面,衣衫褴褛,神情猥琐,丢人现眼。这个没有廉耻的无赖,即便乞讨他也要不劳而获。在潜意识里,我一次次演绎着遇到他的情景,我害怕却又幻想着在街上遇到他。我居高临下,给他足够的羞辱,然后给他施舍,或者连施舍都不给,只给他一个轻蔑的眼神,或者狠狠地啐他一口,最大的可能是,我会落荒而逃。不知道为什么,对于伤害过我的人,我总比他们还心虚,还胆怯。他没有给我这个机会。这个该死的男人!这个狡猾的男人!他用沉默打败了我的气急败坏。他用逃避打败了我的自尊和骄傲。他是我爹。我的恨轰然倒塌。我涕泪交流，我愿意相信我的泪是为我早逝的娘流的。我是很想问问九姨关于我爹的一些事情的，可是我的骄傲让我对这个男人只字不提。我也曾动过参加他葬礼的念头，可那只是一瞬间的怜悯，我的心瞬间坚硬，我知道我是不会去的。我不去，我还是希望有人去，比如，他其他的子女。可是，一个都没有。九姨后来给我说这些的时候，我面无表情，好像还跟九姨开了不相干的玩笑。人心，是多么复杂的东西。关于鲜花，在后面，因为大麦和小麦，我不可避免地还要说到他。

石榴说起大麦小麦小时候的事。冬天，进腊月了，眼看要过年了，你娘连续十多天发高烧，昏迷不醒。婆婆丁熬水茅根熬水都喝啦，也找人扎舌根啦，也找吓大神的叫魂啦，都不管用。我和你姥爷都觉着这妮子活不成了，打算抱到黄河故道埋了。腊月二十三，老灶爷上天报告的日子，天挨黑给老灶爷烧香许愿念念碎，老灶爷您是一家之主，有饭您先吃，有事您先知。又剁几节谷秆绊了麸子给老灶爷马吃。一把草一把料，吃得小马咴咴叫，您二十三日走，初一五更回，上天言好事，在地保平安。老灶爷您保佑俺妮子平安啊。熬到三更天，眼看着你娘一口气都没了，你姥爷都把你娘抱在怀里往外走了。我心里怨着老灶爷，给您烧香了，给您小马喂料了，您走您咋还带俺闺女啊，不敢说出来，怕惹了他，到老天爷那说俺坏话，叫俺遭更多的罪。这么想着临出门时就往地铺上看了一眼,觉着不对劲;再看,少一个;再看,你二姨没有了。屋里院里犄角旮旯找遍了,没有。我和你姥爷傻眼了。也是那些天叫你娘发烧烧糊涂了,临睡时忘查数了,丢了一个都不知道。那一年,算上你刚满月的六舅是十二个。我和你姥爷喊着你二姨的名字跑到院外找,"小麦——,小麦——"早些年冬天比现在冷,雪多,也大,一场大雪下来,一个冬天都冰天雪地的。树上屋檐上挂着拃把长的冰凌柱子,河里坑塘里的冰厚得能过牛车,小孩子都在冰上打遛遛。院门外有一个坑,没多深,最深的地方也就半人深,前几天下了一场雪,我一下子就滑到坑里了。在黑里借着雪光看见了你二姨,都冻成一坨冰疙瘩了。我扯了她棉袄棉裤把她揣怀里,你姥爷把我俩拉上来,进屋把你二姨揣在怀里轮流暖,用火烤。过了俩时辰,小妮子在怀里醒过来了,咧着嘴对我笑。这时候,被你姥爷情急之下扔地上的你娘也睁开了眼,活过来了,也不发烧了。那年,你娘八岁多,你二姨和你娘差着俩属相。你说你娘你二姨这是啥缘分,眼看着都死了,眼看着又都活过来了,后来她们俩——,石榴说到这里长叹一口气,歇歇,又说了一件事。

五八年搞大跃进大会战,好多庄稼顾不上收,都烂在地里,家里的锅要上缴,家里的粮食也要上缴,大麦把一袋子红薯和萝卜埋在院子里了,小麦那时候是大干快上儿童说唱团的成员,争着表现,小麦就揭发举报了。开始生产队里领

第二章 大麦小麦

的饭吃不了，后来就不够吃了，再后来就没了大锅饭，自己家里的粮食都上缴了，没啥吃，人都饿得眼看活不成。石榴自己也偷埋了一袋红薯在粪坑里，不埋在粪坑里就藏不住，挖出来不光要充公，还要挨批斗。大麦小麦都到地里刨落在地里的冻红薯烂红薯，夜里小麦起来偷嘴抱着一块冻红薯啃，大麦单盯着她，大麦从被窝里跳出来把小麦嘴拧了，淌好多血。石榴说，你大舅二舅死得早，你娘在家里就是老大，也邪怪，你娘对你其他的舅和姨都宽让，就是不肯忍让小麦，这一对冤家，就好像上辈子有冤仇似的。

我在多大程度上像我娘？相貌还是性格？石榴说，我和娘是一个模子刻出来的，看见我就看见我娘年轻时的模样，为此我常常在镜子前端坐良久，注视良久，我端详着自己，揣摩着我娘。那段日子，沉浸在男人死后的悲伤中，沉浸在男人对爱情婚姻家庭背叛的仇恨中，找不着活着的意义，觉着死了比活着好。在一次次觉得生命到了绝境的自杀臆想中，我觉得割腕自杀最好，不破相，不失身份。我后来查了有自杀倾向的人的心理特征，专家说，敏感、性格内向、孤僻、虚荣心强是自杀者共同的心理特征。我不知道我娘是孤僻多一点，还是虚荣更占上风，我也不知道我自己。一个人了解自己是最难的吧。

我逃不脱大麦的影子。

大麦，小麦，还有那个叫鲜花的男人，这几个在我生命里骨肉相连的人,石榴越冰凉寡淡,我就越想知道得更多。我在无数个白天黑夜还原着,臆想着他们的过往,越躲避,越百爪挠心,乐此不疲。我仿佛看见那时那地空气中到处氤氲的暧昧情愫,在广阔的田间地头,在生产制造鬼故事的牛屋,在人群聚集的饭场,在人们繁衍生息的睡床上,发酵膨胀。大麦小麦和鲜花的名字,被人们三五成群,被整个马家寨公社一遍遍咀嚼。越咀嚼,越舌下生津,乐此不疲。发生在大麦小麦和鲜花之间的事,以及貌似发生在他们身上的事,于千百万人的口中一遍遍咀嚼,添枝加叶,添油加醋,传扬,改编,穿越时空,像一群黑压压的苍蝇,像一群扑面而来的蝗虫,挟裹着嗡嗡轰鸣,波澜壮阔,包围了我,吞噬了我。咀嚼别人的故事,于乡间,正是乐事。于你我,也是。

也许,好多事情是发生在她们身上的,好多事情并没有发生过;也许,有些事情发生在别处,发生在别人身上,被我天马行空张冠李戴的臆想,硬扯在她们身上;或者,发生在她们身上的有些事,因我的感觉迟钝,笔力笨拙,并没有表达出一二。这都是很有可能的事。为了防止更多的情感掺杂其中,少一些情感羁绊,我只说她们的名字,大麦,小麦,鲜花,还有石榴。说着她们名字的时候,我觉得是在说别人的故事,不相干人的故事,这样说多少有些自欺欺人的味道。但人有时候是需要暂时的情感麻痹的,是要靠自欺欺人才能活着的,不是吗?

第二章 大麦小麦

大麦

大麦十九岁时嫁到月亮湾，嫁给了一个叫鲜花的男人。

三天回门时她还是个黄花大闺女。她和鲜花拜了天地，进了洞房，她不和鲜花那个，不叫鲜花那个。是滴水成冰的腊月，鲜花忙活出一脑门子汗，最终也没弄成事。

新婚之夜，急吼吼的鲜花把自己扒光了，早早钻了被窝子。大麦迟迟不上床，缩在屋角一张小板凳上，低着头，含着胸，瑟瑟发抖。鲜花拿话哄她挑逗她。鲜花说，媳妇，外面多冷，过来被窝里我给你暖暖；鲜花说，媳妇，咱俩说说话，咱俩说说知心话；鲜花说，咱俩做伴儿，你来睡那头，我保证不碰你，碰你我变乌龟大王八！鲜花还唱上了小曲儿：小小子儿，坐门墩儿，哭着喊着要媳妇儿。要媳妇儿干啥？点灯，说话儿，吹灯，做伴儿，早上起来梳小辫儿。鲜花还说，要不，你过来被窝睡，被窝我给你暖热了，我坐板凳上看你睡，中不？中不中？

大麦始终不说一句话，大麦把头埋得更低了。鲜花就撩开被窝下床去抱大麦。在蜡烛飘飘忽忽的光影里，男人光着身子直直地朝大麦走来。大麦惊恐万状。你别过来！大麦尖厉的喊叫把黑夜戳一个口子，大麦尖厉的喊叫把鲜花吓着了。

鲜花停了脚步,悻悻然回到了床上。鲜花不敢霸王硬上弓,忍着。他只说砍倒树捉老鸹,十拿九稳,却愣是没弄成事。第二夜鲜花没法忍着了。他浑身上下冒着火,手脚并用把大麦扒光了,塞在被窝里,压在身子底下。还是没弄成。大麦整个人像一只风浪中颠簸的船,抖得厉害,牙齿咬得咯咯响,整个人像一只生蚌壳,鲜花打不开一丝一毫缺口。鲜花沮丧地从大麦身上滚下来,兴致全无。

第三夜鲜花就败了兴致了。

三天回门时大麦不肯跟鲜花回。任她娘石榴怎么问,啥也不说,就是一个劲低头绞着辫子哭。石榴急了,问来接的鲜花,鲜花憋屈着脸说,她,她不和我睡,不叫我睡。石榴灰了脸,顺手拿鞋楦子扇了大麦一个大嘴巴子:进了人家门,就是人家人,男人要咋样都得依着顺着,没规矩!

鲜花

白家落户月亮湾是在鲜花出生半年前。他爹白板凳给他娘家扛长工,把主家的大小姐给拐带跑了。不知道是从哪里来的,只说是逃难来的,那年月,逃难的多了。他娘在落户月亮湾半年后生下了他。

说起来,鲜花娘也是很有故事的一个女人,那个年代,

第二章 大麦小麦

一个地主家的小姐，跟长工跑了，要多大的勇气要多真的爱情呢。或者，就是真傻呢，受了鲜花爹的好话哄骗了。鲜花娘不说，没谁知道。

鲜花在他爹被抓壮丁的当天晚上出生，就差那么几个时辰，鲜花和他爹错过了一辈子。他娘二十一岁守寡，二十八岁哭瞎了双眼，寡妇熬儿，给独苗儿子取名鲜花。而鲜花，在成长中，也是受了诸多委屈和侮辱的，因为没爹，因为他瞎眼的娘。小孩子欺生，远远地，朝他扯着嗓子喊：

我是你家祖宗，坐在你家炕头，你娘给我烧香，你爹给我磕头；

你们家穷，你们家破，你们家屎尿盆子一大摞；擦腚纸，糊窗户；搓脚丫泥，拌豆腐；被窝里拉，被窝里尿，被窝里放屁响大炮。

小时候，鲜花问他娘要爹。开始，他娘说，你爹在部队上，打仗哩；后来，解放了，他娘说，你爹去台湾了，现在回不来，等你长大了，会回来。鲜花开始信，后来不信了。

小时候，鲜花长得可真像一朵花，白胖，水灵，像一个模样俊俏的小闺女。他瞎眼的娘供他读了几年私塾，鲜花灵性，背了好多书，认识了不少字。

在月亮湾的大堤上，经常会看到一个在岸上无所事事晃荡游走的少年。下河摸鱼，上树掏鸟，戳马蜂窝，看狗恋蛋，偷看女人洗澡，都是他感兴趣的事儿。有时候，他会捡一截

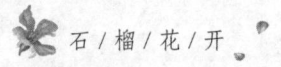

木棍把恋蛋的狗打得团团转,看男狗女狗左右冲突,痛苦挣扎,他嘴里骂着粗俗的脏话,脸上露出快意的笑。

在月亮湾畔长大的鲜花,像一条泥鳅,又像一只孤独的青蛙,眼前只是无边的湖水和一望无边的芦苇荡。月亮湾是鸟的天堂。水里有黑压压一片的黑水鸭,有体态优美的白鹭和斑头雁;芦苇丛里有成群结队的苇扎子,有穿着黑色羽衣的乒乓喳,穿着黄色羽衣的小黄鸟,穿着蓝色羽衣的靓克子,还有状如柳叶般的小柳叶;堤岸上有悠闲觅食的笨咕咕,有羽冠鲜艳的胡哼哼,有体态笨重的灰斑鸠;树丛里有叫声清脆的小翠鸟,有身材轻盈的紫燕和叫喳喳的花喜鹊,偶尔,也会有乌鸦哇哇的叫声从头顶飞过。鲜花学鸟叫的本领差不多能以假乱真了,他在水里游泳,看见年轻媳妇从堤上走过,他会打一声长长的鸟哨,然后扯着嗓子大喊:"大嫂大嫂行行好,借你的窝,暖暖鸟。"在年轻媳妇的嬉笑谩骂声中,他早已一个猛子扎下去,没了踪影。

月亮湾

月亮湾是我出生的地方,也是我娘死去的地方,我在那里生活了三年。那个双目失明的女人,我该叫作奶奶的女人,在那里生活了一辈子,直到一年前去世,享年九十二岁。石榴说，寡妇熬儿的女人在她男人板凳被抓之后，在全国解放的那一年，眼见着别人家的男人或升官发财荣耀乡里，或客死异乡但死讯确凿，唯自己男人生不见人死不见尸，音信全无，白天黑夜地哭，哭瞎了一双眼。可惜了一双好看的眼睛了，石榴说，女人是柳叶眉，细溜溜的一双清水眼，是真好看哩。当年，牛运仓逃回家时只和石榴一个人说了白板凳的死，他再没告诉第二个人，牛运仓到死都没说，石榴到死也没说。和大麦提亲的时候以及在大麦婚后的那几年，石榴好多次都想对女人说出来，可是，面对女人的坚定和执着，石榴始终没张开口，石榴说，不忍断了女人的念想。

那个叫鲜花的男人活着的时候，我躲着，不肯踏进月亮湾一步。他死后，我背着石榴给那个瞎眼的老女人送米面，觉得她也是一个可怜的女人。

月亮湾，是我心中永远的痛。

关于月亮湾，也有一个美丽的传说。

相传盘古开天地，因疲惫拖斧而行划出了黄河。号称铜头铁尾豆腐腰的黄河，拐了九九八十一道湾，在七七四十九道湾的腋下有个小村庄，户不过三十，人丁不过百五十口。此村南靠黄河，北依土山，物华天宝，人杰地灵。此村虽无沃土，但年年风调雨顺，五谷丰登，加上可猎可渔，也算富庶。村东有户人家，老两口，祖传何姓，众人送号何老大。夫妻相敬如宾，可不惑之年不见子女，一日其妻梦见院

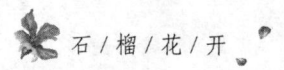

中荷塘一枝荷花中端坐一小女，至梦醒惊喜若狂。十月便生下一千金，取名何仙姑。小女生来俊俏，聪明伶俐，善解人意，讨人喜爱。转眼数年，小女初长成。一日天色已晚，来了一位不速之客，年方二十，虽衣着破烂，但眉宇间透着一股灵气。来客走后留下一纸，写道："七七四十九到晚，龙王在此建家园，待到二月二日时，废桑启渔造大船。"老汉见字，百思不得其解，女儿却看出其中奥妙，非让父亲买木料造船，何老汉疼女，带头造起船来。

不久后的一天，空中乌云翻滚，狂风大作，雷电交加，霎时倾盆大雨，黄河大涨。半夜时分，只见空中电闪雷鸣，并有兵器相击之声。说时迟，那时快，黄河以排山倒海之势，席卷而来，一泻千里。村内大乱，有船者纷纷登船，无船者，借助木板，顺势而下。何仙姑大呼，唤众人登船，自己却卷入水中。数日后浮水归并一处，形成大湖，即今日浮龙湖。大湖幅阔数百里，碧波荡漾，冬日地冻三尺不见冰凌，夏日凉风习习不见蛙鸣。淫雨数日不见水涨，百日大旱不见水落。水清可见底，无风三尺浪。水鸟嬉戏，柳丝垂岸。明眼人一看，便知这是一块宝地，属仙人所指。

老汉思女心切，每日必登堤岸呼唤，一日忽见大湖西边水中月大如盘，一翩翩小生携小女在水上散步，老汉湖边望女处，渐成高岗，高岗把大湖在西边隔出月牙形水域，每逢圆月，月牙形水域的月亮都格外明亮饱满，从此大湖西边的水

/第二章 大麦小麦/

域起名月亮湾,黄河腋下那个七七四十九道湾处的小村庄,也改名叫了月亮湾。

小麦

出嫁之前,说破天小麦都不会相信自己不是石榴亲生的。她出嫁的前一晚,石榴亲口说出她身世。石榴说,小麦,你不是我生的,你亲娘是你爹带兵打仗那会儿娶的小婆娘,生你难产死了。小麦,娘不想瞒你一辈子,你的身世你该知道。可是小麦你想想,就因为你不是娘亲生的,娘是不是处处高看你一眼?娘没亏着你,没对不起你死去的娘。小麦哭倒在石榴怀里。之前,也有长舌妇八卦嘴,跟小麦说过她不是石榴亲生的话,小麦为此和人翻了脸,骂了人家祖宗八辈。只以为是人家胡咧咧,信口雌黄,埋汰她哩。小麦记起小时候的点点滴滴,她成长的点点滴滴,记起她和大麦的吵闹,和兄弟姊妹的吵闹,都是石榴护着她,袒着她。在饥饿的年代,石榴偏一嘴食偷偷给她背地里吃,给她被窝里吃,一嘴食都是一条命。小麦一辈子都忘不了那个傍晚。那晚,割草回来,石榴偷偷塞她手里一块花生饼。花生饼是花生轧油剩下的。香死个人的花生饼!小麦把花生饼在手心里攥得紧紧的,一溜小跑把自己藏到院外的麦秸垛里。麦秸垛里有个洞,是她们藏猫猫挖出来的。小麦正美滋滋地偷啃着，舔舐着，大麦愤怒的身影出现了：拿来给弟弟吃！偷嘴精！不要脸！大麦背上背着一个，手里牵着一个。小麦不肯，两人撕打在一起。两个小的摔在地上哇哇哭，小麦可着嗓子嚎，一边嚎，一边骂，一边往石榴身边跑。娘，娘，狗日的大麦抢我花生饼！石榴抓起扫帚把大麦一顿打，把大麦的脸给打破了，把大麦抢到手里的花生饼夺过来又给了小麦。

小麦抱着石榴的腿，泣不成声。小麦说，娘，你就是我的亲娘。

马家寨的戏班子

马家寨的马地主马麻子有三房老婆，儿女却不多。大老婆不生养，二老婆生一儿一女，这个儿子被绑匪绑票撕票了，就是在地窖里为石榴接生的那个。那年，石榴被绑票，马地主的这个儿子也被绑票，扔在同一个地窖里，赶上石榴生我五舅大豆，是这个羞得没处躲的年轻后生给接的生。绑匪嫌晦气，放了石榴和我五舅，马麻子和绑匪讨价钱，绑匪把他儿子撕票了。一个十五六岁的后生，造孽，可惜了，石榴说。

当年，石榴家算不上大户，有地有牛，雇了大领二领，也算是中上等人家。她奶奶的死救了她，她家的成分后来被

第二章 大麦小麦

划分为富农。马麻子死了,他的爹和娘,却活了下来。马麻子的爹,据说在黄埔军校分校当过军官,据说是因为和其他军官抢女人,犯了错误,被解甲归田了。

马麻子小老婆生一儿子。小老婆带着儿子在解放后另立门户,小麦嫁的就是马麻子小老婆生的儿子。这个儿子叫马驹,长得细皮嫩肉,像一个闺女样安静害羞。就是这个安静害羞的马驹,叫小麦用鼠药害死了。

自三四十年代,马家寨就活跃着一台戏班子。马家寨的男女老少都爱看戏,男女老少也都能哼两句。石榴是戏迷,她常常肚子里怀着、肩上背着、怀里抱着,挤在戏台前,听得忘了东南西北。有几次听完戏,一个人走到半道上,才想起睡着的孩子还在戏台前。回去找,孩子还在地上四仰八叉睡着。戏班子是马家寨的戏班子,戏班子的东家是马麻子他爷。他爷爱看戏,常常在自家门口搭戏台,逢年过节,逢农闲,戏台就搭在老君庙旁边一片开阔的空地上,唱的是豫剧,有时候也唱山东梆子,两夹弦。常唱的剧目有《打金枝》《对花枪》《老征东》《红娘》《包公案》《刘墉坐南京》。搭得高高的土台子存在了几十年,后来成了斗地主斗四类分子的场地,成了唱样板戏的场地,成了开万人大会的场地。马麻子他爷做梦也没想到,他的儿子孙子后来会在戏台上挨斗,他的孙子还被斗死了。

一直到六七十年代,马家寨的戏班子仍然十分活跃。马

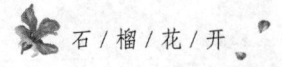

家寨的戏班子唱老戏也唱新戏，只是到了"文化大革命"，老戏禁唱了，戏班子也不再叫戏班子了，改叫宣传队了。小麦长着一双水汪汪的大眼睛，一副高亢嘹亮的好嗓子。也怪，书上的课文记不住，背不好，记戏词却记得快，记得牢。石榴说，这妮子，唱戏的命。小麦成了红极一时的台柱子，老戏新戏，所有戏里的女主角，都离不了小麦。小麦也因此记大人工分，记满工分。小麦吸引了男女老少，更不要说年轻的后生。马驹爱小麦爱到失魂落魄，那时候，小麦眼里压根就没有马驹，小麦压根就没正眼瞧过马驹，小麦也没正眼瞧过在暗地里偷窥着她的鲜花，情窦初开的小麦爱上了一起唱戏的范二磨。

　　后来，小麦和鲜花好上了，小麦和鲜花又闹翻了，小麦远走河南周口后，马家寨的戏班子也基本解散了。一是因为少了小麦这根台柱子，二是因为出了小麦和鲜花这档子伤风败俗的事，那些唱戏的闺女家都被父母管制了，被父母骂了，不让出来唱戏了。也是，戏班子最是滋生男女之事的地方，除了小麦和鲜花，还有两个闺女争着和一个唱红脸的男人好，俩人成了情敌。一次在戏台上唱《打金枝》，男人唱皇上，俩人一个唱公主，一个唱皇后，俩人唱着唱着竟然忘了是在台上演戏，忘了台下乌压压的听众，俩人因为彼此望皇上的眼神争风吃醋起来，对骂起来，厮打起来，砸了场子，成了闹剧。

范家从前也是马麻子家的佃户，解放后分得自家一份田，开了磨坊。范二磨是家里的老二，根正苗红的贫农，从小就和小麦一起唱戏演节目，小麦喜欢他，崇拜他。排戏，练唱腔，小麦都喜欢和范二磨在一起。小麦催着范二磨找媒婆跟她娘石榴提亲，范二磨爹娘满心欢喜找媒婆提亲了，石榴也应下了，婚期都订好了，只等年底办喜事了。喜事却没办成，小麦出事了。

是秋收大忙之后，铿铿锵锵的锣鼓家伙响起来，戏台子前热闹起来。那晚，唱的是老戏《红娘》，小麦的成名戏。小麦扮红娘，范二磨扮张生，曲终人散之后已是更深夜静，小麦独自走在回家的路上。本来，那天范二磨是准备送她回家的，他忽然蹿稀拉肚子，就没送。小麦意犹未尽，一路哼着红娘，踩着碎步往家走。走到马家寨西头的麦场上，一个黑影蹿出来，捂了小麦的嘴，在麦秸垛旁强奸了她。

小麦原是没心计的女子，被强奸的事却对谁都没说，对她娘石榴也没说。小麦不知道该咋对她娘说，难以启齿哩，也不知道接下来会发生什么事，小麦就咬咬牙啥都没有说。

一个月之后该来的例假没有来，两个月之后该来的例假没有来，小麦没当回事。小麦原是没心没肺的女子，她不知道不来例假就是怀孕了。石榴开始也没注意，家里那么多要操心劳神的事，光填饱肚子都够石榴脑浆子疼，哪里还注意到哪个妮子来没来例假。妮子多，院里晾晒的月布赶着趟儿

《戏台子上的小麦》

拉大锯,扯大锯,姥娘家唱大戏。戏台搭在南场里,场边有个卖糖哩。啥糖?芝麻糖。姥娘姥娘您尝尝。

花红柳绿。石榴眼见着小麦哦哦啊啊吐酸水,眼见着小麦脸色和走路的姿势不对劲,还以为是和范二磨憋不住睡了。骂她,也不还嘴,石榴就一心操办嫁妆的事。婚事定在腊月二十六,也就一个多月了,嫁过去就好了。可是,嫁不过去了。

范二磨不吃这个哑巴亏,范二磨爹娘也不吃这个哑巴亏。

小麦只好说出被强奸的事,却说不出那个强奸她的男人是谁。石榴恼得拿鞋楦子抽小麦嘴巴子,抽自己嘴巴子。

黑夜里的事,匆匆忙忙的事,慌慌张张的事,却种上了,留下孽种了。

马驹

马驹自个儿提着礼物登门求的亲。提的四封上好的蜜三刀,还有一只绑了翅膀的红公鸡。

马驹,那个长得细皮嫩肉,见人说话都脸红的大小伙子,自个儿跑到小麦家里求亲了。他目光坚定地说,婶,俺娶小麦。石榴看着文文静静站着的马驹,眼里心里是满满的感激和爱怜。石榴心底的石头落了地,石榴心底的晦气一扫而空了。

婚礼还是腊月二十六。小麦怀了四个多月身孕的身子掩

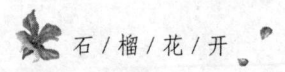

在大红棉袄里，坐在马驹推着的独轮车上，独轮车绑了红绸子，铺了大红的新棉被。马驹家门口搭起了戏台子，铿铿锵锵的锣鼓响了三天三夜，戏班子唱了三天三夜，马驹给小麦请了三天的戏班子。

马驹干地里拾鱼，而且还是条美人鱼，美着呢。

新婚之夜，马驹对小麦说的第一句话就是，小麦，你想唱戏你还去台上唱，就是，要注意身子。

马驹小心翼翼地捧着小麦的脸左看右看看不够。马驹说，小麦，你长得真好看！马家寨的女人都没你好看！天底下的女人都没你好看！马驹摸着小麦的手，说，小麦，你的手真白真软和！小麦，我不叫你干活，你愿意唱戏你就去台上唱，你不愿意你就在床上躺着，屋里待着，赶集听戏，都由你——

马驹说，小麦，你不知道你唱戏多好听，把人的心都给唱醉啦！

小麦说，马驹，你不嫌？马驹急赤白脸地说，不嫌不嫌，咋会！

马驹夜夜把小麦搂在怀里，却不做那个。小麦忍不住，问，你不要？马驹摸着小麦隆起的肚子说，伤了孩子。说这话时马驹脸红了，声低了，把头深深埋在小麦怀里了。

小麦叹口气，把马驹搂紧了。小麦试着去摸马驹，马驹把小麦的手握住了，握在自己手心里。

小麦嫁给马驹时十八岁，是大麦嫁给鲜花的第二年。那一年,正好我出生。那一年,马驹二十五岁。

大麦和鲜花

大麦和鲜花婚后过着稀松平常、不咸不淡的生活。大麦觉得鲜花在那事上贪,一夜要几回,心里不愿意,也忍着。有时候,鲜花白天也要,大麦羞得没处躲,躲不过,也只好由他。有时候在院子里,有时候在堂屋里,有时候在厨屋灶间。也不管他娘在不在,欺他娘眼瞎哩。他娘眼瞎耳不聋,听见儿子媳妇拉拉扯扯,听见儿子气喘如牛,骂骂咧咧,听见儿子嗷嗷大叫,听见媳妇无声地躲闪挣扎,都是儿子的动静。

鲜花爱看戏。有戏唱的夜晚,鲜花就天天晚上去看戏,看小麦唱戏。"文革"开始后,公社里要求唱样板戏,脑子灵光的鲜花帮宣传队编戏词,好多自编自演的样板戏都是鲜花帮着编的。鲜花为此也进了宣传队,相当于现在的编导和导演。像紧跟时代步伐的《提高警惕》,是写特务破坏生产的戏;《三争》是写妇女争取婚姻自由的戏;《三世仇》《狗家寨》都是忆苦思甜戏。这几出戏都轰动一时,鲜花因此也名声大振,不久取代范二磨,当上了宣传队的队长。《提高警惕》唱到虞城县,唱到单县城,后来还获奖了,受到县长的表扬。小麦获得了一张优秀女主角的奖状,上面有县长的亲

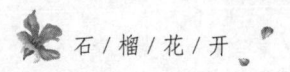

笔签名。那张奖状曾经是石榴的骄傲，石榴把它贴在堂屋墙上最显眼的地方，逢人就谝。后来不知弄哪去了，是自己烂掉了，还是后来石榴把它撕掉了，烧了，不得而知。

提高警惕

小麦和鲜花好上，起因就是《提高警惕》那出戏。

小麦和马驹结婚半年后生下一个闺女，生下闺女七天她就跑去听戏了，生下闺女满月她就登台演出了。

马驹说，你去你去，孩子我看着。

正赶上公社里要求排演新戏，鲜花连夜写的《提高警惕》通过了，排演紧锣密鼓地进行。在这出戏里，小麦扮演女主角马二妮，男主角特务林九如本是要范二磨扮演的，鲜花当仁不让了。鲜花说，我来，我试试。

是说特务要破坏生产夜烧麦秸垛，并在麦秸垛里埋手榴弹的故事，从道具到场地布置，从演员衣着打扮到一招一式表演，整场戏都有鲜花指挥安排。戏中小麦和鲜花扮一对特务夫妻。鲜花第一次扮戏，他的表演天赋似乎是与生俱来的，他扮演的特务林九如一下子就把人吸引了。再加上小麦泼辣大胆的表演，整场戏高潮迭起，台下掌声一片，叫好声一片，哄笑声一片。

第二章 大麦小麦

小麦对鲜花是在排戏中间突然有了感觉的。

戏中小麦身穿老蓝布衫,头顶兰花手绢,有个重复的场景是小麦胳膊弯里挎个篮子,扮作要饭婆子几次出门望风,正巧碰见守夜的民兵。民兵问:谁?干什么的?

小麦装作颤颤巍巍胆战心惊的样子回答:我,马二妮,尿泡嘞。

民兵:胡说八道!分明是你这个阶级敌人在搞破坏!

民兵朝小麦走来。

小麦撕扯衣裳倒地撒泼,大喊:不得了了!民兵强奸妇女啦!不得了了!民兵强奸妇女啦!

几次的重复场景大同小异,小麦或娇滴滴喊尿泡嘞,或恶狠狠一蹦三尺高撒泼耍赖,刁钻蛮横,每次都赢得满场哄笑。

开始,小麦多少有点放不开。鲜花说,演戏,啥都不要管,放开了演!

鲜花手把手地教小麦,他自己的角色拿捏得也到位。他扮演的特务台词多,唱腔也多,或嘴脸阴险,或花言巧语,或穷凶极恶,鲜花都表现得活灵活现。有一场戏是小麦望风被发现后急匆匆回去给鲜花报告,小麦说,老头子,怎么办?民兵发现了!鲜花急中生智,临时加了一场背小麦去看病的戏。撞上民兵,只说小麦肚子疼,拉肚子。后来这个情节一直保留了下来。小麦在鲜花的背上趴着,一边无师自通

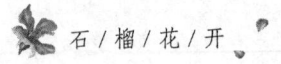

地大声呻吟配合着,鲜花在民兵的追赶中故意撒着欢儿剧烈颠簸。背上的小麦忽然就觉得,鲜花,这个男人的背真宽,真厚实。小麦忍不住咯咯笑出声来。

鲜花和大麦

鲜花对小麦蓄谋已久。早在媒人给他提亲之前,鲜花就看上那个能说会唱的小麦了。那个在戏台上活跃的小麦,脸盘好,身段好,唱腔好。鲜花在无数的黑夜里揣想着小麦。小麦小麦,小麦小麦。小麦小巧的鼻子,小麦嘟着的嘴唇,小麦白里透红的面庞,小麦饱满鼓胀的乳房,小麦尖尖翘翘的屁股,小麦脆生生的声音,小麦水汪汪的眼睛。那时候,小麦已经和范二磨好上了。就算小麦没和范二磨好,鲜花知道自己也是癞蛤蟆想天鹅。鲜花知道自己斤两。单门独户,家徒四壁,没了立门户的爹,还有一个瞎眼的娘。他比大麦大着三岁,比小麦大着五岁,她们的娘,石榴,那个在鲜花眼里说一不二的女人,不会先嫁小麦。大麦嫁他,已是天大的恩赐,已是祖上积了八辈子阴德修来的。

婚后的生活慵懒无生气。按说,大麦也没得可挑剔,家里家外,每样活计都利落。能干,勤快,顾家,顾孩子,还顾着他瞎眼的娘。婚后第一年他们制造了一个名叫榆钱的女儿,那个女儿就是我;第二年制造了一个儿子。普通的农家生活,一儿一女,日出而作,日落而息,在外人眼里,算美满了,于鲜花瞎眼的娘,已经是大知足。就算她男人死外面,回不来,她也没啥遗憾了。

鲜花觉得不对劲,到底是哪里不对劲也说不上。白天干活不觉得啥,晚上回到家就觉得闷,想发火,想摔东西。鲜花本是满嘴跑火车的人,他的嘴皮子功夫在大麦这里派不上用场。明明大麦就在跟前,他说话却像对着空气放屁,一点回音都没有,顶没意思。一家人在一起吃饭,他娘那里像一只无声无息的猫,大麦那里像一条面无表情的鱼,一个家也只在孩子哭闹的时候有点动静。鲜花有时候,无缘无故地,就把孩子弄哭了。孩子哭,鲜花有时候就嘿嘿地笑,更多的时候,他是更加地暴躁了。

最难熬的是晚上。每次大麦战战兢兢的样子,她痛苦扭曲的表情,叫鲜花觉得没意思,没兴致。鲜花的脾气眼见得大起来。摔东西,骂人,打人。大麦在鲜花拳打脚踢中,拼命保护着腹中的我,还有后来的我弟弟。我和弟弟没流产,没断胳膊少腿,没脑残,侥幸哩。

鲜花觉得没意思透了,奸尸一样,还不如奸尸哩。

有戏的夜晚,鲜花再不在家待着,他跑去看戏,看小麦。小麦不唱戏的夜晚,我瞎子四舅说坠子书,他也一个村一个村跟着听。

《爱干净整洁的大麦》

小柳树,发芽啦,一早起来走娘家。爹出来接包袱,娘出来接娃娃。嫂子出来一扭打,八虎头妮子又来啦。

第二章 大麦小麦

大麦忘不掉多年前的那个午后。那个午后像毒蛇吐着长长的蛇信子，如影随形，将大麦拖进永远的噩梦里。那天午饭，小麦抢弟妹饭食，大麦打了小麦，她娘石榴不分青红皂白打了她。她一气之下跑出家门，跑到月亮湾大堤上，赌着气，哭哭啼啼一阵子，然后她在大堤上睡着了。午后的阳光躲在浓密的树荫之外，从月亮湾吹过来的一阵阵凉风安抚着她，她沉在梦里，遗忘了一切。梦里，她被蛇咬了。尖锐的疼痛却是实实在在的。她睁开眼，看见自己赤裸着，在一个同样赤裸的老男人怀里。老男人说，对谁都不能说，说出去，扔湖里，淹死她。那一年，大麦十二岁。

小麦

台上的小麦是真好看。那时候，含苞待放的小麦崭露头角，一台《红娘》捧红了她。小麦扮演的红娘活泼灵动，唱腔婉转悠扬，透着水灵透着浪，一下子吸引了马家寨的男男女女，老老少少。都爱看小麦唱戏，爱听小麦唱戏。戏台前，挤得最靠前的，多是年轻后生。夏天，小暑大暑，上蒸下煮的夜晚，男男女女老老少少挨挨挤挤，汗酸味呛人鼻息。再有那红薯吃多的，吃了大葱大蒜的，浑身上下的毛孔出气孔都散发着刺鼻的气味，一窝黄鼠狼不嫌臊，都只顾盯着小麦看，都只顾听着小麦唱，谁也不觉着，谁也不嫌谁。

鲜花第一次走新客挨了小麦一顿骂。年初二，新女婿上门，在鲁西南这一带，俗称走新客。客，在这里不读kè，读kèi。那天，石榴原准备了一桌丰盛的饭菜，请了陪酒的人，见鲜花还只是一个人领着大麦来，没扛笆斗子，没找扛笆斗子的客，石榴脸上就有些不好看。走新客都比谁家扛的笆斗子多。要脸面的人家要扛六个笆斗子，找三个扛笆斗子的客，也不是真扛，是在自行车后座绑一截木棍左右挎了，笆斗子里装肉装馍装果子，都用红包袱花包袱盖了。鲜花什么人都没找，只自己提着四封果子来了。果子不是水果，是点心，是普通的口酥和桃酥，也不是上好的蜜三刀，用黄裱纸包着，用粗麻线系着。石榴的脸阴得能下场雨，不在意礼物轻重，在意脸面呢。鲜花他娘不把她石榴当回事，朝她脸上尿尿哩。鲜花娘原是备了丰厚的礼物的，也找了扛笆斗子的客，是鲜花不让。鲜花在大麦那里吃了闭门羹，憋屈。那顿饭就吃得冰凉没味道。酒没上，准备好的一桌菜没端上来，每个人只上了一碗稀汤寡水的羊肉汤。

鲜花走时小麦把他带来的果子直接砸到他身上。小麦杏眼圆睁，柳叶眉倒竖，跷着惯性的兰花指，气咻咻地骂，瞎你狗眼了，跑俺家来装大尾巴狼！撒泡尿照照自己什么狗东西！面对愤怒的小麦，鲜花悔得肠子绿半截，一张脸憋成了紫茄子。他只想着拿大麦出气，却把小麦惹下了，却把他心尖尖上分分秒秒都在想着念着的小麦惹下了。鲜花为讨好小麦，后来没少费心思。

马驹和小麦

自从小麦娶进门，马驹像换了一个人。一天到晚喜气洋洋，走路脚下生风。有时候，他干着活，情不自禁地就哼上几句。要是小麦不在家，他唱得还大胆些，声音也大些。小麦在家了，见小麦注意他，他就很害羞地红了脸，自嘲地说，嘿嘿，瞎唱的。马驹对小麦是真好。白天，小麦要烧火做饭，马驹说，不用不用，你等着，我做好饭端给你吃；小麦要挑水，马驹说，不用不用，这活不该你干的，我来我来；小麦要纺花织布，马驹也抢过来说，不用不用，我来我来；就是缝缝补补的针线活，马驹也是自己做，不要小麦动一根手指头。小麦说，那我干啥，马驹说，你歇着，你生孩子，你想干啥就干啥，只要你高兴。

小麦嘎嘎地笑弯了腰，笑出了泪花子。小麦说，马驹，你个傻种，你当我是你娘啊！

马驹见小麦笑，就蹬鼻子上脸地说，小麦，你就是我娘，我把你当娘供着。不，还不行，当神供着！小麦的眼泪就顺着脸庞淌下来。小麦说，马驹，你个傻种！

马驹把大着肚子的小麦抱到床上,一遍遍地亲,一遍遍地说,小麦小麦,你就是我娘。

马驹的娘,在马驹把小麦娶进来半年之后,在小麦生完孩子满月之后,跟人跑了。据说是跟一个走村串巷的货郎跑了,谁知道呢,反正在马驹的娘走后,那个摇着拨楞鼓的货郎再没在马家寨一带出现过。马驹的娘,在马驹被小麦药死的时候,也没回来,以后一直都没回来。这个叫菜篮子的女人,彻底从马家寨消失了。

大着肚子的日子,小麦就那么无所事事地在家待着。待烦了,就去唱戏;唱不了戏的时候,就去听戏,去赶集,看热闹。

小麦在来年的初夏生下一个闺女,取名麦芽。马驹小心地伺候着月子,比一个女人还细心周全。看小麦养得白白胖胖,石榴心里自然舒气。石榴说,人的命天注定,拉不下屎怨不着茅房,肚子疼怨不着灶王爷。那时候,小麦还没与鲜花搅和在一起,大麦已经是经常鼻青脸肿了。石榴说那句话的意思,自是感叹命运的造化,她不是先知先觉,自然也不知道接下来会发生啥。

小麦在马驹细心周到的照顾中,觉得马驹才像个娘的样,就是她娘石榴,也不会对她这么好。马驹像娘又像爹,把她宠得不像话。送完月子米的第二天,小麦说,马驹,你看着孩子,我去唱戏啦。

马驹吓得愣怔着,语无伦次地求着小麦说,小麦小麦,可不敢,会得产后风,我没奶,会饿死孩子。小麦笑出了泪花子,小麦说,马驹,你个傻种,姑奶奶吓你哩,看你那个怂样!马驹就嘿嘿地笑了,扑过去抱了小麦,亲了又亲。

小麦心满意足,小麦又极端地烦躁不满足。

大着肚子的夜晚,马驹先自己把被窝暖热了,再叫小麦脱衣裳钻进来。小麦焦渴难耐的无数个夜晚,她拽着马驹,喃喃地说,马驹,上来,马驹,上来。马驹诚惶诚恐。马驹爬到床的另一头,小麦爬过来,马驹又爬过去。马驹战战兢兢地说,小麦小麦,不敢,压了孩子,伤了孩子。小麦在恼怒中一脚把马驹踹到了床底下,转身恨恨地睡了,却睡不着,一遍遍地想那个被强奸的夜晚,想那个强奸她的男人。

孩子生下来之后,小麦满月之后,小麦手脚并用生拉硬扯声威齐下把马驹胁裹到了身上。小麦累出一身的汗,马驹依然不识抬举,任小麦怎么温柔抚慰,怎么软硬兼施,都了无生气,真正做了缩头乌龟。马驹整个人软塌塌的,像一只令人恶心的鼻涕虫。

马驹哭得肝肠寸断,小麦哭得山崩地裂。

马驹一遍遍地说,小麦对不起小麦对不起。小麦咬牙切齿歇斯底里,小麦骂,马驹你个婊子养的不中用的货!马驹你个婊子养的乌龟王八蛋!

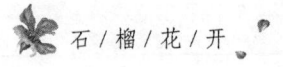

马驹和他背后的菜篮子

被小麦骂做婊子的马驹的娘,曾经的地主马麻子的第三房老婆,被人叫作菜篮子。她在马麻子死后在解放之初带着儿子马驹另立门户,靠的就是做婊子做皮肉生意养活马驹。这个颇有几分姿色的女人,搽脂抹粉,明里暗里,把马家寨无数男人勾引到她的床上。她喜欢大呼小叫。在无数个夜晚,她的大呼小叫穿透马家寨的夜空,令马家寨的男人热血沸腾,蠢蠢欲动。同时,也令马家寨的女人咬牙切齿,恨之入骨。

马驹在十岁时的一个夜晚被一泡尿憋醒,被他娘的大呼小叫吓着。

马驹听到他娘呼天抢地,哭爹叫娘,寻死觅活。是三间房,马驹住西间,她娘住东间。马驹在睡意蒙眬中惊醒,吓得在被窝里缩作一团,瑟瑟发抖。好半天,他娘还在大呼小叫。马驹吓得哇哇大哭,他带着哭腔喊,娘,娘!他娘那里一下子没了声息,没了声息的短暂静默让马驹更害怕,他娘是死了吗?直到他娘带点恼怒的声音传来,马驹,你睡。马驹停止了哭泣,下床尿尿,尿完在蒙眬中沉沉睡去。

十岁的孩子,瞌睡多,总是睡得死沉。也总有被尿憋醒的时候,总有被他娘大呼小叫吵醒的时候。马驹十三四岁的

第二章 大麦小麦

时候,在一个夏天的夜里醒来。等他意识逐渐清醒的时候,他听到粗重的喘息声,听到扑通扑通的撞击声,伴着撞击声的节奏,他娘高一声低一声娘哎娘哎叫得正欢。他在被窝里浑身哆嗦成一团,牙齿咬得咯咯响。这个十三四的少年,他好像明白他娘的大呼小叫了,他又迷迷糊糊的什么都不明白。他好像明白自己身上发生了什么,他又迷迷糊糊什么都不明白。

在以后无数个夜晚,他睡不着,听到他娘的动静,听到有男人的动静。听到他娘叫得惨烈激昂的时候,他禁不住瑟瑟发抖。少年胆小如鼠,又如一只惊慌失措的兔子,迅速面黄肌瘦,萎顿不堪。他的娘,那个自顾放荡淫乐的女人,终于有一天在一个墙角发现他瑟瑟发抖萎靡不振的儿子。她的儿子有问题了。女人不再叫男人到家里来,不再叫男人到她的床上来。她出去找男人,到野地里去,到黄河故道去,到黄河大堤去,到男人的家里去。她费尽心机地调养儿子的身体,一段时间之后,马驹的面庞有了一丝红润。可是,马驹,在无数个黑夜,他小小的身体里像有一团火,躁动不安着。马驹在白天安静得像一只兔子,像一个羞于见人的小闺女,低眉顺眼。只有他娘知道,她的儿子,废了。这个放荡的女人,在暗夜里常常自伤自怜,觉得对不起她的儿子,觉得满世界对不起她,觉得她的命比黄连还苦。

马驹在无数的黑夜里想着小麦。小麦小麦,小麦小麦。

小麦的眼睛，小麦的鼻子，小麦的嘴，小麦光洁的额头，小麦红润的面庞，小麦饱满的咪咪。小麦让人想起来都颤抖的脆生生的声音。马驹只躲得远远地怀揣着小麦，一遍遍地想，越想，越躲得远。小麦唱戏的夜晚，马驹远在戏台之外，远在热闹之外，她听着小麦的声音，浑身颤抖不已。

没有谁告诉马驹小麦被强奸的消息，没有谁告诉马驹范二磨家不要小麦的消息，甚至连范二磨要娶小麦的消息，在马驹这里也是模糊的。马驹没有童年，没有伙伴，他游弋在自己的梦幻里，黄河故道里的芦苇，蒲草，蝌蚪，小虾小鱼，黄河堤岸上的蚂蚁，蜻蜓，西瓜虫，老鸹虫，屎壳郎，都是他的伙伴。

直到后来，他有了小麦，小麦在他心里，在他心尖尖上悬着。

在那个难得的温暖的冬日的正午，马驹就那么朦朦胧胧着，就那么意志坚定着，怀揣六尺布票，手提四封上好的蜜三刀果子，一只绑了翅膀的大红公鸡，脚步轻盈，满面春风，走向小麦，走向石榴，走向他的宿命。冥冥之中，必定是有什么引导、暗示，以及诅咒吧。

马驹喜气洋洋，手提礼物站在他娘菜篮子面前的时候，他对他娘说他要娶小麦的时候，是在院内，少有的晴朗的温暖的大太阳，他娘看着一身阳光喜气的儿子，听着他儿子说要娶小麦的话，那个叫菜篮子的女人像在梦里，一时回不过神来。她的儿子面色红润，精神抖擞，以从没有过的坚定语气对她大声宣布,他要娶小麦。

小麦!那个马家寨的人尖子,那个水灵灵的把戏唱到整个马家寨男男女女老老少少心里去的俊俏女子!菜篮子醒悟过来吓得容颜失色。她的儿子莫非瘾症了?傻了?他居然说他要娶小麦!小麦和范二磨年底之前就要办喜事的,马家寨老少皆知的事,马家寨大街小巷角角落落里都氤氲着的消息。马驹马驹!他娘失声叫着儿子的名字,以为不是她瘾症了,就是她儿子瘾症了!她眼看着她儿子大踏步走出家门,菜篮子颓然坐在地上,号啕大哭。

石榴这辈子最看不起的女人就是菜篮子。菜篮子窑姐出身,当初马麻子逛窑子给她赎了身,大名叫什么,很少有人知道了。石榴说起一件叫她一辈子想起来又恶心又兴奋的事。那年,大年初一,满街的鞭炮噼里啪啦响过,满大街串门拜年的人群也冷清下来,石榴去茅房拉了一泡屎,却不慎把兜里揣着的一角子钱掉茅坑里啦。是三十晚上包饺子剩下的,大过年的,石榴觉得怪晦气,她就叫我舅用两截柴火棒子把那一角子钱夹出来,扔到大门外面去。她在门里扒着门缝往外瞧。看见前街卖香油的香油二过来啦,香油二看见了那一角子钱,皱皱眉,走啦,还狠狠地吐了一口痰。看见街东头担挑子卖蒸馍的李二扁担过来啦,李二扁担停了停,弯腰去捡,犹豫了一下缩回手直起身板也走啦。石榴正有些急,就看见菜篮子手缩在袖筒里扭着大屁股一扭一摆过来啦。菜篮子上身穿一件红底蓝花新棉袄,下身穿着相同花色的新棉裤,头顶大红的方围巾,打扮得像个妖艳的新媳妇。那时候,马麻子还活着,她还得着宠。天上下着不紧不慢的雪肠子,细细碎碎的,落在身上沙沙响。菜篮子的棉袄和围巾上都落满白花花的雪肠子,她看见那一角子钱,停下来,用她那双前后都绣着花儿的绛红色的新棉靴把那一角子钱在脚下踩了,在刚泛白的雪地上来回搓了几下子,弯腰捡起来,装进了衣兜里,大模大样地走啦。她把石榴沾着屎尿的一角子钱拾走啦,她把石榴扔出去的晦气拾走啦。石榴后来一说起她就撇嘴,啥钱都要啥钱都挣的窑子货!石榴是什么人呢,石榴是吃屎都要吃尖的人。石榴买李二扁担的蒸馍从来不要后面那一篮里的,石榴买瓜果梨枣也不要担挑人后面筐里装的东西,就连货郎卖插花线的,石榴也不要后面筐里装的东西。石榴说,有臭屁味!因为小麦,石榴无可逃避无可选择地和她从不正眼瞧的菜篮子成了儿女亲家,也真是够难为委屈石榴啦。

没想到却等来了马驹的婚礼。菜篮子喜极而泣。就算范二磨家不要的小麦,她家也要。不只是因为马驹想要,菜篮子自己也是真心想要的。她知道她的儿子,她也知道自己的名声。菜篮子上赶着去伺候已有身孕的小麦,马驹却不要他娘伺候,信不过他娘似的,怕他娘害小麦似的,一天到晚不离小麦一步,处处不要他娘插手,把他娘晾在了一边。他无师自通学会了所有的家务活,纺花织布,做针线。菜篮子看着她儿子变成了另外一个人，变成了小麦的儿子孙子。变成小麦的儿子孙子都没啥，只要马驹高兴，只要小麦和马驹踏踏实实过日子。菜篮子看到马驹眉眼含笑，脚步轻盈，她看不到小麦的笑脸。菜篮子知道女人最想要的是什么，她儿子马驹给不了小麦。小麦不是耐得住寂寞的女人，这一点，菜篮子比马驹看得清楚一万倍。在小麦满月后的夜晚，菜篮子蹑手蹑脚地站在窗外，其时，为了迎娶小麦，她早已搬到用秫秸搭起的厨屋里住。听马驹低三下四唯唯诺诺，听小麦歇斯底里气急败坏，她感到不寒而栗。她终于在货郎再一次到来的时候，跟着货郎永远地离开了马家寨。货郎死了女人，守寡多年的菜篮子，风流成性的菜篮子，已是半老徐娘的菜篮子，这样的结局，于她，也算是一个圆满的结局吧。

马驹出事一个月之后她才辗转听到消息，那个马家寨唱戏的女子，把她男人下老鼠药害死了。菜篮子至此断绝了对马家寨的一切念想。

小麦的麦秸垛

小麦无数次地想起那个被强奸的夜晚，想起那个强奸她的男人。

那晚，唱的是《红娘》吧？小麦真有些记不清了。那时候,小麦正红极一时。《打金枝》《对花枪》《朝阳沟》和《红灯记》以及他们自编自演的样板戏,所有戏里的女主角都非她莫属。台下乌压压的听众都是冲着她来的,前台那些个头伸得锄钩样的年轻后生的目光都是黏着她的,小麦有些飘飘然。其时,小麦正和范二磨热恋着。搂了亲了抱了,只是没做那事。小麦后来想,范二磨为啥不跟她要呢?范二磨要的话,她也是会给的吧?范二磨没要,没要,他以后就没机会了。小麦后来想,强奸她的那个男人一定就在台下吧!是谁呢,她想不清楚,想不清楚她就不想了。想不清楚的事情再去想,小麦觉得太累了,没意思。

小麦在朦胧中听见虫子唧唧的叫声,周围安静得很。她一时不知自己身在何处,不知发生了什么,她好像睡在一个梦里,好像做了一个梦。她醒来,睁开眼睛,看见无边的黑夜,看见漫天的星星在头顶闪闪烁烁。小麦记得她醒来时裤子是穿好的,腰带也是系好的。记不得是自己穿好的,还是那个男人给她穿好的。浑身酸软无力,小麦在麦秸垛旁躺了好久。秋凉的夜露袭击了她,让她终于清醒。她解开腰带,褪下裤子,用麦秸把黏糊糊的两腿间擦了,慢腾腾地穿好,意识仍然是茫然的。她跌跌撞撞迷迷茫茫往家走,大脑一片空白。家在眼前,直到走到家门口小麦都还不知道该怎样给她娘石榴说,她被人强奸了,并且被强奸了那么久。小麦不知道该怎么说出口。

她娘床头的煤油灯亮着。小麦犹疑着进了屋，她娘石榴在床上睡着，迷糊着，听见小麦的动静，也只是说了声赶紧睡吧，就吹熄了灯，没再言语。小麦在黑暗中摸索着钻进被窝，用被头把自己蒙了，呜呜咽咽流了一枕头泪。

小麦在马驹低三下四的谦卑中，心情烦躁。

小麦觉得自己浑身燥得像只炭火盆子。

鲜花的麦秸垛

鲜花永远记得那晚唱的是《红娘》。是秋收大忙之后的第一台戏，戏台上的小麦满场子撒着欢儿，眼波流动，唱腔婉转，把一个小红娘直演得活色生香。站在戏台最前面的鲜花早已把持不住。其时，是大麦临产前的一个月，鲜花已经有三个月没有碰过大麦的身子。因为肚子里的孩子，大麦不肯，鲜花只好憋着，委屈着。

那晚，曲终人散之后，鲜花把自己掩在一棵枣树之上，上树摘了枣子，是那种最好吃的脆灵枣子，嘎巴脆，嘎巴甜。自己吃了几颗，把大的红的甜的留着，装满了一裤兜，是准备给小麦的。戏散后，眼看着小麦和范二磨搂抱亲嘴，鲜花眼里心里都喷着火，却只能忍着憋着，一点办法都没有。终于等来了机会，范二磨没送小麦回家，范二磨和小麦道别之后急急忙忙跑到离戏台不远的枣树下拉了一摊稀屎，范二磨只拉得响声雷动，浓郁刺鼻的酸臭味差点把鲜花一个跟头从枣树上呛下来。鲜花捏了鼻子憋着。等好半天范二磨拿土坷垃把屁股擦了，把裤子提了，系上腰带走远了，鲜花才从枣树上小心翼翼地下来。尽管小心翼翼，脚上还是沾了范二磨的稀屎。鲜花把脚使劲在地上蹭了又蹭，嘴里骂着范二磨的八辈祖宗。完了，鲜花还脱下鞋把脚凑近鼻子闻了又闻，觉得没臭味了，才一溜小跑朝小麦的方向追过去。

鲜花想到要强奸小麦了吗？鲜花本是要送又大又甜的枣子给小麦的。鲜花尾随着小麦，一溜小跑，不一会就听到小麦的动静，看到小麦的身影。小麦咿咿呀呀在唱，好像还是《红娘》的段子。鲜花看着小麦兀自扭着身段，走着戏台上的碎步，一个人自怜自爱，自我陶醉。夜色包裹里的小麦，像一个风情万种的狐狸精，把鲜花的七情六欲点燃了。鲜花冲过去抱了小麦，他来不及掏出裤兜里的枣子给小麦吃，他用他的舌头把小麦的嘴堵了。枣子散落一地。从未有过的酣畅淋漓。

鲜花后来一直没承认强奸的事，即便在她和小麦好了之后，小麦在他身下醉生梦死得一塌糊涂，醒来，一遍遍疑疑惑惑地问他的时候，他都没有承认。为什么不承认呢？鲜花有好多次都是想自豪地承认的。只是，因为第一次没承认，后来也就不好承认了。

小麦的蜜月爱情

《提高警惕》在马家寨上演之后的轰动是鲜花没有想到的，鲜花收获了名声，也得到了小麦。趴在他背上被颠来颠去的小麦，一颗心被颠得怦然心动。换场间隙，从鲜花背上下来的小麦被鲜花转身抱在怀里。两个人在后台抱在一起，滚在一起。鲜花和小麦，干柴烈火。《提高警惕》没有让小麦提高警惕，反而让她一头扎进鲜花的怀抱，深深地陷进一场爱恨情仇的旋涡里。

那时候，刚刚生完孩子的小麦平添了几分妩媚妖娆和泼辣，母性的光辉使她柔情似水，也使她豪情万丈。而这些，正是角色中的马二妮所需要的，也正是鲜花所需要的。小麦几乎分不清哪是台上，哪是台下，她陶醉在鲜花导演的爱情里。因为爱鲜花，戏演得更加投入，因为戏演得投入，她因此更爱鲜花。多少年之后，小麦念念不忘的还是她和鲜花共同度过的这几年时光。台上的小麦光鲜亮丽，台下的小麦在一场爱情里疯狂沉醉。台前幕后，台上台下，黄河故道宽阔的河床上，故道大堤浓密的树荫里，月亮湾畔的堤岸上，马家寨无数的麦秸垛旁，晨昏月下，都有小麦和鲜花甜蜜纠缠，疯狂野合的身影。于小麦来说，那是她生命中鲜花盛开，激

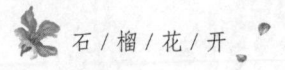

情绽放的岁月,那是小麦一辈子最好的时光,是小麦一辈子最美好的回忆。小麦更忘不了鲜花给她在黄河故道大堤上建造的宫殿,那是她一辈子的蜜月。

在月亮湾一带的黄河故道大堤上,经年的松柏苍翠挺拔,遍地的官帽儿花清香四溢。在一处向阳避风的隐蔽处,有一处伪装良好的沙窝子。沙窝子两米见方,顶棚是芦苇蒲草编织的草甸子,草甸子上覆了泥土,长着和别处一样的鲜花野草,不经意,很难发现。是鲜花的杰作,是鲜花献给小麦的宫殿。鲜花挥动着铁锹挖土的时候,鲜花用芦苇蒲草编织顶棚的时候,他被自己的聪明感动得笑出声来。沙窝子铺了软软的蒲草和茅草,鲜花想着小麦的惊喜,想着小麦丰厚的回报,他的扬扬得意使他禁不住放声大骂,鲜花,你他娘的艳福不浅!

一切都在他的意料之中,一切都在他的掌控之中。小麦果然被惊喜感动得高声尖叫,那一夜,小麦在鲜花为她搭起的宫殿里,和鲜花水乳交融,石破天惊。无数个白天和夜晚,小麦在鲜花给她建造的宫殿里大呼小叫,欲死欲仙。

小麦觉得天旋地转,觉得自己飞起来,飞在云彩里。小麦觉得自己像蜜糖一样融化了,消失了。

夏夜,清风明月,松涛阵阵,小麦和鲜花在堤岸上酣畅淋漓之后,听蝉鸣,听清风;鲜花和小麦在小船上承欢,完了,俩人仰躺在小船上,数着星星,听蛙鸣,任船自由自在在月亮湾里游荡；秋夜，俩人完事后搂抱在一起，听纺织娘叽叽嘎嘎，听蟋蟀唧唧吱吱；冬天到来的时候，鲜花拿来了狗皮褥子，那个冬暖夏凉的沙窝子，盛满了小麦满满的幸福，小麦忘乎所以，不知身在何处，不知天上人间。

小麦说，鲜花，那晚是你不？鲜花不说话，用舌头堵了小麦的嘴；小麦说，鲜花，咱俩结婚吧；鲜花不说话，用舌头堵了小麦的嘴。

鲜花打鱼，拾柴火烧了煮了给小麦吃；鲜花捕青蛙，烧了煮了给小麦吃；鲜花摸知了猴，烧了煮了给小麦吃；鲜花捕蚂蚱，串一串烧了油炸了给小麦吃；鲜花还捕了田鼠和刺猬给小麦煮汤喝。刺猬和田鼠都是大补，民间有吃一鼠抵仨鸡的说法。

在黄河故道的堤岸上，生长着无数的生灵。刺猬，野兔，田鼠，它们在小麦鲜花的大呼小叫中开始手足无措，晕头晕脑，它们被一种骚动的气息传染。它们奔走相告，它们像领悟了什么，像感染了什么，继而成双成对抱在一起，纠缠在一起，气喘吁吁，嘿咻不止，奏响了一曲生命不止繁衍不息的大合唱。

初夏的一个夜晚，小麦和鲜花见证了一对刺猬的欢爱。

那晚，小麦和鲜花纠缠得精疲力竭之后，爬出沙窝子乘凉，俩人躺在绿草茵茵野花盛开的堤岸上，松涛阵阵，清凉的夜风送来了不远处麦子的清香，清凉的夜风绸子一样亲吻着抚摸着小麦光滑细腻的肌肤。小麦月光下雪白的身子诱惑了鲜花，鲜花和小麦又缠绵了一回。躺在绿草茵茵的堤岸上，小麦整个人沉醉着，酥软着，她在醉眼蒙眬中透过松枝的缝隙看着幽蓝静谧的天空，看着天上闪烁的星星，周围入定一样的静。小麦躺着，没一丝力气。后来尿急，她去不远处小解，蹲下身子的时候看到一旁正在承欢的刺猬，小麦尿意全无，禁不住失了声，她蹑手蹑脚走回去拉了鲜花来看。

见过刺猬游泳，见过刺猬用爪挖洞，然后将它长长的舌头伸进洞内挖出蚂蚁细嚼慢咽，可看见刺猬交配求欢在鲜花也是第一回。

唧唧，唧唧，类似麻雀的叫声不知是公刺猬还是母刺猬发出的，无疑，趴在上面的那只应该是公刺猬吧。小麦和鲜花都替趴在母刺猬背上的公刺猬捏了一把汗，母刺猬背上坚硬如铁针一样的芒刺会不会刺穿公刺猬的舌头和肚皮啊，会不会不小心刺痛公刺猬的那个物件啊，小麦和鲜花都噤了声，一心一意看刺猬交配。小麦悄悄地说，哎，不知道刺猬的那个物件和人一样不。好半天不见一对刺猬的动静，小麦和鲜花都蹲得累了，悄悄地折回去躺在草地上，不知不觉两人竟睡着了，醒来，小麦去看刺猬，却见两只刺猬还在纠缠着，小麦对鲜花说，刺猬功夫比你大！鲜花不服，又和小麦回到地窨子里缠绵一回。

第二夜，小麦和鲜花在缠绵之后又见着了一对交配求欢的刺猬,只见公刺猬小心翼翼把母刺猬身上的刺用舌头舔了,舔湿润了,舔软了,才迫不及待地趴上去。在以后的无数个夜晚,小麦和鲜花不仅见着了好多对交配求欢的刺猬,她们还见证了狐狸、田鼠、野兔、蛤蟆、蜻蜓、蚂蚱、屎壳郎以及各种叫不出名字来的虫子,它们成群结队,在夜的怀抱里狂欢。夜的怀抱是它们的温床,夜的安静里欢腾孕育着无尽的生命赞歌。它们甚至在光天化日之下也恣意寻欢,鲜花说,他娘的,托生个猫狗都比人恣!

秋天的时候,相继有一对刺猬和田鼠在沙窝子里安了家,把沙窝子做了它们的婚房,和小麦做了邻居。小麦长时间地看它们寻欢,激动不已。激动的时候,她和鲜花就再表演一回,和刺猬田鼠比赛似的。

小麦为鲜花流了四次产。民间自古就有用生白扁豆去皮研末,米汤送服堕胎的偏方,还有用壁虎、蛇蜕皮研末,拌酒饮下的偏方。所有知道的偏方鲜花都给小麦用了,小麦疼得死去活来,有一次差点要了命。那次,伴酒饮下壁虎和蛇蜕皮之后,伴着胎盘污渍脱落,小麦大出血,一连好多天都汹涌不断,小麦整个人虚弱得没说话的力气。鲜花抓刺猬抓田鼠给小麦熬汤喝了,小麦一个多月之后才缓过神来。小麦后来给鲜花生下一个男孩,小麦给鲜花生男孩的时候,是在马驹死后一个月。

小麦烦死了马驹。马驹摸她的时候,她不耐烦地把马驹

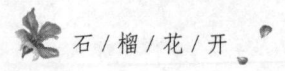

的手打落了，甩一边去了。她再也不摸软塌塌鼻涕虫一样的马驹，想着都恶心。她叫马驹睡到脚头上去，睡到脚头上去还不行，后来干脆把他撵到四处漏风的厨屋去睡。马驹的唯唯诺诺招来小麦的大发雷霆，小麦的大发雷霆又导致马驹的更加唯唯诺诺。小麦歇斯底里，忍无可忍。

小麦怒吼，马驹，你个婊子养的，姑奶奶不和你过了，姑奶奶和你离婚！马驹，你个婊子养的不中用的货，你去死吧去死吧！

大麦和小麦

大麦生下我之后，不久就又被鲜花弄大了肚子。不管大麦愿意不愿意，她都不能拒绝鲜花。鲜花没少作践她，没少用脚踹她。

大麦乐意鲜花不碰她。怀上我弟弟之后，大麦一门心思都在我弟弟身上，对于鲜花的骚扰，她能躲就躲，躲不过就像一只待宰的羔羊一样闭上眼被蹂躏一回。鲜花在大麦身上每发泄一回，他就变得更加暴跳如雷。他骂大麦是活死人，他对大麦拳打脚踢像对付一袋粮食。大麦蹙眉咬牙，默不作声。

大麦不知道鲜花在外面做什么。种地，打鱼，唱戏，大麦都不管。大麦除了睡觉那件事不叫鲜花满意,鲜花对大麦也挑不出多少不满意来。大麦把他打扮成马家寨最光鲜体面的男人,他的衣裳是大麦自己纺线织布自己剪裁自己缝的,剪裁可体,针脚细密匀称。他的衣裳干净整洁,夏天没汗酸味,冬天没脏腻油污,只要他脱下衣裳,大麦就不声不响拿去洗了,还用盛满热水的搪瓷缸子熨烫平整了。他的鞋子鞋底厚实,针脚匀称,他的鞋垫绣着花鸟虫鱼,绣着"抓革命促生产",绣着"为人民服务",红黄蓝绿的彩线搭配舒服顺眼。好多次都有女人扒下他的鞋子抽出他的鞋垫啧啧称赞,拿去做了样子。大麦把家里拾掇得也干净,屋里地面扫得光溜溜,院子里地面也是光溜溜,看见鸡屎和羊屎蛋儿,大麦就拿铲子铲了扔到粪坑里。锅台上也永远是清清爽爽的,几只粗瓷大碗整齐摆在一起,用高粱莛子裁齐的筷子放在用高粱莛子编制的筷笼子里,用高粱莛子串在一起的锅拍子锅篦子也永远是没有灰尘污渍的。我和弟弟的衣裳也都是干干净净的,我瞎眼奶奶的衣裳也都是干干净净的,更不要说大麦自己的衣裳了。大麦是一个难得的干净勤快而又手脚利索的女人,大麦更不是一个多嘴多舌多是非的女人。只是,大麦不喜欢和男人睡觉,不喜欢和男人做那事。

小麦喜欢。就像吃饭,吃了上顿,还会饿,还会想着下顿。

小麦觉得和鲜花在一起的日子才是女人该过的日子,觉得是鲜花让她做了真正的女人。小麦觉得和鲜花比,马驹就

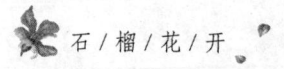

不是个男人,他连鲜花的一个脚指头都比不上,连鲜花的一片脚趾甲都比不上。鲜花才是真正的男人。

小麦也看不上大麦。小麦觉得大麦没一点女人味,脸整天绷着,像谁欠着她,像自己多正经了不起。小麦记得有次在生产队打农药,管兑水兑药的二愣子给大麦说了句喜欢给她兑水的玩笑话,大麦当场就翻了脸,把满满一桶子农药水从二愣子头顶兜头浇下来,还不依不饶地举着药筒子要砸二愣子。小麦心里恼着大麦,也怕着她。从小,大麦就刻薄她,不给她留情面。好多次,大麦嫌小麦头上虱子多,当着人面抓住她头发就咔嚓咔嚓给剪掉了,把她一根辫子剪成草鸡窝。大麦还嫌她好吃懒做,嫌她讨巧卖乖,嫌她只会在人前装疯卖傻,耍浪。夏天,姑娘们邀了一起在月亮湾洗澡,小麦总一惊一乍,大呼小叫,故意弄出动静,引路人注意,引男人注意,大麦为此没少骂她犯贱。

用石榴的话说,就是姐俩从小不对付。石榴说,大麦家务活庄稼活样样都拿得起放得下,是把手,可是脾气拧,轴;小麦家务活庄稼活没一样能拿出门,可是小麦喜兴,能说会道,嘴甜,还会唱戏。

在黄河故道一带,正月十五有"撑姑姑讨年成"的习俗,"姑姑"是天上的仙女七姐六姐。七姐六姐要在十五晚上请,请之前还要先扎好七姐六姐的金身。傍晚,有一个年长的女人领着七个姑娘,抬着花供和七姐六姐金身,去村子里的十字路口跪请七姐六姐下凡。在马家寨，请姑姑讨年成多半是由石榴领着，也多半是在石榴家。即便石榴把家搬到龙门口的那些年，正月十五十六，石榴也要回到马家寨老屋，领着一群姑娘一起扎姑姑请姑姑撑姑姑讨年成。她们用高粱莛子扎出七姐六姐身子，给她们剪了花花绿绿的纸衣裳，又用高粱秸秆给七姐六姐扎轿子。做轿子用的高粱秸秆是千挑万选的，要匀称挺直，要十二骨节长，还要提前三天用水浸泡柔软有韧性了，从中间劈开来用。把七姐六姐金身用针线分别缝在劈开的高粱秸秆中间，七姐六姐的轿子就算做成了。扎姑姑是在十五下午，请姑姑是在十五晚上，撑姑姑讨年成是在十六上午，在石榴家宽敞明亮的大院子里。

抬"轿子"撑姑姑的是两个寡妇，不知道为啥要寡妇来撑姑姑，石榴说一直这样传下来的。抬轿子撑姑姑少不了石榴。七姐六姐坐在轿子上，两顶轿子隔着一根筷子的距离。七个姑娘跪在地上，由石榴向七姐六姐讨年成。石榴问：

今年收谷子不？收谷子您就使劲儿撑；

今年收豆子不？收豆子您就使劲儿撑；

今年收秫秫不？收秫秫您就使劲儿撑；

今年收棉花不？收棉花您就使劲儿撑；

……

石榴把地里庄稼问了个遍，七姐六姐有时候撑开了，有时候把两根原本直溜溜的高粱秸秆撑成圆溜溜的大肚子。有

《讨年成》

　　今年收谷子不？收谷子您就使劲儿撑；今年收豆子不？收豆子您就使劲儿撑；今年收秝秝不？收秝秝您就使劲儿撑；今年收棉花不？收棉花您就使劲儿撑。

时候任凭石榴一遍遍问，任凭一旁看热闹的人都急着问，七姐六姐不理，也不动。一旁挤满了看热闹的小孩子，更挤满了讨年成的大人。大人把七姐六姐撑开的豆子记下了，把撑得最开的谷子记下了，把撑开一点点缝隙的秫秫记下了，把不撑的棉花也记下了。大家相互提着醒似的一遍遍说，姑姑给咱说了，今年要种谷子种豆子，不种秫秫和棉花。种谷子豆子的都有了好收成，种秫秫棉花的赶上一场又一场连阴雨，赶上旱灾虫灾，一季庄稼都糟蹋了。第二年就都信了姑姑的话，姑姑说种啥就种啥。

讨年成之后，也给姑娘讨巧，给男孩子讨功名。

先是跪在地上的七个姑娘一个个来。石榴问：

莲花巧不巧？巧您就使劲儿撑；

杏花巧不巧？巧您就使劲儿撑；

大麦巧不巧？巧您就使劲儿撑；

……

问完七个姑娘，早有等不及的小姑娘抢着跪下了。

兰花巧不巧？巧您就使劲儿撑；

桂花巧不巧？巧您就使劲儿撑；

小麦巧不巧？巧您就使劲儿撑；

……

小麦也抢着跪，她不够机灵，总被别的姑娘占了先。

是石榴指着跪在地上的姑娘说，你先起来，该小麦了。

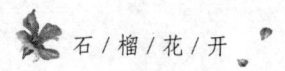

再是家里盼着男孩子学业有成的,爹或娘强按了那孩子跪在姑姑面前。石榴问:

木锨有功名不?有您就使劲儿撑;

抓钩有功名不?有您就使劲儿撑;

锄头有功名不?有您就使劲儿撑;

……

也怪,轮到大麦讨巧,七姐六姐都往后撤着身子撑得四尺远;轮到小麦,七姐六姐都不动。

石榴也领着姑娘过七月七。每年七月七,七个要好的姑娘聚石榴家包饺子。到了半夜吃饺子,大麦吃到包针的饺子,总是先咬着针尖,小麦吃到包针的饺子,总是先咬到针鼻。说的是先咬着针尖巧,咬着针鼻拙呢。

正月十六请七姐六姐下凡,七月七只请七姐,唱的歌诀却差不多是一样的。大麦带头唱歌诀,姑娘们都跟着唱:

树根深,树叶长,

大树底下有神郎。

啥样的神郎都不请,

单请七姐(六姐)下天堂。

不图你的针,不图你的线,

单图你的七十二般好手段。

大麦的嗓子也好,轻柔、细腻、内敛。大麦也是会唱戏的,马家寨一带的女子都是能哼上几出戏文的,大麦听过的戏文都能唱下来，只是她太害羞了，她躲在没人的地方自个儿唱，自个儿听，她没法厚着脸皮站到台上唱。

不论是正月十五扎姑姑，还是七月七单扎七姐，这些活计一样也离不了大麦。先前还是石榴唱主角，一年两年下来大麦就全看在眼里记在心里学会了。她画的七姐六姐眉眼周正，她裁剪的七姐六姐衣裳可身可体，就是七姐六姐脚上纸糊的鞋子也是有模有样的。虽然是在自己家里，大麦也是不愿意小麦参加的。是在石榴骂了大麦，对大麦发了脾气之后，大麦才叫小麦跟着的。大麦对小麦，自然更没好脸色。也只有在这时候，小麦才表现得像只温顺的猫，像只受委屈的猫，怯怯地，安安静静地躲在角落里。而她委屈可怜的样子，又招来石榴对大麦的不满和辱骂。石榴叹气说，啥人啥命，大麦，别看你巧，你不一定比小麦命好。石榴骂大麦，拧种，没个当姐的样！

小麦好多次都对鲜花说，你和大麦离婚吧，我和马驹也离，咱俩过。鲜花总是不置可否。

大麦的蓟菜芽花

大麦是在一个中午知道了小麦和鲜花相好的事。那天，大麦去月亮湾洗衣裳，大麦挎着一篮子衣裳，有鲜花的裤子

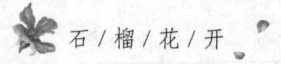

裆子，有我和弟弟的夹裤夹袄。春暖花开，鸟儿欢唱，堤岸上的柳树枝儿鹅黄一片，松树和柏树也都发了嫩绿的新芽，堤岸上开满了官帽儿花，开满了不知名的野花，大麦看到了遍地开着粉色紫色花朵的蓟菜芽。蓟菜芽学名刺儿菜，因叶边长满尖刺而得名。在黄河故道大堤上，在路边河沟旁，在田间地头，现在仍随处可见顽强生长的蓟菜芽。蓟菜芽也是我极喜欢吃的野菜，用开水焯了凉拌，剁碎了做菜包、饺子，或者熬菜粥，都是春天难得的美味。大麦知道蓟菜芽是能吃的，小时候，她没少跟她娘石榴一起去田地里薅蓟菜芽。三年困难时期，蓟菜芽成了救命的主粮，她和小麦一起去田地里薅蓟菜芽，小麦总嫌蓟菜芽扎手，总是走不多远就喊累喊饿，赖在地上不肯走。大麦忍着饥饿跑好远路才能薅半篮子蓟菜芽，到家拿水煮了，放点盐，就是一家人的饭食。

她爹死在六零年的春天。那天，大麦和小麦一起去薅野菜。大麦拣能吃的蓟菜芽灰灰菜银银菜薅，小麦懒，不愿多跑路，又嫌蓟菜芽扎手，见着什么薅什么，一种叫野芹菜的野菜被小麦薅了一篮子。石榴也不知道能吃不能吃，饿极了，饿疯了，就连着大麦薅的蓟菜芽灰灰菜银银菜一起煮了一锅菜汤。一家子老老少少都喝得恶心、呕吐、手脚发冷、打摆子。她爹本来平时连野菜都不舍得吃，人瘦得只剩一张皮，就是那次喝有毒野菜汤之后再没爬起来。也是那次，她家那只瘦得皮包骨的老山羊也拉稀拉死了。小麦还死活不承认是自己薅的野菜有毒,把责任都赖到大麦身上。

大麦被遍地的蓟菜芽吸引,被蓟菜芽绣花线一样细腻的花朵吸引,她禁不住放下篮子,把衣裳拿出来放地上,满心欢喜地薅起蓟菜芽来。她还掐了一大把花蕊像插花线一样细密的蓟菜芽花,放在鼻子下使劲嗅了嗅,那一刻,大麦也是妩媚娇羞的,柔情似水的。她像一个怀春的少女,又像一个风韵绰约的少妇,陶醉在春天的花海里。

循着野花,不知不觉,她走出去好远。她的篮子里装满了蓟菜芽,她挎着篮子的那只手里拿着满把的粉的紫的蓟菜芽花。她知道她走远了,该回了,可前面的花儿总牵引着她。就在她准备返回时,她站起身,看着远处的花草还是有些恋恋不舍。她站着,迷恋着。

眼前的一处草地动起来,一块有门板大小的草地从地面上升起来。是一块用蒲草和芦苇编制的草甸子,上面覆盖了泥土和旺盛的花草。草甸子挪动了位置,漏出一个洞。

大麦来不及反应,她看见从洞里爬出鲜花,随后又爬出小麦。

大麦胳膊弯里装满蓟菜芽的篮子滑落在地上,蓟菜芽散落一地。

大麦手里粉的紫的蓟菜芽花散落在鲜花和小麦头上、身上。

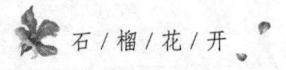

鲜花打了大麦

大麦和小麦厮打在一起。小麦咬了大麦,小麦还撕烂了大麦的新衣裳。大麦新做的一件洋布碎花褂子,第一次上身,被小麦撕烂了衣襟,那是大麦唯一的一件洋布褂子。之前,大麦给鲜花做了两件洋布褂子了,给我和弟弟过年也扯了洋布做了新衣裳,给她自己,大麦总是不舍得。

鲜花打了大麦。

鲜花当着小麦的面,打了她。用大巴掌扇了她脸,她的嘴角流了血,鲜花还用脚踹了她,把她踹倒在地上,啃了一嘴泥。鲜花这一次打她,是为了小麦,之前,鲜花无数次对她的拳打脚踢也都是为了小麦吧。

大麦无比冷静地爬起来,抹干净脸上嘴上的泥土和血污,把身上的泥土也拍干净了。她捡起篮子,把散落的蓟菜芽拾起来放进篮子里,没再看鲜花一眼,也没再看小麦一眼。

大麦没吵没骂,一句话没说,转身走了。

大麦一路踉踉跄跄,一路泪流满面。

她走过那堆放在堤岸上的衣裳,就像没看见似的,就像不知道那是谁家衣裳似的走过去。碰见的人,有的躲了她,躲不过的,或者好事的,看着她踉踉跄跄,泪流满面,同情,

《鲜花打了大麦》

小槐树,槐花开。槐树底下搭戏台,俺请三姐来看唱,三姐哭着从南来。俺问三姐哭啥嘞,嫁的个男人不成才。

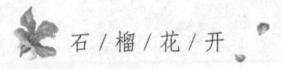

或者幸灾乐祸，大麦，你知道了？大麦，你可得想开点。

大麦回到家里掀开衣襟给我弟弟喂了奶，中午她用好面，我们这地方把麦子面叫好面，做了蓟菜芽煎饼给我们吃，煎饼放了好多油，香死了。我对大麦一生的记忆，都淹没在那天大麦做的蓟菜芽煎饼里。好多的油，香死了。

大麦在那天下午去看了她娘石榴。给她娘买了两包冰糖，还烙了几张蓟菜芽煎饼。石榴说，不年不节的，你买冰糖做啥，你用好面烙煎饼，你放这么多油，大妮子你不过日子啦！大麦木着一张脸，不说话。石榴早已习惯了大麦不说话。大麦不说话，眼睛不闲着，手脚也不闲着，该做的活计不等她娘指派，都已经做好了。不像小麦，说十遍八遍，她嘴上应着，腚不挪窝。

石榴觉得那天大麦怪怪的，不对劲。问她，又吵架了？大麦不说话，只是啪嗒啪嗒掉眼泪。以前好多次，大麦回来，也不说吵架，也这样啪嗒啪嗒地掉眼泪。那天石榴觉着大麦不对劲，也说不上哪里不对劲，劝她，骂她，大麦都不作声，天黑之前，大麦默默地走了。

石榴早知道马驹不行的事。小麦婚后第一次回娘家，进门就给她娘撅脸子，诉委屈。马驹是个软蛋，夜里不行。石榴骂了她，石榴说，不行就不行，又不能当饭吃。知道小麦和鲜花的事，知道小麦和鲜花好上是春节之后的事。正月十五，马家寨唱戏，瞎子四舅在台上拉弦子，小麦和鲜花都在台上唱戏。那天晚上唱的是《红灯记》，小麦扮演铁梅，鲜花扮演她爹李玉和。石榴在台下听戏，间隙，听到别人说的话。说小麦不要脸，都跟鲜花睡了，都跟鲜花明铺暗盖了，还有脸开口闭口叫爹，都是些不堪入耳的话。旁边还有一个女人大着大嗓门说，小死×妮子，勾搭谁不好，偏要勾搭她姐夫！一个男人的声音，勾搭你家男人你愿意？女人说，小骚货，敢勾搭我男人我撕烂她！男人拍着女人老母猪一样健壮肥硕的腚帮，一脸坏笑，你去给小麦说，叫他来勾引我，事成之后爷也白送你一个回合，咋样？那个女人石榴是认识的，她家前院的婆娘，那个男人石榴也是认识的，马家寨街上锻磨的老段。石榴下午还找他来家里锻磨来着。原来他们早都在看她家笑话了，原来他们那么热衷于看戏，是在等着看她们家的好戏。石榴悄没声息离了戏场，回到家里把小麦的旧衣裳拿出来用剪刀咔嚓咔嚓绞碎了。

小麦跪在石榴面前。

小麦说，娘，你成全了我和鲜花吧。

石榴说，贱，不吃饭能死，不和男人睡你死不了。

石榴说，你和鲜花断了，娘还认你这个闺女。

小麦答应了石榴。小麦答应石榴之后仍然和鲜花纠缠在一起，小麦纠缠鲜花纠缠得更紧了。小麦一遍遍地求着鲜花和大麦离婚，逼着鲜花和大麦离婚。小麦从此以后有好多年没进过石榴家的门。不是她不想进，是她进不来。石榴放了

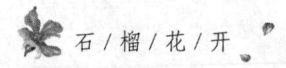

狠话,她没生养这个白眼狼,她家小麦,死了,良心让狗扒吃了。

大麦一夜都没睡。她给我和弟弟做衣裳。做了一件又一件,做了一身又一身,做了单衣做棉衣,把我和弟弟五年后穿的棉袄棉裤都做好了。大麦在天色黎明时把自己收拾妥当,穿了她结婚时的红棉袄,走到月亮湾里去。

那晚鲜花不顾小麦的撒泼哭闹回到了家里。他已经好多个晚上不在家里住了,他也回家,换衣裳,拿一只饭碗,一口吊锅,或者一盒洋火。也给家里水缸挑水,他拿东西的时候,不避着大麦,他有时候都希望大麦问他一句的。大麦避着他,不看他,也不问他,弄得他很没意思。在家待着没意思,他只好走,走到他和小麦的沙窝子里去。沙窝子里已完全像一个简陋的家,有了锅碗瓢盆,有了被子褥子,都是鲜花和小麦老鼠搬家日积月累的结果。大麦小麦他都要。他对挺着大肚子,非要把孩子生下来的小麦也已经厌倦了。

鲜花回到家里面看见大麦在给我和弟弟做衣裳,鲜花以为大麦不在意他和小麦在一起,就是根本没把他放眼里,还为此生了气。生了气的鲜花那晚也表现得比往日消停,他没朝大麦发脾气,自己悻悻然钻被窝睡了。鲜花在临睡前还想跟大麦说话来着,见大麦只顾低头缝衣裳,不理他,他就自己悻悻睡了。那晚临睡前鲜花想对大麦说的是小麦黏人烦人的事,是他没答应小麦的事,那晚没说,鲜花永远没机会和大麦说了。鲜花后来还后悔他没和大麦说，他以为要是他说了，大麦就不会走进月亮湾了。

鲜花其实用不着后悔，鲜花和大麦结婚一起生活了三四年，他还是不了解大麦。他就是给大麦说了他不会和小麦结婚，不会和她离婚，大麦还是会走她自己的路，她还是会走进月亮湾里去。不是因为他鲜花对她不好，他对她不好，打她骂她，也不是一天两天的事，也不是一次两次的事，是因为小麦，是因为他当着小麦的面打了她。

大麦不能承认她输给小麦的事实。范家不要的小麦被马驹当个宝捧在手心里，在她心里一无是处只会唱戏的小麦被马家寨的男男女女老老少少挂在嘴边上，被她最看不起的小麦把她男人勾走了，她男人当着小麦的面用脚踹了她，用大巴掌扇了她的脸。

鲜花醒来发现床头一摞叠得整整齐齐的单衣单裤棉袄棉裤，鲜花觉得事情不好了，鲜花觉得他真是小看了大麦了。

鲜花找遍了黄河故道方圆二十里，三天后，他在月亮湾里看到穿着新婚衣裳的大麦浮在水面上。

马驹和小麦

马驹是知道小麦的。

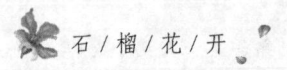

知道小麦和鲜花在一起了,知道小麦和鲜花好了。知道小麦又怀了鲜花的孩子。

马驹在无数的黑夜里像一匹受伤的骡子一样撕心裂肺。他无能为力,他舍不下小麦。

他说,小麦,你爱咋着你咋着,只要你记得回家就行,只要你不离婚就行。

小麦肚子大起来的时候,马驹比以前伺候小麦更上心,小麦却不领情,小麦一心一意扎在鲜花的怀抱里,满脑子满眼都是鲜花。她对马驹的厌恶和仇恨,无以复加。

小麦恶狠狠地诅咒:

马驹,你个婊子养的不中用的货,不跟我离婚你就去死吧,去死吧。去上吊去跳湖去喝老鼠药!

马驹赔着笑脸说,小麦,没了我谁伺候你?谁给你洗衣裳做饭?谁给你洗脚暖被窝?

水淋淋的大麦

大麦被捞上来以后就放在月亮湾的大堤上,大麦身上水淋淋的。我一岁多的弟弟看到娘躺在地上,他掀开娘水淋淋的衣襟,趴下身子急不可耐地寻着娘的咪咪头吃咪咪。

大堤上来来往往的人都不知所措,似乎都在等着什么。

/ 第二章 大麦小麦 /

都在等石榴的到来。

石榴却没来,自始至终都没来,没来看大麦最后一眼,也没来跟鲜花大哭大闹要人。石榴的举动让等着看热闹的人很失望。

那天晚上,大麦走后石榴眼皮就跳,是右眼跳。左眼跳财,右眼跳灾,石榴心烦意乱,掐一截秋秸糜子把右眼皮撑住了。夜里还做了梦,梦到月亮湾里一大一小两条红鲤鱼跳到了堤岸上。

接到报丧,石榴没说一句话。石榴拦下拿着铁锨夺门而出的三舅,石榴说,还嫌不乱?

弟弟衔着娘的咪咪不松口,几个心软的女人抹着眼泪把我弟弟抱起来,娘的咪咪在弟弟嘴里扯起半尺长。那时候,我三岁多一点,还不知道死是怎么一回事,我在人群里跑来跑去看热闹,还不时被堤岸上的野花和蜻蜓吸引,一滴眼泪都没掉。

大麦在黄昏时分下葬,一同被埋葬的还有我那个一岁多的弟弟。

那个吃饱咪咪的小男孩被一只红色的大蜻蜓吸引,他寻着蜻蜓,走出去老远,走出看热闹的人们的视线,跟跟跄跄走进月亮湾里去。

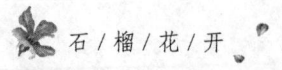

小麦

小麦对大麦的死很不以为然。

她心里甚至是高兴的,是她大麦自己跳湖死了,她小麦又没推她进去。

小麦以为大麦死后鲜花就是她的了。被爱情蒙着心的小麦似乎忘了她和大麦是从小一起长大的姐妹了,她们一起吃着石榴的奶长大,她们一个锅里吃饭,一个床铺上睡觉。她认定大麦早知道她不是石榴亲生的,才处处看不惯她,处处欺负她,她不记得大麦对她的好。她偶尔记起一桩大麦对她的好,她也叫自己不承认。

我不知道小麦对大麦是否产生过愧疚感。年老的时候,她和我在石榴家遇见,她的眼神坦荡无物,像冬天光秃秃的田野。我懒得对她动心思了。

大麦死后,马驹成了小麦的眼中钉肉中刺。小麦挺着个大肚子,一天到晚气急败坏暴跳如雷诅咒马驹。

马驹,你个婊子养的不中用的货,不跟我离婚你就去死吧,去死吧。去上吊去跳湖去喝老鼠药!

马驹赔着笑脸说,小麦,没了我谁伺候你?谁给你洗衣裳做饭?谁给你洗脚暖被窝?

小麦恶狠狠地说，稀罕姑奶奶的男人多得是，不用你个婊子养的不中用的货来管！小麦差点就脱口说出鲜花的名字，她硬是话到嘴边又咽回去了。

她没说，马驹说出来了。

马驹说，小麦，鲜花不会对你好，鲜花不会和你结婚的。

小麦去沙窝子找鲜花等鲜花，鲜花却好多天好多个晚上都没来。急不可耐的小麦在一切能遇着鲜花的路上等候着鲜花，鲜花却消失了，钻湖底了，钻老鼠洞了，一连好多天连个人影都见不着。

小麦在一个傍晚朝鲜花家走去，走到大门口，推门进去，她看到在院子里扫地的大麦。大麦拿着一把大扫帚，正在扫院子，看见她进来，举了大扫帚朝她打来。小麦魂惊魄散，跑，却一步也跑不动，脚下像有深坑，像有绳索绊着。

小麦栽倒在鲜花家大门外。背上有扫帚拍打的刺疼和声响，人趴在地上，想爬，却爬不起来；想喊，也喊不出声。

小麦后来回到家里，她摸着后背上一道道伤口，摸出一手的污血。

几天之后，小麦背上的伤口刚刚结了痂，她再次走进鲜花家门的时候，是在大太阳当头的正午，她推开大门，迎面撞见大麦站在白花花的大太阳下，大麦端了一盆脏水朝她泼来，泼了她一头一脸。她跑回家，发现上衣还湿淋淋的滴着水。

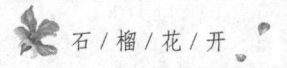

小麦再不敢去鲜花家找鲜花。

小麦的饺子宴

大麦死后,小麦却找不着鲜花了。

小麦想,鲜花是怨她不快点离婚,是怨她不早点离开马驹了。

小麦想起了沙窝子里那对被老鼠药药死的老鼠。春节过后,小麦和鲜花在沙窝子里幽会,发现留在沙窝子里的铺盖都被老鼠咬烂了,漏出脏乎乎的棉花套子,鲜花用鼠药药死了老鼠。一对大老鼠,也许,一对夫妻吧,没准春节小麦和鲜花回家过年的时候,它们在此拜堂成亲了,入了洞房了,一只还大着肚子,应该是怀孕的母鼠吧。

那天,午饭的时候,小麦破天荒包了饺子。荠菜馅的,饺子像一只只死老鼠东倒西歪趴在脏乎乎早已看不见底色的锅拍子上。已经很难得了,小麦哪里就会包饺子呢,面条她都能下成一锅粥。

马驹受宠若惊,一个劲地给小麦赔着笑脸说,小麦,你不离婚啦?小麦,你身子重,你吃你吃。小麦,等你生下孩子,你啥都不用管,孩子我给养着!

马驹吃了一碗饺子,任小麦怎么劝,再不舍得吃第二碗,马驹喝了小麦亲自端过来的一碗饺子汤。

第二章 大麦小麦

马驹死后一个月，小麦生下一个男孩，取名麦粒。孩子满月的时候，小麦被关进马家寨公社的派出所里，一同被关进来的还有鲜花。

不到三岁的麦芽抱着篮子来给小麦送馍馍饭，小麦自己不舍得吃，拿了递给鲜花。鲜花一边大口吃着馍馍喝着饭，一边说，小麦，你长一个猪脑子。

是马驹的爷爷奶奶做的馍馍饭。

那对头发苍白，慈眉善目的老人在"文革"中挑着扁担在马家寨挨家挨户拾粪收尿的情景我记得清楚，他们也到学校茅房拾粪收尿。两副扁担，一副挑大粪，一副挑尿水，装大粪的是两只柳条筐，装尿水的是两只木桶，重的一副啥时候都在老头肩上。

他们拾粪收尿，但他们穿得却干净整洁，老头身上的白色对襟盘扣褂子洗得泛黄，却是一尘不染的，褂子上面的兜里永远装着一本红色的毛主席语录。老太身上的老蓝色偏襟褂子也浆洗得干净挺括，老太满头的白发永远是一丝不乱的。老头老太肩上一年四季都搭一条白羊肚毛巾，他们挑着担子走路不徐不疾，走到一户人家门口轻言轻语，见人温和地笑笑，也不多话。他们把人家茅坑拾干净，垫上干土。

也是在上门拾粪收尿的时候，老头从衣兜里掏出一张纸一支笔，要人在纸上签名，不会签名的，老头代签了，要人家按个手印。老头忙活着的时候，老太太也没闲着，老太太细声

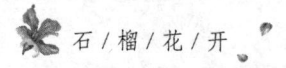

细气,堆着满脸的笑,低三下四跟人说好话。是这一对老人写了信,挨家挨户求着马家寨的村民联名担保,请求不治小麦的罪,请求公社放了小麦。小麦后来真被放了,只在马家寨公社派出所关了十几天,连监狱大门都没进。

小麦没进监狱大门,却多次在万人大会上挨批挨斗。她浑身上下披挂着红红绿绿的破鞋,被人吐,被人骂,被人用砖头瓦块砸。开始,小麦还羞,还低着头抹眼泪,后来,小麦就习惯了。习惯了,就觉得没所谓了。有几次,她的上衣被扯开了,有好多只手快速地伸进去,在胸脯上摸一把,也有不过瘾的,在上面摸过来摸过去。有的,把小麦弄痒了,小麦就笑得上气不接下气的,花枝乱颤的,她浑身上下的破鞋也跟着晃,拨楞鼓似的。

小麦得有多痴心,得有多傻呢,每次通知她参加会的时候,知道斗她,她都会特意跑去跟鲜花说,你藏起来,别叫他们找着你,斗争你。

小麦

曾经,我一直怀疑小麦害死马驹的事,害死人,哪有不偿命的?后来求证了马家寨的好多老人,都说,真的,当年他们都参与联名了。联名信的内容他们都还记着,大致意思是说生产队都在忙革命抓生产，小麦若枪毙了，她的孩子小，没人抚养。联名信送到公社，公社就把人放了。六十年代末，革命运动正搞得如火如荼，一切以阶级斗争为纲，纲举目张，小麦属人民内部矛盾，小麦的一条命被人民留下了。

小麦后来还一趟趟上赶着找鲜花，要和鲜花结婚。鲜花怀里搂着别的女人，挥着手赶苍蝇一样赶小麦走。鲜花说，猪脑子！走，走远点，别来惹老子烦！

二十年之后，鲜花偷人老婆被打残双腿之后，鲜花要饭的日子，小麦又回到马家寨，去找鲜花，说要照顾他，一起过后半辈子。小麦仍然被鲜花一口拒绝，仍然被鲜花羞辱。

那晚，小麦把自己洗干净换了一身干净衣裳，踏进鲜花破烂不堪、臭气熏天的院子，鲜花仰躺在那辆赖以生存的四轱辘车上，两个人一个屋内一个屋外说了下面一段话：

鲜花，咱俩结婚吧，咱俩过。往后我照顾你，我不嫌你。

老子嫌你！腥臊烂臭！滚，滚远点，别来惹老子恶心！

院子里月光如水，小麦站在鲜花冷清清、臭烘烘的院子里，恍若昨日。二十年的光阴仿佛只是一泡尿的工夫，小麦想起她和鲜花曾经的万般美好，小麦多想回到他和鲜花的旧时光。

小麦想起以前她一次次上赶着找鲜花的事了吗？她想到了鲜花曾经给过她的羞辱了吗？二十年之后，这一幕又重新上演，哈哈，想不骂小麦猪脑子都不行。

鲜花死在那年的大年除夕。

小麦嫁了又嫁了

当年,小麦嫁鲜花无望,一年后跟一个走街串巷打爆米花的男人走了。据说,男人是河南周口的,后来有马家寨的人去周口做生意,在那里见过小麦。小麦在周口生活了二十年,打爆米花的男人死了,她和那个男人生的两个儿子十多岁也死了,都死于羊角疯。小麦嫁的男人是一个羊角疯,生了两个儿子,也都是羊角疯。羊角疯的族人不容小麦,骂她丧门星,骂她破落户,小麦又走了一家。哈哈,也是,小麦真就是丧门星呢,再嫁的男人本是一个壮实得像头牛的光棍汉,一年后却不明原因暴病身亡,小麦和那个光棍也没生下一儿半女。小麦走投无路,她从石榴的视线里消失了二十年,二十年之后,她又回到了马家寨。

石榴接纳了小麦。二十年的时光过去,恩恩怨怨,一切都成过往了。

那天,小麦提了一串馓子回了娘家,来看石榴。是春夏交接的四月,槐花开得正起劲,一嘟噜一串地压弯了枝头,石榴正拿了镰刀勾槐花,满院的槐花香甜。小麦站在院门口粗粗邋邋地叫了一声娘。

石榴只顾着仰头勾槐花,头都没扭一下。小麦又粗粗邋遢地叫了一声娘。

石榴:满大街有记吃不记打的猫狗找不着家门的,咱家没丢猫狗,也没丢人,走错门了吧?

小麦还算机灵了一回,她慌慌着抢过石榴手里的竹竿,说,娘,我来。

石榴坐下来,打量着眼前胖得没人样的小麦,打量着她笨手笨脚的模样,心里叹口气。当初,只看着这妮子长得俊,会唱戏,咋没觉着这妮子这么蠢呢?

小麦后来再嫁的时候,石榴给她头上披了七条头巾。

是夏日的一个傍晚,小麦身穿一条勉强能系上扣子的白底红花的确良褂子,头顶七条红红绿绿的头巾,坐在床沿上,又做了一回新娘。

那一年,小麦已经四十九岁。

徐娘已老,小麦松弛的乳房耷拉到肚皮上,成坨成坨的赘肉从裤腰里淌出来又覆盖了裤腰。小麦眼角里的皱纹都能夹住硬币了,当年那个让整个马家寨的男人都心旌摇荡的女人,昔日有多风光,今天就有多不堪。石榴找来了媒婆,媒婆用一把裁尺,挑起小麦头上的两条头巾,就是当年农村十分流行的那种方头巾,扔到了石榴家的大门外。小麦命里桃花犯七夫命,这是她的第五段姻缘。那两条被扔出去的头巾,挽救了两个男人的命。石榴说,要是男人命犯桃花呢,扔出去的就是

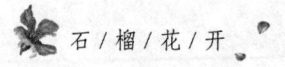

帽子啦。不能要的烂桃花，要随着帽子扔出去。

也真是怪了，小麦后来和这个男人还真白头偕老了。

男人，就是那个在戏台下调笑小麦的男人，马家寨街上锻磨的老段，比小麦大十八岁，三个月前死了女人。

老段说，想当年，小麦！那眼神！那身段！那唱腔！老段眯着眼，垂涎三尺。

第三章　多子多福

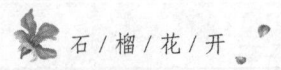

在大麦小麦之外,我想说说石榴其他子女的故事了。石榴子女众多,我当然不可能把他们都写进来,就连他们的名字,我绞尽脑汁想,才能记下来,也许,还免不了顺序错乱,张冠李戴,在这里,要舅舅和姨们原谅我的大不敬了。舅舅的名字,包括儿时死去的大舅二舅,他们的名字依次应该是:庄稼、粮食、高粱、花生、大豆、土豆、地瓜、扁豆、毛豆、黑豆;娘和姨的名字,依次应该是:大麦、小麦、大米、小米、玉米、芝麻、槐花、棉花、谷子。石榴子女里面,最热闹的要数小麦。小麦曾是马家寨好多年牛屋、饭场和田间地头的笑话和谈资,大麦本是再平庸不过的角色,因为小麦,她身不由己,正所谓树欲静而风不止。人生如戏,戏如人生。芸芸众生,每个人都是一台戏。每台戏都有不一样的精彩,每个人都是不一样的风景。生活又是那么的千篇一律,乏善可陈。也许,在石榴众多的子女身上,您能找见您亲人的影子。您会说,呃,那个土豆,或者那个地瓜,多么像您的邻居；那个槐花，或者那个谷子，多么像您的七大姑八大姨。也许，在其间，您还会找见您的童年，您自己的影子。

说书的瞎子

四舅和小麦同岁，比小麦早五天出生。一直，我都天经地义地认为四舅和小麦是双胞胎，没有谁给我说是，可也没有谁给我说不是。多嘴多舌的九姨在我七岁时也只是说，小麦和我娘抢我爹，她也没说小麦不是石榴亲生的，我相信，九姨也是不知情的。不知情的人有好多，包括我舅和姨，包括我的亲戚邻居，当然，知情的人也有好多，但是他们都没有告诉过我。石榴没刻意隐瞒，可在我们理所当然认为他们是双胞胎时，石榴也从来没有否认过、解释过。四舅和小麦比六舅七舅更像一对双胞胎，不仅是长相像，他们俩还都有一副嘹亮高亢的好嗓子，对说书唱戏，情有独钟。

四舅五八年大跃进时瞎了眼，那一年他十二岁，十二岁的四舅和小麦都是大干快上儿童宣传团的成员。那天，四舅和小麦在工地上临时搭起的高台子上表演山东快板，高台子是木板搭的，唱到兴奋处，小麦不小心脚下一个趔趄，眼尖手快的四舅赶着去拉她，脚下不稳，自个儿从高台子上栽下来，高台子下面是忙忙碌碌用铁锨挖土用粪箕子运土的社

《瞎子说书》

天也不早了,鸡也不叫了,狗也不咬了,人也来不少了,各位父老乡亲,想听哪回?恁是好听文来还是好听武?爱听奸来还是爱听忠?

第三章 多子多福

员,不知谁,把一把闲着的铁锨扔在戏台前面了,四舅栽下来时眼睛正赶在铁锨的利刃上,血肉顿时模糊了一双眼,四舅鼻梁上落下了蜈蚣样的一条疤,四舅从此成了四瞎子,四瞎子替代了四舅的名字,四舅的名字好像是叫花生的,石榴说,忘啦,谁知道他叫个啥,名字不就是个记号?四舅从戏台子上栽下来算是工伤,生产队给四舅记工分,在四舅十八岁之前记半工分,十八岁之后记整工分,有点吃劳保的意思。一直到八十年代,实行生产到户联产承包,生产队不存在了,我四舅的工分无处可记,他吃劳保的历史才宣告结束。有意思的是,四舅的身份证上,竟赫然印着牛瞎子!牛瞎子在黄河故道那一带,因为说书,成了名人。也许四舅,是喜爱这个名字的吧。

小时候,我是听着四舅说书长大的,在龙门口的夜晚,逢刮风下雨,逢收麦炸豆的农忙时节,四舅只要不出去说书,都会在我们家门口,或者院子里的石榴树下自拉自唱。可是,一年四季,大部分时间,他的档期都排得满满的,一个生产队挨着一个生产队唱,一个生产队十天半月的样子,四舅到哪里,我就跟到哪里,一为听四舅说书,二为给四舅引路,我的童年,因四舅说书,有趣而充实,因为对四舅说书的迷恋,差一点,我也成了一个说书人。

农村说书,无论冬夏,大都在夜晚,晚饭后,一块宽敞点的场地,一盏带罩的煤油灯,一方简陋木桌,四舅弦子一

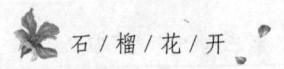

拉,简板一打,紧三慢三,聚的人差不多了,四舅清清嗓子,亮开嗓门道白:

天也不早了,鸡也不叫了,狗也不咬了,人也来不少了,各位乡亲,想听哪回?恁是好听文来还是好听武?爱听奸来还是爱听忠?

马瘦毛长蹄子肥,儿子偷爹不算贼,瞎大爷娶个瞎大娘,老两口过了多半辈子谁也没看见谁!各位乡亲父老,您且听四瞎子给您说书嘞!今天说的是罗成算卦,话说唐朝年间,有个小罗成作恶多端,这一天太白李金星奉了王母娘娘之命,下凡来收小罗成性命。简短道白之后,四舅扯开嗓门开唱:

年年有个三月三

王母娘娘庆寿诞

众八仙赴罢了蟠桃会

王母娘娘便开言

王母娘娘开仙口

出言来再叫太白李金仙

我要你在这里莫久站

你一到西京古长安

到长安也不为别的事

你把白虎收上天

只因为小小罗成寻短见

我叫你把他收回还

四舅最常讲的开场白还有：酒是穿肠毒药，色是刮骨钢刀，财是惹祸根苗，气是雷烟火炮。

说书唱戏劝人方，三条大路走中央。善恶到头终有报，人间正道是沧桑。

我最喜欢的是一段叫作《十八扯》的坠子小帽，说的都是一些违反自然规律的瞎话和反话。大概的内容是：东西街，南北走，出门碰见人咬狗；捡起狗来砸石头，却被石头咬了手。说瞎话，道瞎话，锅台上种了二亩大西瓜；光腚的偷了一裤兜，穿坎肩的藏在袖里头；瞎子看见了，聋子听见了，哑巴就喊，瘸子就撵；张三吃了李四饱，撑得王五满街跑；男人都会生孩子，女人的胡须像稻草。

四舅常唱的曲目有《杨家将》《岳飞传》《水浒传》《呼延庆打擂》《封神榜》《西厢记》《包公案》《三国演义》《三侠五义》《小八义》等十几部脍炙人口的传统大戏，《罗成算卦》《拉荆芭》《小姑贤》《老来难》《吹牛》《报母恩》等小段戏四舅放在小村唱。《拉荆芭》说的是有一个叫严义的不孝之人，听媳妇话，将八十岁老母用荆芭拖拉到没有人烟的深山里，想把她饿死。十三岁的儿子严军知道后，哭着喊着将奶奶从深山找回。四舅连唱带哭，唱着哭，哭着唱，只唱得男人两眼通红，女人挤眼抹泪，眼窝子浅的老奶奶有的鼻涕一把泪一把地哭出了声；《小八义》是大本戏，夹说带唱，似唱似说，节奏明快，四舅唱得个个人物活灵活现，情节此起彼落，扣人心弦。一把简简单单的弦子在四舅手里变幻莫测，忽而万马奔腾，刀光剑影，忽而山涧溪流，行云流水，四舅唱腔高亢激昂，悠扬婉转。有时候，四舅也插科打诨，迎合听众胃口，说一些低俗的段子，像小寡妇偷人、老公公扒灰之类的。四舅拉弦子除了会拉曲子和学鸡鸣狗叫、敲锣打鼓外，还会学婴儿啼哭。四舅学婴儿啼哭，惟妙惟肖，常常引得我忘记自己身在何处，起身循着声音去寻啼哭的婴儿。每次唱到精彩处，听众如痴如醉时，四舅便话锋一转："欲知后事如何，且听下回分解"。大家在恋恋不舍中怏怏离场，在焦躁期待中等来第二天的说唱。

　　冬日，那些个百无聊赖的寂寞长夜，因为四舅说书，而变得有了生气和滋味；夏日，天上繁星点点，地上一灯如豆，或者，月朗星稀的夜晚，就着一地月光，于朦胧中听四舅说书，更别具一番梦幻神游滋味。那时候，四舅说书不用广告海报，四舅走到哪里，找一宽敞地方，坐下，弦子一拉，简板一打，就算定了场子，也不愁吃喝，早有闻声而来的热心人端着饭碗拿着馍馍伺候了。一个村庄一般要唱十天半月，唱完赶下一个村庄。马家寨是个大寨，有时候，一个马家寨唱完要一个月，急得邻近村庄三番五次地催促。每晚说唱结束，我常常用一根竹竿牵着四舅回到龙门口的家。牵着四舅回家的路上我常常还沉浸在四舅的说唱里，我央求四舅教我，我要跟四舅学说书，四舅说，可不敢，你不怕石榴揭你皮，打断你的小蹄子,我还怕她打断我腿!我跟石榴闹,她就骂四瞎子拐带我不学好。石榴说,唱戏有啥出息,长大了好好上学念书去!

那时候,说书唱戏是下九流的行当,还有,理发也是。不叫理发,叫剃头,理发师傅叫剃头匠。我依稀记得一个剃头的老头,记不清他年岁模样,只记得他挑着挑子走村串巷,走到一个村口,就吆喝一声,剃头的来啦!找一敞亮地方,卸下挑子和布袋,到附近人家舀一瓢凉水,挑子是一张长条板凳,布袋是白布袋,可已看不出白,他从布袋里拿出剃刀,在水中蘸蘸,展开油光光的滚刀布,在滚刀布上噌噌划几下,就算开了张。不久,就有男人从家里出来,披上看不出底色的布披,坐在长条板凳上,放心地把脑袋交给他。刮光头的多,也刮脸刮胡子。老头一把按住来者的头,噌噌几下,一拉一划,一头花白的头发像熟透的麦子,吱啦吱啦掉落一地。据说刮脸是最舒服的,用热毛巾焐过的面皮,胡子和毛发变得柔顺绵软,锋利的刀刃在舒展的面皮上划过,一层灰白的死皮和短毛楂子散落下来,麻酥酥地像挠痒痒。在笑骂中老头麻利地为顾客掏耳朵、打眼角儿,剃头的人则惬意地打起呼噜。几分钟的工夫,一颗泛着青色,铮光瓦亮的脑袋就呈现在人们面前。小孩子都害怕剃头,我经常看见小孩子被大人一把捉住,像杀猪一样嚎叫着被按到剃头的凳子上,在老头的推子下龇牙咧嘴。老头的推子钝得像老婆婆的牙,经常夹住头发,夹得生疼。没有女人来理发,女人的头发都是自己在家剪,或者家里女人互相交换着剪。剃头老头在石榴这里揽不到生意。我舅的头都由石榴剃,石榴那把推子经常把我舅揪得龇牙咧嘴嗷嗷叫。姨的头发开始也是石榴剪,后来都是小麦剪,小麦剪得比石榴洋气好看,我的头发小麦也剪过,七岁那年九姨告诉我那件事之后来我就不让小麦剪了。剃头的老头和我四舅一样,都会在一个村庄住下来,十天半个月,再换另一个村,不同的是,四舅说书在晚上,老头剃头在白天。说书剃头都不给钱,管饭吃,也给粮食,给多给少全凭自愿。有时候是各家各户自己送,有时候是生产队集体出。给的多是红薯干子、玉米棒子,一年到头难得有一把小麦和大豆。

我记得在四舅的说书场地上,还常常有一个捏泥人的。他捏猴子兔子小狗老虎鸡十二属相,也捏戏文里的人物,像张飞李逵武松啥的,捏啥像啥,他捏的时候也不点灯,就一面听四舅说书一面捏,功夫都在手上。有一个卖花米团卖插花线的老奶奶,平常里她挑着挑子摇着拨楞鼓走村串巷,赶上四舅说书她就把挑子在场子外围放下来,听书卖东西两不误,花米团是小孩子欢喜的梦,一分钱买俩花米团,咬在嘴里酥脆香甜,小孩子不为听书,就为那俩花米团来的。插花线是姑娘媳妇的最爱,五颜六色的插花线买来绣在小孩子的虎头靴虎头帽上,绣在大姑娘小媳妇鞋子的前眉上偏脸上,心灵手巧的姑娘也在陪嫁的枕头上绣鸳鸯戏水，也给未来的女婿绣鞋垫；还有一个挑着挑子敲梆子卖香油的；一个挎篮子卖烧饼的，他们都跟随着四舅，走一个村庄换一个村庄。

童年的记忆里，盼着打爆米花的来也是一大乐趣。一个看不出年龄的黑不溜秋的男人，一个黑不溜秋的大肚铅罐，铅罐在炉火上转动，玉米在铅罐里翻滚，我们看黑不溜秋的男人一手摇动着铅罐的把手，一手拉着风箱，时不时用小铁锨往铅罐下的炉子里添点炭，我们就等着那个男人拿起一截钢管放在翘起的扣环尾巴上，用一只脚踩着罐身，用双手狠劲往下按压钢管，只等着那惊天动地的"嘭"的一声巨响，等着爆米花的香味儿漫天飞散。加了糖精的爆米花香甜酥脆，勾着小孩子的肠肚子。

乡间再没有别的娱乐节目，瞎子四舅的说书就更显得弥足珍贵。四舅说书，远走河南洛阳周口，东至微山湖一带，我上初中后，离开马家寨，到了县城，就少机会再牵着四舅去走村串巷，也少有机会再听四舅说书。后来小麦陪我四舅一起说过书。小麦的出现为四舅说书带来了新亮点，小麦长得俊，声音也好。

四舅眼瞎，生活自理能力却并不比健全人差到哪里去。四舅去水井里挑水，从出家门到水井口的边缘一步不差，挂井绳，拔水桶，一气呵成，肩挑满满的两桶水稳稳当当往回走，不熟悉的，根本看不出来他是个瞎子。四舅还练就了一手做家务的好本事，擀面条、蒸包子、炸丸子、缝缝补补样样精通，有时候石榴自己不干，把这些活都交给四舅。都说瞎子的耳朵最灵，那是不假哩。我常常恶作剧，蹑手蹑脚走到四舅身后，大喊四瞎子！可是每次不等我开口，四舅就笑着骂我："恁奶奶个腿，小妮子，没大没小，又来吓唬你舅！"四舅三十五岁时和一个哑巴结了婚，可惜，好景不长，哑巴一年后死于难产，给四舅留下一子，由石榴抚养成人。八十年代，有了收音机录音机电视机，人们都从收音机里听单田芳和梅兰芳说书唱戏，少有人再听四舅走村串巷说书了。有一天，邻村有人家请四舅赶一个婚礼场面，回来的路上，四舅失足落河里淹死，那把陪伴了四舅一生的弦子也随他入土安葬了。

前几天，打开电视，正好一老艺人拨弦弹唱《罗成算卦》。熟悉的旋律，激情洋溢的唱腔，委婉流畅的弦子，如热流一下子浸润了我全身每一个毛孔。我哽咽不能语。原来，四舅和他的说唱，执着得像一颗种子，三十多年来，一直蛰伏于我内心深处，一触即发，一发而不可收。我禁不住热泪奔流。

小时候，只知道四舅唱的是"对子书"，流行于家乡鲁西南黄河故道一带的土语"对子书"，应该就是坠子书，坠子书尤以河南坠子闻名。马家寨地处山东河南交界，得河南坠子书灵气，又兼具山东梆子养分，坠子书唱腔高门大嗓，唱词直白朴拙，虽难登大雅之堂，却暗合了山东人粗犷豪放的性格。坠子书的配乐，弦子，叫作坠胡，又体现了一种柔，二者结合，体现了山东人刚柔兼济的旷达细腻。唱腔起时，如妇之随夫，如影之随形，不离不弃，又不喧宾夺主；唱腔止时，它顺势而上，或一波三折，或一泻千里，韵味十足。它不像那些豪门剧种，靠宏大的场面作势，从头到尾，锣鼓铿锵，唱得紧，敲得紧，而坠子书艺人，一张嘴，一把弦子，一副简板，就走遍天下。

不知道，四舅活着，会是一个怎样的未来和现在。那个电视中的老者，会是他吗？

神婆

七姨比我大六岁还是七岁，记不得了。七姨是有眼光的人。小时候，我无数次被她的眼光吓着。通常是在傍晚或者晚上，朗朗月光下，我和九姨八舅九舅十舅正大呼小叫打坷垃仗，她奉石榴指派喊我们回家睡觉，冷不丁地，她就会细声细气地说，你们身后有两个老头，和你们一起玩呢。我们啊的一声猛回头。树影绰绰，月光摇曳。她手指着我，依然细声细气：你身后一个，又指着我九姨，你身后一个。一点没有恶作剧的样子，她的不慌不忙令我们鬼哭狼嚎，魂飞魄

《农村神婆》

  人家靠人过,俺家靠神过。有饭您先吃,有事您先知。
  天皇皇,地皇皇,俺家有个夜哭郎。过路君子念三遍,一觉睡到大天亮。

散。我们蹿得比兔子还快。我们蹿得快,身后踏踏的脚步声似乎撵得也快。在石榴家破旧的院墙和屋墙前,她常常一动不动地望着墙,自言自语:看,那两个小孩在打架;看,那个姐姐的辫子好长啊;看,那个老头在担水;看,那个老婆婆在纺棉花。我顺着她手指的方向看,疙疙瘩瘩的土墙上,有麦秸草,有大窟窿小眼睛的老鼠洞和长虫洞,有苍蝇虫子和蚂蚁,半个人影子都没有。屋檐下有一个燕子窝,春天来了,燕子就来了,抱一窝光溜溜的小燕子,叽叽喳喳叫,拉一地屎,有时候也拉到我们头上。一天傍晚,我们家正喝汤,喝汤是我们的方言,吃晚饭的意思。我们这里不说吃晚饭,石榴说,怕着黄河泛滥发大水,更怕着黄河晚上泛滥发大水,避讳。厨屋锅台上的煤油灯飘飘忽忽地跳荡着,墙上巨大的光晕随我们的进进出出也诡异地跳荡着。院子里的天空上方挂着和天灯一样神秘的星星,院子里黑黢黢的,厨屋门口窄巴巴的一溜灯光里映着我们忽长忽短的影子。那晚我们家喝的是杂面条,石榴端碗靠墙根蹲在厨屋门一旁,舅和姨一拉溜靠墙蹲着倚着,哧哧溜溜的声音馋得猪圈里的黑猪哼哼唧唧叫个不停。我急着出去玩,喝得快,哧溜得也特别响。七姨舀碗出来挨石榴站着,她用筷子指着院子里细声细气地说,呀,娘,咱家院子里好多兵,都穿着黄衣裳,都扛着枪,正排队呢。石榴惊慌之中把碗丢了,碗落在地上发出一声钝响,没碎,面条都泼洒出来了。事后,石榴说,打鬼子的时候,

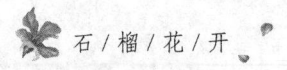

家这块地方住过兵,日本兵,穿的就是黄衣裳。七姨后来成了黄河故道那一带远近闻名会看香火的女人。

七姨结婚后,嫁到马家寨,她家我去过。她家正屋门桌子上,放着一尊一尺多高的泥塑泰山娘娘像。娘娘慈眉善目,前面放一只碗大的香炉,后面墙上贴着一张黄裱纸,上面写着"泰山娘娘之灵位"。不断有人来上香,请娘娘驱鬼招魂,治病免灾,看阴宅阳宅。泰山娘娘处处显灵哩。泰山娘娘就是我七姨。七姨说的话就是泰山娘娘说的话,七姨的旨意就是泰山娘娘的旨意。七姨就是民间传说中的有眼光的人,这里的有眼光是说能看到另一个世界的眼光,不是有远见有远大理想的意思。因为有眼光,石榴高看七姨一眼,到了婆家她婆婆她男人也都高看她一眼,不是怕我七姨,大概是怕附在我七姨身上的泰山娘娘吧。

到七姨家求娘娘的人虔诚得很。开桌礼原先有一元、两元、五元的,后来涨到十元、二十元、五十元了。有当官的来,给得还多。七姨家的桌子上还总摆满了大肉、油炸丸子、白面馍馍什么的。那些好吃的东西像白骨精把我的魂勾住了。我渴望自己变成蜘蛛精,有本事把那些好吃的东西神不知鬼不觉吸到肚子里,看到那些好吃的东西我就变成一只依着门框摇尾乞怜的狗。可七姨总对我说,那是娘娘享用的东西,凡人要等娘娘享用之后才能吃。来人走后七姨对娘娘念叨一番,有时候会拿给我一个白面馍馍,有时候会捏给我几个油炸丸子，七姨大概是可怜我这没娘的孩子，七姨待我还是很好的。马家寨小学离七姨家只隔着几户人家，有事没事我都爱往七姨家里跑。

好像是四年级的时候吧，我们的教室在一户租来的民房里，这家的女主人是两口子打架在梁头上吊死的。一天下午我无缘无故哭得哇哇叫，老师没办法，把我七姨找来了。七姨轻轻地对着空空的梁头说，你走吧，他们都害怕你。过一会儿我就不哭了，也不知自己为啥哭，哭啥。类似的事件又发生在几个同学身上，不久我们就另换了教室。还有一件事我印象特别深，这件事发生在我上五年级的冬天，那一天轮到我们组值日，下午放学后我们擦黑板扫地，打扫完之后天已擦黑，学校里人已经很少了，钢蛋锁教室门，他突然就抓着门锁不放开，趴在教室门上不住声地哭着喊"虎狼口""虎狼口"，"虎狼口"是我们当天学的课文里的一个词，忘了那篇课文的题目了。那天值日我们四个还是五个，记不清了，我们都被他的哭喊吓得头发倒竖，炝蹶子大窜。一个同学边跑边气喘吁吁地对我说，我们去喊你七姨。我们跟在七姨身后到学校的时候，钢蛋还站在门口哭着喊"虎狼口"。他站在那，就像挂在门上一样。七姨走过去，用双手使劲拍了几下门上头，好像还往门上吐了一口唾沫，那个男同学也是突然就不哭了，回头发现我七姨在，好像还吓了一跳。我们远远地看着，不知道七姨都说了啥，做了啥。问七姨，她啥也不

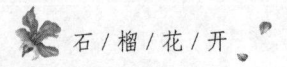

说，后来石榴说打马家寨时死人多，阴气重。

　　常常有老奶奶或者年轻媳妇抱着背着孩子来七姨家让七姨给叫魂。孩子一两岁、四五岁的有，也有十几岁的孩子。时间一般在正午或者黄昏，七姨不问什么，只让孩子坐在门口。七姨点上香之后，双眼微闭，双手合十念念有词，然后七姨当空捧一捧"仙气"吹在孩子脸上，如此反复四五次，七姨就住了手，平静地对那母亲或者奶奶说，好了，走吧。谁知道呢，都说七姨灵得很，孩子回去，不夜哭了，癔症也好了。

　　七姨后来游街挨斗时胸前挂着大破鞋，身后背着她家的那个一尺多高的泥塑泰山娘娘像，头上戴着尖尖的纸帽子。都吐她，都骂她，还踢她，还用砖头瓦块扔她砸她。后来我不止一次问过七姨，你那时候真能看到墙上的小人啊？不骗人？每次她都细声细气地说，真的啊，骗你干啥。期间还发生过石榴要给她摘除眼光的事。她十六岁那一年，石榴带她走好远好远的路走到一个老奶奶家，老奶奶问石榴还要不要，石榴说不要啦。老奶奶拿一个盛馍馍用的馍筐子，那个馍筐子也是用高粱莛子编的，和我们家的一样，老奶奶拿馍筐子在七姨头上罩着转一圈，刚要把馍筐子往桌上扦，七姨抬手把老奶奶手中的馍筐子打落到地上了。七姨说，我不摘，我要。把馍筐子扦过来也是我们的方言，就是把馍筐子翻过来底朝上盖在桌上的意思。石榴说，只要老奶奶把馍筐子扦桌上，七姨回来就再也看不到墙上的小人啦。七姨把馍筐子打落地上，老奶奶并没怪罪她，石榴也没怪罪她，老奶奶对石榴说，随缘吧，这闺女命里合该着。

其实，七姨在出嫁之前就已经上桌子看香了。虽然单门独户住在龙门口，七姨有眼光的消息还是不胫而走，马家寨及邻近的村庄妇孺皆知。开始，慕名而来的香客大都被石榴拒之门外了，发生了那次摘眼光未遂事件之后，石榴才默许七姨上桌子看香了。虽然默许，可石榴终觉得不是个事，一个姑娘家，名声不好，所以在那半年之后就由石榴做主，把七姨嫁到了马家寨。

七十年代，一种叫作会道门的活动在黄河故道一带泛滥起来，七姨做了娘娘。在这个组织里，有皇帝，娘娘，正宫，西宫，东宫，太岁什么的。七姨做了娘娘之后却不好了，会道门是一种被人利用的邪教组织，净说社会的坏话，和公家对着干，后来被镇压了。七姨为此又稀里糊涂挂着牌子被批斗了几回。

七姨一生无子嗣，不知道是不是因为七姨不是凡人，我那个倒霉的姨夫近不了身，还是神灵不叫七姨把天机泄露给子孙后代，所以干脆绝了她的后。七姨五十六岁时死于食道癌，民间俗称噎食。那种叫噎食的绝症在黄河故道有一种迷信说法，亏了心作了恶的人才会遭报应得那种病，得了那种病的人家都忌讳把它说出口。那种病是过七不过八，吃麦不

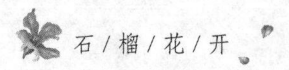

吃豆,吃豆不吃麦。所谓过七不过八,就是能活过七个月,绝不会活过八个月,能吃上新麦,就吃不上新豆,能吃上新豆,就吃不上新麦。七姨发病是在秋收之后,来年麦子黄梢的时候,呱呱呱咕来的时候,七姨殁了。

唉,七姨一辈子替天行道,替神灵说话,最后神灵却不照顾她。叫她长了噎食,叫她说不出话来,想来,这神灵,有时候可真是不够意思,不讲究!

石榴说,她那是泄露天机太多,叫神灵收走啦。

本是同根生

一九四九年十月一日,阴历八月初十,下午三时许,迎着中华人民共和国成立的礼炮,石榴生下了她一生中唯一的一对双胞胎。是石榴能掐会算呢,还是六舅政治觉悟高,迫不及待地赶着参加开国大典呢,谁也说不好,反正离预产期还有十多天的时间,六舅先七舅一分钟从石榴黑暗的身体里钻出来,向着光明,粉墨登场。别小看这一分钟,一分钟的时差决定了长幼伯仲,决定了地位尊卑,这一分钟奠定了六舅的长者地位,不知道在石榴肚子里这哥俩是如何商议的,也许,压根就没商议的余地,六舅当仁不让地一马当先,夺路而奔,而七舅还在懵懵懂懂地昏昏欲睡,亦步亦趋,他毫无政治敏感性的先天不足决定了他被领导的从属地位，在七舅短短的一生中，他一直活在六舅的掌控之下，而六舅，理所当然地，理直气壮地，成了七舅的主宰。

　　牛运仓曾做过一段时间的私塾先生。日本鬼子投降之后，他没作为汉奸被处死，他活着，无事可做，石榴就叫他在龙门口的家里办学堂，教孩子们读书识字。农忙时他和长工一起扶犁驾辕耕种耙收，平日里他就在家办私塾教舅和姨读《三字经》《百家姓》，读四书五经，和我舅我姨一起读私塾的还有马家寨龙口寨几个和我舅我姨年龄差不多的孩子。年成好时他们家里给石榴家送来一担米一担面什么的，年成歉收他们啥也不送照样跟我姥爷读人之初性本善，直到解放后的五十年代初，私塾取缔，孩子们陆陆续续进了人民公社的学校。六舅不是一个好学生，他的手背经常肿得像发面团。六舅挨打绝不是因为他愚笨背不出书，六舅挨打大都是因为他的调皮顽劣引起的。别人都在念书时，六舅总忍不住动歪心思搞一些恶作剧。别人站起来背书时他把人家的板凳给抽了；他把钉子竖在人家的板凳上；有时候他还把尿撒在人家的课桌上。六舅捉弄那些差不多算作陪读的孩子也就罢了，他还经常地捉弄七舅。有一回，七舅感冒发烧要喝水，六舅颠颠地忙着去倒水，他端来一碗掺着热尿的红糖水。姥爷的戒尺为此经常在六舅的手心手背上如花地飞舞着。六舅大概就是在那时候把仇恨记下了。他恨七舅也恨姥爷，六舅挨打时从不掉眼泪,他闭着眼可着嗓子使劲地嚎。一旦他睁开眼看见七舅在跟前,他就会停止嚎叫咬牙切齿地瞪着七舅。一娘同胞的孪生兄弟俩,讨巧卖乖的好事都让七舅占着了,挨打挨骂的总是他,六舅觉着不公平。六舅还觉着不公平的是大家都夸七舅长得俊,都夸七舅是个乖巧懂事的好孩子,听着别人对七舅的夸奖我六舅心里就生出一肚子的恨,六舅不放过任何一个机会捉弄我七舅。

  分田地之后石榴家也分到了该分的一份田,姥爷和家人一起种田耕收,偶尔也教我舅和姨读读书。再教四书五经六舅就不买账。六舅说,那是四旧,四旧!懂吗?老顽固!六舅自己用歪歪扭扭的毛笔在门上写:我要做贫农!下面署名牛贫农。那时候,他也就八九岁。石榴给六舅起的名字叫土豆,给七舅起的名字叫地瓜,六舅自己改名叫牛贫农(后来大跃进时他又改名叫牛跃进,"文革"时他又改名叫牛文革,可是,没谁记得他叫牛跃进或者牛文革,记着的也当个笑话说。石榴说六舅是牛粪一坨,没狗屎臭,但比狗屎恶心)。六舅自己改名牛贫农后,姥爷已经不敢再用戒尺打他了,如果不是那次六舅把墨汁泼在七舅脸上,泼在姥爷那卷心爱的《三字经》上。那天农闲时七舅正照着《三字经》习字帖,六舅歪歪斜斜地走过来,夺过七舅手中的毛笔就在书上画××,嘴里还不干不净地骂,狗地主,地主羔子王八蛋。七舅去抢笔,六舅拿起砚台就朝七舅砸过来,墨汁淋淋漓漓地泼了七

/ 第三章 多子多福 /

舅一脸,也溅在姥爷心爱的《三字经》上。姥爷忍无可忍从墙上取下戒尺朝六舅劈头盖脸地打过来,六舅所有的恨,都算在七舅头上。三年自然灾害时期,六舅或抢或骗,好多次把七舅的那一份吃食据为己有,七舅好多次奄奄一息。姥爷死于一九六〇年那场大饥荒之后,六舅更加变本加厉,有恃无恐。

七舅算是和姥爷一样性情的人。七舅的好性情帮了他。石榴家是富农,成分不好,可马家寨再找不出比七舅识字更多的人了,工作组就让七舅去马家寨小学教书。这件事同样也害了七舅。六舅为此恨得在家里偷着骂工作组瞎了眼,六舅找着碴儿骂七舅的时候就更多了。七舅在相貌上继承了我姥爷,白净清秀,面相良善,身材挺拔。而六舅长得有点差强人意。他无论怎么努力长,都比七舅矮半头。他滴溜溜的眼睛透着狡黠,透着阴损。六舅长一张能翻云覆雨的嘴。七舅不是一个惹是生非的人,擅长惹事生非的是六舅。七舅被推荐为马家寨小学的老师,那一年正好是一九六五年,他和六舅一样,都是十六岁。

六舅像猎犬一样被即将来临的大运动兴奋得张牙舞爪。他这辈子最恨的人就是七舅。从小七舅就比他乖,从小七舅就比他得宠,后来七舅又风不吹日不晒躲在学堂里教书,这辈子什么好事都让七舅占着了,六舅不愿意看到别人比他强,确切地说,六舅最不愿意看到七舅比他强,别人比他强有什么关系呢？别人比他强他有什么办法呢？别人比他强他软了骨头、点头哈腰赔笑脸，可是，七舅比他强就让他心里受不了。我们往往都受不了身边的人比我们强，身边的人比我们强让我们心里不舒服，六舅因此心里生出刻骨的仇和恨。

　　七舅写得一手清劲丰肥严茂工整的颜体字。姥爷死后，整个马家寨，没有谁不求着七舅的字。每年一进腊月门槛儿，赶着求七舅写春联的人总是络绎不绝。七舅写春联有一个特点，他喜欢自己字斟句酌琢磨联句儿。七舅铺开红红的春联纸，蹙眉凝神，片刻，刷刷刷，一副饱含心智与笔力的春联就有了。写到得意处，七舅就把它誊录在一本小册子上。小册子是七舅自裁自订的，八开纸张，劲道的上乘白色宣纸，封面上"联句集锦"四个字严整刚劲，里面一副副细楷的联句儿皆是七舅集录的得意之作。这本小册子在"文革"中迷失了，有多少好东西在那场革命中丢失了啊。七舅的春联也有不少写得泛泛而媚俗的，那多半是应主人之约应景写就的。七舅有品味有况味的联句都是写给自己的，我从七舅的《联句集锦》里摘录一二，以飨读者吧。

　　笑对恶雪当推汝
　　傲迎罡风止有君
　　独向乱离忧社稷
　　更无豪杰怕熊罴

第三章 多子多福

如果单单是这几行以诗言志的句子，还远不足以把七舅引向黄泉路。"文革"伊始，两耳不闻窗外事，一心只读圣贤书的七舅，从不关心时局的七舅，开始变得烦躁不安、忧心忡忡。学校里已经上不成课了，在有些老师的带领下，那么多孩子兴奋地扔下书本，忙着贴标语，贴大字报，忙着开会游行喊口号。首先被推出来游斗挨批的是小学校长尚良志。台下一群咿呀学语的孩子在老师带领下振臂高呼："打倒反动权威尚良志！""打倒走资派尚良志！""打倒牛鬼蛇神尚良志！"在这所加上校长只有六个教师的小学里，尚良志不是权威，是什么？不打倒他打倒谁？"揭发尚良志的反革命罪行！""让尚良志交代他的反革命问题！""伟大领袖毛主席万岁，万万岁！"在高呼的人群之中，六舅振臂高呼，喊得尤为起劲。

喊七舅上台揭发时，七舅从从容容地走上台，目光直直地逼视着那位造反派领导，说，我没什么可揭发的。七舅不但不肯低下他高昂的头，他还拿起笔，蹙眉深思，把一条条罪证飘逸洒脱地书写在高贵柔韧的宣纸上！后来，他愤愤然写下的一些掷地有声的联句，成了六舅揭发举报七舅的有力证据。

杜鹃又啼血，英魂何处？空留须眉立天地

小草在歌唱，苍山作证！枉有日月悬人间

人非草木，哪忍草木含余悲

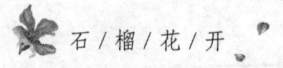

世多青冢，怎堪青冢招英雄

"文革"初始，六舅并没有轻举妄动。他眨巴着贼亮贼亮的鼠眼静静地观望着，直到造反派开始批斗石榴，听到造反派高呼"打倒地主富农分子石榴""打倒牛鬼蛇神石榴"的口号响起时，他才露出会心的笑容。斗石榴，争取立功表现！于是他准备在龙门口的家开石榴的批斗大会，却不料被石榴用红缨枪戳破了头，赶出了家门。被扫地出门之后，六舅更加坚定了走革命道路的决心。可是，革命组织不肯收留他，除非他有立功表现。

立功！六舅想到了七舅那本《联句集锦》。

为把那本《联句集锦》弄到手，六舅还真是费了心思。平日里六舅在生产队里吊儿郎当着出工不出力混工分，连生产队长马留存也不愿招惹他，六舅擅长巴结溜须，他拿烟给队长抽，给会计抽，他们抽了六舅的烟就对他睁只眼闭只眼。六舅没近看过那本小册子，可六舅认准了那本小册子上一定有他想要的东西。那天，七舅在家临帖写联，学校解散，七舅已经好多天不去学校了，六舅走到七舅跟前，以从未有过的友好口气对七舅说，七弟，把你那本写对联的小册子给哥看看，哥也学习学习。七舅狐疑地看着六舅，不明白六舅葫芦里卖啥药。六舅又低眉顺眼地说了一遍，七舅就把它那本写满对联的小册子交到六舅手里了。那时候，年轻的七舅不知道他交出去的是自己的命。就算六舅他再想立大功，他也没想到要叫七舅死，他也没想到那本小册子会要了七舅的命，他至多是想叫七舅在台上出出丑，受受罪，出出他多年憋在心头的恶气，他是想叫革委会把七舅抓起来，关起来，以此作为立功表现，换来他革命小将的身份。我宁愿相信他只是心存嫉妒，绝没有置我七舅，他一母同胞的亲兄弟于死地的心。

六舅从七舅手里接过那本小册子，兴奋得两眼放着光，就是蚊子嗜血时放出的那种光，六舅看也没看就把它揣在怀里面走出去了。六舅怀揣着从七舅那里骗来的《联句集锦》，一路激动得发着抖走向公社革委会。

公社在马家寨后街，用的是当年马地主家的院落。六舅是步行去的。公社的大门上从上到下都糊满了大字报，门两边的墙上也糊满了大字报。大字报上面写着打倒牛鬼蛇神某某某，打倒走资派某某某，打倒反革命分子某某某，一律用红笔打着大大的×。六舅在大门上看到一张上面写着"打倒走资派孙正清"的大字报，六舅知道孙正清，六舅没见过这个人，但听说过他，知道他是公社书记，管着一公社的人，是最大的官。集会上没有一个人，六舅在公社门口站住了。看了一会儿大字报，六舅心里有点慌慌的。六舅原先想着就是要把那本小册子交给孙正清书记，现在孙正清也被打倒了，六舅就不知道该怎么办了。这时候从公社院子里走出来一个身穿军装束着武装皮带臂戴红袖箍的人，他看了看六舅，很

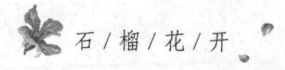

威严地说，干吗的，贼头贼脑的！六舅连忙点头哈腰地说，揭发的，我是来揭发的。那人上上下下地打量了六舅几秒钟，然后说，跟我走吧。六舅抹了一把头上细密的汗，跟着那人进去了。走到一间大屋子门口，那人在前面停住了，他打了一个立正，向着屋里说，报告马主任，有人来揭发。

六舅进屋后才发现里面正在开批斗会。台子上站着几个人，都低着头，胸前挂着大牌子，台下坐着几十个人，都穿着绿军装。六舅看见一个人的牌子上写着"打倒走资派孙正清！"六舅想那个人一准就是孙正清了，孙正清穿一件皱皱巴巴的灰色中山服，低着头，看不清脸。六舅正想看清楚孙正清长得啥模样，就听见有人问他，你是哪村的，揭发谁？有材料吗？六舅这才注意到台子一边还放着一张高桌子，桌子后面坐着一个人，声音就是从那里发出来的。

那人二十六七岁，想必是癞蛤蟆托生的，长一双鼓突突的蛤蟆眼，一张瓢叉子蛤蟆嘴。脸特别黑，黑得亮着光，六舅想，这个人就是马主任吧？六舅嘿嘿笑着说，报告马主任，我叫牛文革，我是来揭发的。揭发的？有材料吗？有有有，六舅一边一迭连声地答应着，一边从怀里掏出那本小册子，双手捧着恭恭敬敬地递过去。那个被叫作马主任的人，随手翻了翻小册子，又问了六舅一些情况，诸如揭发谁，哪村的，叫什么等等，叫人记下了，然后和六舅握了握手，说，毛主席教导我们说，我们要时刻保持警惕，警惕身边的阶级敌人。

/ 第三章 多子多福 /

你是个好同志,你做得很对,有什么情况,及时向我们汇报,我们会很快采取行动的。

六舅结结巴巴地说,我可以加入革命组织了?

好,我现在就批准你加入革命组织!欢迎牛文革同志加入革命队伍!马主任哈哈大笑着,又一次向我六舅伸出大手。

六舅没想到加入组织会如此简单,六舅激动地左手摸右手。这辈子还没人跟他握过手呢,这辈子还没人管他叫过同志呢。六舅激动得浑身发抖,更叫六舅激动的是,马主任马上就叫人给他拿来了一套绿军装,命令他穿上。是一套被人穿过的散发着汗酸味,爬满了虱子的旧军装,激动得近乎窒息的六舅看见绿军装上缓缓爬行的虱子队伍,尤其是军帽上的那一列虱子队伍,比他身上的个头要大得多,壮实得多。六舅也许天生就是一块革命的料,他穿上爬满虱子的绿军装,戴上脏乎乎油腻腻的绿军帽的那一刻,立马歇斯底里地振臂高呼:毛主席万岁,万万岁!打倒反革命分子孙正清!打倒走资派孙正清!时间是一九六六年中秋节前后,六舅把他没吃午饭的事也给忘到脑后了。

七舅是第二天中午从学校被抓走的。被抓时七舅正被勒令在办公室里写检查。七舅沉默着一个字都没写。七舅说,我没什么可交代的,没什么可检讨的。沉默就是对抗。学校革委会的领导正拿七舅没办法。当时农村批斗会上动武的还不多,加上学校革委会只有两个人,意见又不一致,就没有对七舅动拳头，学校里课是早不上了，开始还开几次批斗游行大会，后来也组织不起来人，群众不愿意来，也不愿叫孩子们出来跟着瞎闹哄，批斗会就开得越来越没劲。再加上批斗对象只有我七舅和尚校长两个人，尚校长那边不管别人说什么都是是是是，一副认真悔过的模样，七舅这边又宁死不开口，问急了就顶一句没什么可交代的，几个参与揭发的老师也揭发不出新问题，所以，在七舅被抓到公社后，我们马家寨小学的革命斗争基本上就处于瘫痪状态了，也可以说基本上算是结束了。

　　七舅被抓到公社后，参加了无数的批斗会。七舅始终沉默着。沉默是金。沉默就是心怀鬼胎和对抗。七舅以他的年轻气盛，面对狂妄的叫嚣和审讯，七舅是不屑解释和申诉的。七舅高昂着头颅，按下，抬起，按下，抬起，面色严峻。皮鞭皮带在七舅身上轮飞如花。而六舅，他的兄弟情分，他的慈悲心怀，使他手中的皮带皮鞭一次次举起，却最终没能落在七舅身上。面对七舅的顽固，六舅痛心疾首，六舅一遍遍地苦口婆心：毛主席教导我们说，坦白从宽，抗拒从严，老七，你这样死不改悔，我可救不了你了！七舅面色平静，他对他的兄弟说：六哥，毛主席教导我们说，坚持真理，就是胜利！人各有志，我不怪你。六舅到死都不明白，平日里柔弱寡言的老七，平日里在他手里面团样的老七，咋就死活不肯低头认个罪呢，为啥就不能低头认个罪呢？傻啊！傻子，

/ 第三章 多子多福 /

蠢驴，笨蛋！

　　七舅在万人公审大会上惨遭毒手，七舅是作为死不悔改的现行反革命定的罪。在全公社被批斗的二十名犯人中，只有七舅一人顽抗到底，死不认罪悔改，也只有他一人惨死在革命小将的皮鞭之下。更可悲的是，后来有一个"孙正清舍命保党籍"的段子广为流传，像是对七舅十七岁生命的绝妙讽刺。传说，在革命小将要对孙正清大打出手之际，孙正清振臂高呼：是党给了我一切，我生命不足惜，只求保留我党籍！孙正清痛哭流涕，言之切，情之真，令人无不信服。果然，革命小将中招，你不是把党籍看得比命还重吗？好，不要你命，就要开除你党籍！孙正清被开除了党籍，性命无忧，还免受了皮肉之苦。几年之后，孙正清恢复党籍、官复原职是最早的。酒后言多，他说，魔高一尺，道高一丈，一帮毛都没长全的小雏，还太嫩了点！一计舍命保党籍，救了性命，也赢得了名声，留得青山在，不怕没柴烧啊！万人公审大会在马家寨小学后面的树林里召开，距石榴马家寨的家一墙之隔。几年之后，在这里，抢走我爹，气死我娘的小麦身上挂满破鞋，又站在万人公审大会上。

　　石榴没让我舅和姨参加公审大会，我也没去。石榴领着舅和姨在地里拾棉花。天空瓦蓝瓦蓝的，有洁白的云彩在天上慢悠悠飘着，地上棉花开得正盛，大片大片的棉花田里也像有无数朵洁白的云彩在慢悠悠飘着，又像有成群的绵羊在

197

慢悠悠吃草。太阳暖暖的，晒得人懒洋洋的，石榴胸前的包袱里装满了鼓鼓的棉花，笨笨的样子像肥肥的老绵羊，舅和姨胸前的包袱里也装满了鼓鼓的棉花，像肥肥的小绵羊。我趴在地头捕蚂蚱。蚂蚱真多，我趴在那不动，都有好多蚂蚱蹦到我身上来。我捉住了，把它们胳膊腿揪断了，把它们头揪断了，我的周围遍布蚂蚱的尸体。有一种绿色的蚂蚱叫老扁，我喜欢它们，捕着了把它们拿在手里玩耍，它们拉的绿屎黑屎弄得我满脸满身绿乎乎黑乎乎。石榴不说话，舅和姨也都默默无语不说话。事实上，石榴不知道她该说啥，不知道她该是啥态度。一边是老六成了革命小将，一边是老七接受革命委员会的批斗，石榴不知道她该站在哪一边，该支持谁。石榴开始是反对六舅参加革命的，她还把他赶出了家，可是后来六舅成了革命接班人了，石榴就有些惶恐有些犯迷糊，有些拿不准主意了。在石榴心里，是瞧不上她家游手好闲好大喜功的老六的，是偏爱懂事知礼谦逊好学的老七的，可是，老七成了反革命。老七咋就成了反革命呢，老七咋就反动了呢，老七反动谁了呢，石榴想不明白。

三舅把皮开肉绽的七舅背回家，当天夜里，七舅咯血而死。七舅的尸体被三舅掩埋在黄河故道里。石榴心里堵得难受，觉得七舅死得冤屈，石榴在夜里跑到七舅的坟上放声哭，去了好多次，哭了好多次。石榴后来说，她哭的时候黄河故道里好多的鬼魂都陪着她一起哭。那些小鬼围在她周围，蹲着坐

/ 第三章　多子多福 /

着，看她哭，也跟着嘤嘤地哭。

六舅现在六十多岁，身体健康，他常常提着鸟笼子，吸着我给他买的小红猫，在人堆里显摆。他给人家讲奥巴马，讲普京，讲钓鱼岛，我不知道六舅他一个人夜深人静时想过七舅吗？他有过良心不安吗？

前不久的一个星期天，我回马家寨，正赶上寨里人在石榴家老院子前的大街上商量安装自来水管的事，叽叽喳喳，吵吵嚷嚷，很是热闹。吵闹声中，六舅的声音最响最亮："这件事大伙得好好掂量掂量，将来水管出了问题谁负责，水费咋算咋收都是个事，你们没操过心，没问过事，不知道这里面的道道多得很。再说啦，这每户摊一百八十元也忒多了吧？"听六舅唱反调，我很吃惊不解，难道这事不是六舅领头搞的吗？又听了一会儿，我明白了，这事果然不是六舅领的头，是村里两个在外做生意的人，见前村后村都用上了自来水，自发把大伙召集起来征求意见的。后来，听舅妈说，前些日子六舅也热心过安装自来水管的事，他想让每户凑个份子钱，然后去找我，托我疏通疏通关系，说看能不能少收钱或者不收钱，大家都不愿出那个份子钱，六舅就很恼火，六舅说，好心当成驴肝肺，操心给你们办事，你们还不知好歹，往后谁再提安自来水管的事，就是狗娘养的！

小时候，在马家寨上学，印象最深的是碰到六舅拉响大钟喊出工时的情景。大钟挂在马家寨石榴原先家门前的大槐树上，六舅一手拉钟绳，当，当，当，一手举着用筷子串在一串的黑窝窝头，最多的时候一筷子能串七个窝窝头，六舅拉一下钟，咬一口窝窝头，喊一声"妇女劳力都下地干活啦"，然后，六舅还要喊妇女劳力带什么工具干什么活。"月亮湾排水沟又堵啦，该清啦，恁那个生产队的老娘们都扛上铁锨到月亮湾去，别他娘的在家造小人啦，兔崽子多了糟蹋粮食。"六舅是生产队长，队长不干活光指挥指挥安排安排就能领高工分。那时候，寨上的男女老少见了六舅都露出巴结、恭维的笑，大包干之后，眼见的村里人都高高兴兴、忙忙碌碌地在自己的责任田里各忙各的，谁也不尿他这一壶，六舅心里很失落不平衡。六舅逢人便骂人心不古，一副世态炎凉的落魄相。当了多年的队长，六舅已习惯当官了，要六舅亲自拿起锄头铁锨伺田弄地六舅心里窝了一肚子火。六舅家的庄稼长得没人家的旺，六舅家的麦子打得没人家多，村里人都吃上白面馍了，六舅再吃黑面馍就觉得没面子，六舅说，老吃白面馍，腻，换换口味吃得香。六舅妈身体常年有病，几亩地叫六舅伺候得病病恹恹的，不长庄稼只长草，六舅家的日子是村里过得最不济的。可六舅嘴上却从不服输，乡里人有扎堆吃饭的习惯，饭时大家都端着饭菜夹着馍，三五个、五六个聚一起，聚一起也离三五步的距离，不拼盘不聚餐，各吃各的。各吃各的也能清楚谁碗里是啥饭菜。六舅碗里总是清汤寡水的，没见过油腥没见过荤腥，馍馍也是掺了

第三章 多子多福

杂面的黑馍馍。六舅一过来就有人逗他说,老六,弄啥好吃的?六舅不理别人的问话,六舅总是说,有钱难买老来瘦啊,现在城里人都时兴吃什么?杂面窝窝野菜汤。大鱼大肉的,谁还吃那个?高血压、脂肪肝都是鸡鸭鱼肉弄出来的!六舅说这话时很理直气壮,好像他就是一个吃腻了鸡鸭鱼肉的城里人。

关于六舅的笑话,还有几个。他在大喇叭里喊话,面对扩音器,他说,要不是毛主席领导得好,俺咋能在喷雾器里讲话;他在社员大会上讲话,念稿:"十月革命一声炮",翻页时沾的唾沫太多了,把纸粘住了,底下的群众半天不见动静,有人说,"准是臭了",六舅大喝:"响!"有一次,他主持一场婚礼,边上一位奶孩子的年轻妇女吸引了他。年轻妇女忙着看新郎新娘拜天地,怀里吃奶的孩子丢了乳头也忙着看热闹。六舅神魂颠倒,他喊了一拜天地,第二拜竟成了再拜咪咪!还有一年隆冬腊月,寨子上死了人,葬礼上六舅领丧,他喊起丧时劲使大了,他穿的免裆老式棉裤,不慎一下子哧溜滑落,六舅当然没穿裤衩,那个年代,都没裤衩穿,他弯腰抓起老棉裤,就那么一手提着大裤腰,一面继续面色严肃地喊丧,直到丧事结束。

六舅也算是长寿之人,在石榴一百零一岁的葬礼上,他是活着的为数不多的几个子女之一。

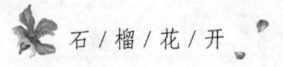

修鞋匠

在十个舅舅当中,八舅长得最不像话。八舅长得浑身都是毛病,矮,瘦,黑,阔嘴巴,小眼睛,满脸雀斑,像粘着一堆堆苍蝇屎。八舅过继给马家寨的二姥爷是在他六岁的时候,不是因为石榴养活不了,是因为马家寨的二姥爷膝下无子,一趟趟地上赶着来求石榴。二姥爷是我姥爷的堂伯兄弟,二姥娘死得早,二姥爷一个人过。想着死的时候能有人摔老盆,就求着石榴要过继一个。石榴膝下十男九女,至于石榴为啥把八舅过继出去了,肯定是因为八舅小,绝不是因为他长得丑。我的这位二姥爷死时八舅十五岁,他理所当然给二姥爷摔了老盆,披麻戴孝把二姥爷送到了南北坑,也理所当然赡受了二姥爷的家业,一处宅院,三间土坯房。后来石榴又把他领回来,可是十五岁的八舅已经住不惯龙门口了,他自己又回到马家寨的家。那时候,他已经有一手修鞋的好手艺,他的手艺是在过继到马家寨之后学成的。

八舅长一张能说会道的嘴。他的两只小眼睛骨碌骨碌的,见人老远就眯眯笑,恭恭敬敬地爷爷长奶奶短。他比我大两岁,我们一起在马家寨上小学。学校里比他小好几岁的小屁孩小丫头片子,他也一口一个爷爷一口一个姑奶奶地按辈分叫，声音翘着甜，脸上堆着笑，叫人觉得恶心。我喊他八猴子他也不恼，他不恼我喊得更起劲，我喊小伙伴也跟着喊，后来大人也跟着喊，后来大家都似乎忘了他大名了。八舅该喊四大爷的一个老人是修鞋的。农忙时大爷在家忙农活，农闲时他骑着高头大马的破自行车，驮着像缝纫机一样的修鞋机，驮着一包乱七八糟的钉子鞋掌针头线脑下脚料皮子和各式各样的破鞋，前村后村村头村尾摆摊修鞋也修提包衣服拉链，逢着临近的集市就去集上摆摊子。阴天下雨不能下地干农活，他的机器就在他家西屋门口咔嚓咔嚓地和着雨声唱。挣不了大钱，但手里有个活泛钱，也算个手艺人。

　　八舅没事爱往四大爷家里蹿。那时候八舅也就十二三岁，小学毕业，闲在家里了。他看着四大爷情绪好时就四大爷长四大爷短地逗四大爷说故事，一边手脚麻利地在一堆乱七八糟中间找出四大爷要的东西递过去，看着四大爷沉着脸他就把小脸也绷着。绷一会儿就挤着笑脸望着四大爷脸色说一两句装疯卖傻的话，四大爷脸色往往就放晴啦。四大爷叹着气儿说，小屁孩，鬼精，心思重着哪。四大爷把手艺都毫无保留地教给八舅啦，反正他儿子死活看不上这一行。其实也没多大学问，八舅用心，手艺后来就比师傅好啦，名气也比师傅大啦，挣的钱也比师傅多啦。逢着马家寨一、五集市，逢着黄冈二、七集市，逢着浮岗三、八集市，他就赶集，骑着比他高一头的破自行车驮着像缝纫机样的修鞋机器驮着一包乱七八糟在集市一角摆摊子，修各式各样的鞋子，也修提包衣服上的拉链。八舅小小的一个人儿，在一堆乱七八糟的钉子鞋掌针头线脑脏不拉几的下脚料皮子各式各样的破鞋面前，手脚麻利地咔嚓着他的机器，精瘦精瘦的一张孩子脸，见人眯眯笑，嘴巴脆脆甜，活计快，也好，价钱又活络，那些心肠软软的大婶大娘老奶奶都肯照顾他生意。他和师傅赶集分两头。师傅在东头，他就去西头，师傅在西头，他就去东头。开始师傅生意比他好，后来他比师傅生意好，后来师傅不干了。八舅为此在四大爷面前哭得鼻涕一把泪一把，四大爷臭骂了他一顿。关你小屁孩鸟事！四大爷我压根就没把它当正经营生！嘿，又不是能挣大钱的营生，又不是有脸面的营生！

石榴赶集的时候，带着我舅我姨穿得露脚趾头的一堆鞋子丢给八舅，不给他钱，每次都给他带吃的，有时候是一兜子馍馍，有时候是几块煎饼，有时候是一捧花生，没有空手的时候。有时候家里改善生活，吃肥猪肉炖白菜粉条，石榴都让我送一碗给八舅。八舅有时候还会给石榴一块两块钱，石榴不要，八舅就叫我给石榴捎回去。后来八舅在城里安了家，还多次把石榴接过去住。

八舅是把修鞋当成正经营生来做的，他后来把生意做到城里了。八舅第一次来找我是十多年前。他找到我，叫我帮他在城里租房子。说看好了城里修鞋生意比乡下好做，城里人多；城里学校比乡下好，他想叫儿子在城里上学奔个能坐办公室的好前程。三十八岁娶了媳妇三十九岁得子,珍惜得很,宝贝得很,娇惯得很。我帮他租了一间房,离我住的地方不远,他挺满意。八舅十天半月就来我家一次,看看有没有要修的鞋,有没有要帮忙干的活。他后来用一麻袋一麻袋的钱买了房,二手房,也不错了啊,长得癞蛤蟆样人人瞧不起的八舅在城里买房了,安家了,多风光啊,多有面子啊。那时候,马家寨长得人模人样的,都没几个在城里买得起房。

  他经常到幼儿园来找我,有时候我不在,他不走,硬要等。等的时候就给我同事说我小时候的陈芝麻烂谷子。我外甥女那可是了不起,那小时候,十里八乡没有不知道的,顶顶有名的女秀才。嘿,给我扬名来了,我因此落了个女秀才的雅号。看到有像机关单位的人来修鞋,他就给人家说我外甥女是××幼儿园园长,还问人家认识不,把人家问得莫名其妙。还说他儿子就在我那幼儿园上学,那条件是真好啊!我同事去他那里修鞋,凡是他见过一面的,没有他认不出的。他整天盯着针鼻针眼,大概练就了一副火眼金睛吧。他总会说,你和我外甥女认识是吧?得了,看在我外甥女面子上,该收三块收你两块,给你用最好的料,收你最少的钱,谁叫你和我外甥女认识来着。其实,谁不知道啊,他收陌生人也就两块钱,遇上挑剔难缠的主,一块五也认。他和我同事扯一些我小时候瓜秧马泡秧七不着边八不靠谱的事,有时候打问一些上级政策,问得最多的是计划生育方面的,有时候也

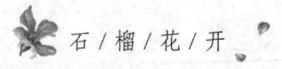

问三农方面的,有时候他也兜售一些道听途说的,明日黄花一类的八卦新闻。

  有一次他到幼儿园来找我,说要和他媳妇离婚,说他媳妇又懒又馋,一麻袋的不是,问我离婚手续怎么办。舅妈长得实在是不敢恭维。斗鸡眼,一米四多不到一米五,就那点身高,一百五十多斤。八舅开始觉着媳妇哪都好。三十八岁的一个修鞋匠,想女人想得看老母猪都走不动路,有女人跟,八舅觉得老天爷开眼了。后来八舅发达了,家里攒下了几麻袋的钱(差不多都是一元两元的,那也非常了得)。在城里长见识了,眼界高了。眼界高了,怎么看媳妇都不顺眼。矮,像冬瓜,胖,像冬瓜;笨,像头猪,黑,像头猪。他忘了他自己长啥样了。我问他,有相好的了?他低下头嘿嘿讪笑,笑里有欲盖弥彰的炫耀。我后来听九姨说八舅去西关街找小姐被抓的事,从心里恶心他,狠狠作践了他一顿。告诉他离婚好办得很,叫他明天就去民政局办手续。他明天没去,后天也没去,不久又偷生了一个儿子,央我去找乡政府管计划生育的说情,来了好多次。

花痴

  九姨的名字叫谷子,小时候,我没叫过她九姨,就连她的名字也叫得少，我和石榴和其他的舅和姨一样，都叫她九妮子。就是这位小时候和我年龄相差最少，陪我玩得最多的九姨，后来，我亲自把她送进了精神病院。说起来，九姨也是一个可怜的女人。

九姨二十岁结的婚，对象是自己在听戏时认识的，相中的，龙口寨的一个青年，两个人要好，石榴也不反对，一年后两人结婚，生子，很正常的婚姻生活。生活的变故发生在八十年代后期，改革的大潮风卷农村大地，头脑活络的九姨夫走上了个体经商的路，不久，就应了那句"男人有钱就变坏"的俗话，在外面找了小的，铁了心要和我九姨离婚。九姨也是铁了心的不肯离，一场旷日持久的离婚战拉开了大幕，无疑，在这场不见硝烟的战斗中，我九姨是受害者，可是在最初的同情过后，九姨像现代版的祥林嫂一样，叫我们无法忍受，我们可怜她，也讨厌她，瞧不起她。

九十年代之后，九姨的男人基本上就很少回家了，他带着小媳妇在济南安家，并生育一男一女两个孩子。九姨一个人在家带着三个孩子过，其艰难困顿可想而知。开始的几年，她男人还往家寄钱，给孩子抚养费，逢年过节，偶尔也回家过，后来干脆就很少回来了，九姨过着寡妇熬儿的日子，我们都劝九姨离婚，劝九姨起诉她男人重婚罪，九姨就是不肯。我始终不明白是一种什么样的力量在支撑着九姨，与其这样窝窝囊囊活着，不如干脆离了算了，人活着，咋能没一点骨气呢，咋能没一点尊严呢，从心里，看不起九姨。孩子渐次长大之后，那个男人也许良心发现，也许是对小老婆也有了厌倦之情，也许是他很享受这一夫两妻的生活，他回家的次数开始多了起来，对孩子，开始尽他的为父之道。供他们吃穿，给他们交学费。我们都看出来男人是秋后摘桃，是黄鼠狼给鸡拜年没安好心，九姨却以为迎来了她爱情的第二个春天，她以为她男人终于为她回心转意，九姨为此变得像个娇羞的新娘。

好像是十多年前的一天，在石榴的生日上，九姨忽然神神秘秘地对我说，你姨夫，昨晚，跟我睡了。十多年前，九姨已四十多岁，之前，她大约守了十多年的活寡，她给我说那句话的表情和语气，我到现在都历历在目。她眼里噙着幸福的泪水，语气温柔得像燕子呢喃，满脸的娇羞绯红。十多年前，我也已年届四十，可是，面对九姨这样的话题，我震惊羞恼之余，一时无言以对。后来，九姨给我报告类似消息的次数随着她男人回家的次数逐渐多起来，可是再多，也不过三个月两个月一回，于九姨，已经足够了。她沉醉幸福的眼神令我心酸愤怒。九姨把她的幸福如果单单是与我，她儿时的闺蜜分享，我多少还能理解，九姨把她的幸福秘密恨不能告诉她遇见的所有人。她逢人便神神秘秘地说，我男人，回来，跟我睡了。乡间，总有长舌妇，总有八卦婆，总有不怀好意之人，一本正经地盘问一些细节，九姨如数家珍，不

第三章 多子多福

肯遗漏一丝细枝末节。伴随着添油加醋的传闻,伴随着八卦婆的煽风点火,九姨要多不堪有多不堪。还好,所有的八卦都置身当事人之外,幸灾乐祸的污水漫天泼洒,可它也晓得知趣地躲着石榴那片天空。

再后来,九姨见了女人就问,你男人在外面有不?你们晚上,做不?九姨问这话时依然娇羞满面。九姨至此成了乡间茶余饭后粗俗的、不堪入耳的谈资和笑料。而她千辛万苦养大的两女一男三个孩子,早已不堪忍受母亲的丢人现眼,投入他们父亲的怀抱。

上个月,九姨到我家,一见面就眼泪汪汪的,她说,我洗干净了,抹上香香了,你姨夫还是不跟我睡。我气极,骂她犯贱,不吃饭能饿死,不喝水能渴死,不跟男人睡能死你!我骂她,她也不理,她还兀自把衣服脱光了,让我看她的身材,她说,我身材哪里不好了?我乳房还饱满,也没有小肚子,你姨夫咋就不喜欢我,咋就不跟我睡?的确,这些年,九姨为讨她男人欢心,她节食,保养,都做得很好。也有野男人夜里敲九姨的门,勾引她,可是,都被九姨骂了回去,九姨一心一意把自己为那个男人留着。期间,有一个男人闯进了九姨的屋,把九姨都按在床上了,被九姨差点咬掉鼻子,狼狈逃窜。

不久,九姨问我借五千块钱,问她啥用,只说急用,不肯明说,我懒得理她,把钱给她了事,不想麻烦接踵而至。

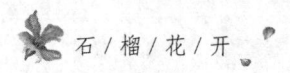

原来，九姨拿钱是去做私处修复手术了，去的小医院，出了炎症，一直流血不止，又来找我。她说，你姨夫好久不回来了，他肯定是嫌弃我了，我做了手术，好了，是不是他就肯回来跟我睡了？我忍无可忍，把九姨骂了个狗血喷头。

不得已，我给九姨联系了精神病院。送九姨去精神病院的路上，她还在说，是不是我下面好了，你姨夫就不嫌弃我了？就会回家跟我睡了？

九姨的事，一直瞒着石榴。可是送九姨去医院的前一天，石榴说，九妮子得的是花痴病，送医院也白搭，医院治不了心病。石榴说这话时面色安详平静，一点没有难为情的样子，也一点没有难过的样子。千方百计地瞒着石榴，原是掩耳盗铃。石榴还说，九妮子从小就八卦嘴，现世报，上辈子欠的，总得还，还了就好了。

石榴想起九姨小时候多嘴告诉我小麦和我娘抢我爹的事情了？我不答话，只要石榴安详，我就心安。

遭遇黄皮子

九舅二十六岁时喝农药死的。说是和舅妈吵架了，叫舅妈逼死的。其实呢，这话不好说，一个年纪轻轻的爷们，叫媳妇逼死了，又似乎有好多话要说。私下里，有好多窃窃私

第三章 多子多福

语，神神秘秘的。

九舅妈叫段青梅，当初是媒妁之言定的亲，这媒人不是别人，是段青梅的亲姑姑，早些年嫁在马家寨了，和石榴做了邻居，看上石榴家老九了，看上老九啥呢，老实实诚吧，石榴家老九是真实诚，都知道的。那些年生产队看青，俩人，一老一少一个组，九舅和牛魔三一组，牛魔三就是段青梅的亲姑父。夜里牛魔三回家睡，九舅一个人顶着，牛魔三回家睡时手里腰里还捎带着东西，有时候是一把谷子，有时候是一把豆子，有时候是一穗玉米，有时候是一把棉花。有一次，偷东西的事赖到九舅身上，九舅也没揭发。婚事说与石榴，石榴有些不愿意。要说，姑娘长得也不难看，看着，还精明利索，就是颧骨高，俗话说，女人颧骨高，杀人不用刀，命硬。可是，她家老九长得也不争气，矮、黑，还性子肉，石头锤一个，石榴勉为其难应下了。

婚结了，孩子也有了，一个儿子，美着呢。可是九舅却喝农药死了。九舅死在大年初二夜里。两口子也不是见天吵架打架，见天吵架打架的都没死，九舅却死了，寻了短见，喝农药了。莫名其妙得很，蹊跷得很。

九舅住的是马家寨的老房子。婚后九舅妈闹分家，闹着要从龙门口搬到马家寨老宅子，石榴答应了。孩子大了不由娘，何况，石榴看着媳妇的脸，心里也堵，不畅快。

因此上有了好多说法，说得最多的是黄鼠狼。

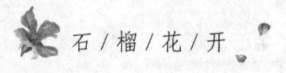

　　三个月前的一天。秋收大忙之后，是九月上旬的一天吧，马家寨来了两个串乡刨树的，九舅原准备去种剩下的二分小麦去，一出家门撞上了。九舅说，老哥，跟我看棵树，看看成材不。

　　九舅把刨树的领到院子里。石榴家的老宅子里，长着一棵大梧桐，一搂多粗，是姥爷在九舅出生那年栽下的。九舅说，给老人做喜活，看看屈材不。年长的一位伸胳膊搂了，又用手拃了拃，说，这树有二十多年了吧？做活，正合适，保你都是独板，保你够敞亮。乡下人把做棺材叫做活，给活着的老人预备下的棺材叫喜活，做活尤以树粗树直能做独板为上品。九舅说，刨吧。九舅又说，这棵树，和我一般大，是生我那年栽下的。于是就刨了，锯成了一尺多厚的板子。寨上人见了，都问，扁豆，准备做什么呀？九舅说，做喜活。听的人都愕然，但都说，扁豆，这么孝顺，这么早就给你娘预备下了？九舅说，反正得做，早做早了一桩心事，也省得到时候抓瞎了。

　　石榴心里不痛快。九舅不吱一声把树说刨就刨了，就算是给老娘做喜活，咋着也得吱一声啊。她石榴六十岁还不到，身体还硬朗，没病没灾的，这么早就把喜活预备着，让石榴心里不是个劲，堵得慌。石榴把九舅骂了：王八羔子，你这是操的哪门子闲心？啥时候用你操心了？你咒着你娘早死啊？九舅给石榴说：你这是说的啥话？反正得做，早做早了一桩心事，也省得到时候抓瞎了。石榴心里堵，骂也骂了，树也刨了，石榴说，截了板子放着阴干吧，过他个三年五年十年八年再做也不迟！只过了一个月，九舅就又自作主张把木匠请到家里了，把活做好了。还是在马家寨老院里做的，做好了，才跟石榴说，又被石榴一顿骂。石榴心里有些莫名的慌，恼得很。活是好活，一拃多厚的板子，都是独板，木匠的手艺好，没用一根钉，都是用榫子合的。五尺五寸高，七尺七寸长，亮亮堂堂的。九舅爱惜它就像爱惜自己的新房子。他在院子东南角打扫了一块干净地皮，用砖四角垫了，垫了四层，把活架上去，让太阳给晒着。阴天下雨，九舅用一块塑料布把活严严实实地遮了盖了，腊月十三下第一场雪，九舅找人把活抬到了屋里去。九舅说，也干透索了。第二天，他赶集买了两盒漆，一把刷子，把活油漆了一遍又一遍，直到它乌黑发亮能照人影子。

当初九舅扔下麦种刨树时，九舅妈就恨恨地说，你娘一会半会死不了，你给自己留着吧；九舅急慌慌去请木匠时，九舅妈又恨恨地说，你娘一会半会死不了，你给自己留着吧；九舅给喜活刷油漆，九舅妈咬牙切齿地说，当初盖新房子你都没这么上心过，你给自己留着吧！

前天是年初一。

天黑咕隆咚的，远远近近噼里啪啦的鞭炮声就到处响了。九舅妈在此起彼伏的鞭炮声中醒来，她对九舅说，起吧起吧，人家都放鞭炮了；她又去逗儿子，说，壮壮起床喽，过年喽。她拿一张崭新的一块钱票子轻轻地刮儿子的脸，壮壮醒了，听到鞭炮声，一骨碌从被窝里爬出来。九舅妈给儿子穿上新衣服，给九舅也拿出新衣服。儿子是一身条绒的罩褂和裤子，集上买的，九舅是一身裁缝做的深蓝色的涤卡布料的裤子和褂子。

  九舅刚点响鞭炮，九舅妈就把饺子下锅了。一家人吃过年夜饭，就朝龙门口石榴院里走。九舅妈再不愿到石榴面前来，面子上还是顾忌着一点的，过年拜年还是要走走样子的。到了，三舅在，六舅八舅两家也都在，寒暄几句，老十一家也到了。分别给各家的孩子发了压岁钱，石榴也给每个孩子发了一毛压岁钱。石榴说，你哥几个去寨里挨家转转吧，别忘了去看看东头你二大爷，三天水米没进了，只怕撑不了几天了。

  来给石榴拜年的也不少。早已经不兴磕头了，来的人都说给您老人家磕个头吧，谁也不跪下去真磕头，说一些起得早啊过年好的吉庆话，然后说还得去别处转转，就走了。九舅妈妯娌几个也搭伴去了马家寨拜年，空气里都是鞭炮烟火味，走着走着，天明了，身上觉得暖了，她们也去拜访了几家亲近的婶子大娘家。孩子玩在一起比炮仗，大呼小叫的，高兴得很。

  九舅在拜年时两次说了不该说的话。按说呢，拜年由他

/ 第三章　多子多福 /

三哥六哥八哥领着，他们又是能说会道的，见了人，寒暄问候有他们，他只管跟着哼哼哈哈就行了。往年都是这样的，他们哥几个挨家挨户拜年，九舅只管跟着，附和着说一些吉庆话。今年九舅他抢话说。一次是在寨子东头的二大爷家。二大爷九十三岁了，是寨子上年纪最大的。二大爷没什么病，他只是太老了，老得已经三天没吃一口饭，三天没说一句话，三天没睁开眼睛了。九舅兄弟几个进去时，没等他哥说一句话，九舅就抢着说，二大爷，过年吃了几碗饺子啊？可得多吃碗，明年就保不准能吃上啦。二大爷的儿子、媳妇都在跟前呢，他们心里的恼怒都在脸上挂着了，碍着新年面子没说出口。九舅他哥也都愣住了，讪讪着，说了几句吉庆话，准备出门。哥几个准备出门时，三天没睁眼的二大爷眼睛睁开了，三天没说一句话的二大爷一字一句地说，小呀，保不准明年谁吃不上饺子……没说哪个小，可明摆着回的是九舅的话。

另一次是在寨子西头的二奶奶家。二奶奶今年七十三，身体硬朗着呢，一进门，九舅就说，二奶奶起得早吧？都说七十三、八十四，阎王不请自己去，看您这身子骨，再活个十年八年没事儿！二奶奶脸上的笑容有些僵，二奶奶很大声地说，土埋脖子的人啦，活今没明的，往后的好日子还不都是你们的！九舅说，二奶奶，这话咋说哩，您别看我今天活蹦乱跳的，说不定还活不过您哪，说不定我明天后天就没了。

九舅说时还故意蹦跳了几下子，三舅终于忍无可忍了，他冲着九舅呵斥道，小九，你给我闭嘴！大过年的你胡说些什么！三舅不迷信，再不迷信也不愿意他兄弟大过年的尽说些死呀活呀的晦气混账话。九舅他大过年的吃错药了！九舅蹦蹦跳跳的样子，没个人样，像什么话！

前一天晚上是正月初一的晚上。临睡前，九舅妈恼怒地说，正月初二谁家闺女不回娘家门？就你能，就你算个男人，就你说了算！九舅说，不是明天五妹要回门吗？他们是新客，他们来了咱不在家不好看，咱又不是刚过门的新客，谁稀罕咱！咱晚一天去也没啥当紧！九舅妈的火气一下子爆发了。她们回来是看她娘老子的，又不是来看你的，非得你陪着？看你那个下贱样，每次家里来客人，你就不是个人了！就你在厨房里忙活得紧，他们都是这个家的什么人？都把自己当客了！看你哥嫂兄弟媳妇一大窝，刷锅洗碗都不肯搭把手，都怪把自己当个人，都把咱当什么了？就活该咱侍候他们？一样的儿子一样的媳妇，凭什么咱就得侍候他们？你娘生一大窝，咋让我摊你这么个没出息的货！算你说对了，俺家没谁稀罕你这个没出息的窝囊废！你八百年不去也没谁稀罕你，你一千年不去也没谁稀罕你！你每回去给俺爹俺娘拿啥值钱的东西了？哪回不是仨瓜俩枣，就把俺爹俺娘打发了？俺家不稀罕你那仨瓜俩枣，还不够寒碜人的！看看俺姐家，人家哪回去又是酒又是肉，你不嫌丢人俺还嫌丢人哩！你明个儿不去咋不说你不敢去？你也知道啥叫丢人？大年初二，闺女回娘家是天经地义的，到了你家还就行不通了！你看看你多像个男人，多有能耐！能管住媳妇不回娘家门！今个儿俺姐仨说好的都回娘家，就差我一个，你让我往后怎么在嫂子跟前站，怎么说得起话？我瞎了眼，嫁了你这么个没出息的货！

九舅妈越说越来劲，她说，还说什么狗屁新客，提起这回事我就恼你祖宗八辈子！那一年俺庄上三家出嫁闺女的，人家银杏家的礼盒子上，抬了一头三百多斤的大肥猪；人家冬梅家的礼盒子上，抬了一头二百多斤的大肥猪；就你家，抬了一头猪，那也算一头猪，像只黄鼠狼，把我们老段家的脸面都给丢尽了，算我姓段的瞎了眼，这辈子找你这么个三槌子槌不出个屁来的窝囊废！

临睡前，她又说，咋不死了你！怂货！这话九舅妈也不是说过一遍两遍了，说过多少遍，她自己不知道了，像一句口头禅，九舅妈说过之后都意识不到她说过这话了。九舅妈忘了这是大年初一的晚上了，离地三尺有神灵，上天的神神鬼鬼都还没走远呢，有些压根儿就还没有走，像火神爷，要等着初七放鞭放炮送他他才走。天庭遥远，路途寂寞，这些神啊鬼啊，他们也希望路上捎个伴啊。

九舅妈说完就走到里间屋钻进被窝睡觉了，和她儿子壮壮睡的一个被窝，她把儿子那边的被角小心地掖好压好了，九舅妈甚至想，就是后天回娘家，又有什么要紧呢，又不是刚出嫁的闺女，就是刚出嫁的闺女，也有初三初四才回娘家门的，顶多跟她爹娘哥嫂解释几句，说她姑娘回门了，他们先回了不好看，料想爹娘哥嫂也不会说出别的话。

九舅妈躺在被窝里，把准备回娘家一家人穿的新衣服和给爹娘拿的礼物在脑子里又计划了一遍。困意袭来，然后她就睡着了。

天麻麻亮，九舅起来小解时发现了那瓶子农药。半斤装的久效磷，埋在茅房一角红红白白的鞭炮屑中间。九舅撒完尿，在昏黄的灯光下，在被尿液淋湿瘪下去的鞭炮屑中间，发现了那瓶没有启封的久效磷。九舅去年种了二亩棉花，为着棉花虫子他买过辛硫磷、氧化乐果、久效磷，还有好几种忘了名字的农药。寨上马三家是代卖农药的销售店，马三会告诉你治什么虫子用什么药，治什么灾病用什么药，用多大剂量效果好，一亩地能用多少药，九舅不记得怎么就多买了一瓶久效磷，一定是放在哪里给忘了，放丢了，又买了新的用了。九舅看着那瓶子久效磷愣了愣，然后他拿起大扫帚开始扫那些鞭炮屑，这些鞭炮屑在大年初二这天太阳出来之前不能扫，不知道为什么不能扫，反正是不能扫，就像大年初一这一天，太阳出来之前不能往院子里泼水一样，大年初一的鞭炮屑要等初三太阳升起来之后才能扫，要是没太阳，要是阴天下雪下雨天，也得等着到出太阳那个时辰扫。祖祖辈辈的人都是这么做的，全寨子的人都是这么做的。

九舅他神使鬼差，他不但在大年初二凌晨把院子里的鞭炮屑扫了，还把墙旮旯茅房旮旯里的鞭炮屑也扫了。看看院子里实在没什么可收拾的，他就很有点沮丧地把大扫帚靠着茅房门口放下了。

他放扫帚时又看见了那瓶子久效磷。一只黄鼠狼后腿立着，两只前爪抱着那瓶子久效磷，黄鼠狼仿佛就在那里等着他。它在昏黄的灯光下眼里闪着幽幽的光，仰着一脸笑，像和他熟络得很，朋友似的，望着他。他从黄鼠狼爪子里接过那瓶久效磷，像从朋友手里接过酒瓶子，扬头灌进喉咙里。喉咙里火辣辣的。瓶子落在地上，啈一下，碎了，像完成某种使命似的，黄鼠狼也像完成某种使命似的，哧溜一声没影了。

九舅往屋里走，他不知道他走得摇摇晃晃的，从茅房到屋门口也就十几步，他左拐右拐在院子里留下了很多散乱的脚印子。他推开堂屋门，又推开里屋门，走到床前头，摸了摸儿子壮壮的脸。壮壮吃得胖，脸上肉嘟嘟的；壮壮咧开了嘴，在梦里笑出了声。他对儿子说，儿子乖，好好听妈妈话；他也想摸摸九舅妈的脸，手抖得厉害，就没有摸。他对九舅妈说，青梅，黄鼠狼来找我了；青梅，你以后管好儿子；青梅，我难受……

九舅妈听见了男人说的那些话。

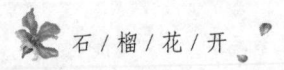

她觉得好像是在梦里,一个声音从很远很远的地方飘过来,跟她说黄鼠狼,要她管好儿子;她还听见痛苦的呻吟声。声音缥缥缈缈,像她男人的,又好像不太像。

她想睁开眼睛仔细地听,可她就是睁不开眼。眼睛被什么粘连着,手脚被什么捆缚着。

九舅妈困在梦里,醒不过来。

当天下午入的葬。九舅被装殓在他为他娘石榴准备的棺材里,棺材停放在院子的东南角,他垫的砖还在,棺材就停放在了砖上面,家有白发人,九舅不能进屋。

三岁的壮壮为他爹摔的老盆。壮壮穿了孝衣戴了孝帽子,他觉得好玩。一整天他都没哭一声,这么多人在家里,真是热闹。他大伯递给他一只土盆子,要他往两块砖头上摔,他开始不敢摔,怕爹娘出来打屁股,仰头左右看了,那么多大人,都鼓励他摔,他就使劲地摔了。啪,碎了好多瓣,壮壮觉得好玩,他开始还怕爹过来打他屁股,爹没来,娘也没来,他就咧开嘴,笑了。一块碎片有些大,他笑嘻嘻地跑过去,蹦几蹦拿双脚使劲踩碎了。

九舅妈三天没出家门。

到了第四天,九舅妈下了床,走出屋,走到院子里,走到一辆地排车跟前。九舅妈开始往车上装东西,先是嫁妆,再是粮食,然后是一些乱七八糟的零碎东西。

拉了四五天,寨里人有些看不过,都跑去给石榴说,都说不能便宜了她，都说不能让她把东西都拉娘家走了。石榴耷拉着眼皮说，随她吧；来说的人把嗓门都提高了，把你孙子壮壮也给带走啦！石榴还是那句话，随她吧。

都说石榴，得失心疯了吧！中邪了吧！连自己的孙子都不要！都不留！

石榴说，女人颧骨高，杀人不用刀，这媳妇颧骨都能当切菜刀用，留她做啥！

石榴说，儿是娘的儿，娘带儿走，儿跟娘走，归正理，不犯法！

都说，木匠刨树的那天，不知道从哪跑过来一只黄鼠狼，一只又大又健壮的黄鼠狼。黄鼠狼不怕人，停在那里看树看木匠，也看九舅，九舅一铁锨把它拍死了。把身上的臊筋抽了，把肉煮了，木匠不敢吃，木匠说，黄皮子是灵性东西，你拍它干啥，你吃它干啥。木匠不吃，九舅妈也不吃，九舅撕一只腿给儿子吃，九舅妈劈手夺过来扔了。九舅一个人吃了，还把剥下来的皮挂在了屋墙上。

黄鼠狼也叫黄皮子，都说，有灵性得很。

娶了俩媳妇

十舅是遗腹子，姥爷死后三个月石榴才生下他，赶在饥荒最严重的六〇年,石榴因为吃多了玉米轴子,肚子胀,老去蹲茅房,却拉不出来,可那个意思却强烈,因此一趟趟地跑茅房,在一次吭吭哧哧用劲中,十舅和着屎尿一起不择时候不择地点地比预产期早半个多月出来了。石榴本来虚弱得走路都得溜墙根,生十舅又耗尽了力气,可喘息瞬间后她又浑身长出了力气,她从粪窑子中抓起那个嘤嘤啼哭的像老鼠一样大小的小东西,捡一块烂瓦片子割断了脐带,褪下老棉裤把血水屎尿擦了,把小东西揣在棉袄大襟里,就那样光着屁股回了屋。十舅能出生也真该万幸了,在三千多人口的马家寨,六〇年出生的人口不超过二十个。男人饿得没力气,女人饿得也没力气。石榴和姥爷在那个年代制造了十舅,已是十分了不起,更了不起的是石榴干瘪的乳房在十舅拼命的撕扯吮吸咀嚼中竟有涓涓细流不断地流出来。事实上石榴那时候乳房瘪得只剩两张皮,丑陋不堪,它居然养活了十舅,还把十舅养成了在所有的舅舅中长得最威武最强壮最气派的一个,十舅后来当了兵,娶了俩媳妇。

　　按说,石榴家的成分,十舅是当不了兵的。十舅长得气派,赶上十年动荡结束后恢复高考,十舅本打算参加高考,一场意外惊喜降临了,带兵的看上他,把他带部队去了。

　　十舅一米八三的个子,眉眼周正,皮肤黑点,穿上军装更显得威武气势,比白白净净的书生更招人喜爱。十舅在部队当的是勤务员,眼色活络,腿勤嘴严,服务周到,首长喜欢他，首长的女儿在见过他几面之后也喜欢上了他，首长女儿的喜欢带着一股子不管不顾的任性和决绝，带着一股子为爱情奋不顾身的专注和牺牲，两个人很快如胶似漆，十舅陶醉在美好的爱情里，在夜里做梦都笑醒好几次。开始，十舅也担心配不上，毕竟，是癞蛤蟆吃天鹅肉呢，爱情汹涌澎湃而来的时候，谁能拒绝得了呢，十舅湮没在那场汹涌澎湃的爱情里，他不知道他面临的是晴天霹雳，是万丈深渊。首长发怒了，首长骂十舅的那些话不堪入耳。所有能侮辱十舅的语言都用尽之后，首长不顾女儿以绝食相逼，一句话打发十舅提前转业回家了。如果首长那时候知道他女儿肚子里已埋了我十舅的种，没准十舅被就地正法也不是不可能的事。

那是一场撕心裂肺的爱情，那是一场在现实面前不堪一击的爱情。在最初的撕心裂肺痛过之后，十舅冷静下来，潜心复习考试，半年后被一所中等专科学校录取，毕业后分到马家寨镇医院工作。十舅回到家乡后十年未娶，期间，说媒的踏破石榴家的门槛，成串的姑娘跟在十舅身后献殷勤，十舅一概不为所动。石榴知道十舅心伤透了，劝他骂他，命里八尺，求不来一丈，草腿子的命，招不来娘娘。十舅不顶嘴不还嘴，却心思坚硬，石榴就说，人的命天注定，再不管十舅的婚事。十舅后来成婚没大办酒席，也没举行婚礼仪式，只两人办了结婚证，就过起了日子。在十舅这里，是曾经沧海难为水，除却巫山不是云；在十舅妈那里，是心甘情愿的跟随和陪伴，不计较场面，不计较一切。十舅妈是十舅的同事，一名护士，从见到十舅的那天起，就爱上十舅，爱十舅，爱到骨子里。食堂打饭，把肉把鸡蛋都拨到十舅碗里，十舅的衣服，洗好叠好收好，十舅的宿舍，收拾得一尘不染。面对一个女人无微不至的关心，十舅是懂女人的意思的，开始，十舅一再地说，我这辈子不打算结婚，别耽误你，好男人多得是。十舅妈只是说，你不结婚我也不结婚，能天天和你在一起就好，我愿意。十舅妈是一个性格温顺的女人，长得也标致，可在婚姻大事上，却主意坚定，认准了十舅，不顾父母家人的坚决反对，不顾外人的冷眼嘲讽，非十舅不嫁，非等十舅一辈子。一等就是八年，八年，最终，焐热了十舅这块石头，和十舅成了夫妻。在十舅十舅妈波澜不惊的婚姻里，我不知道爱情在不在。十舅妈一如既往地对十舅好，不让十舅染指一点家务事。在十舅那里，他和十舅妈吃饭睡觉，按部就班，婚后一年制造出一个漂亮女儿，一点程序没少，至于偷没偷懒，只有十舅妈知道。十舅妈不说，在别人眼里他们就是幸福的一对。也许，对十舅妈，是不公平的。十舅妈浑然不觉，她心甘情愿，自得其乐，别人还有什么好说的呢。

　　十舅结婚后的第六年，他出差，在火车上遇到了老战友。老战友一把抓住他说，你是毛豆吧？你还活着啊，以为你早见阎王了！把山东翻得底朝天了，就是找不到你！老首长死了，他老婆也死了，你那个女人带着儿子，一直在找你，一直一个人过！十舅堂堂七尺男儿，禁不住号啕大哭，全不顾一车厢人疑惑的目光。他的女人，还有，他的儿子！

十舅从战友的嘴里知道，老首长死于发现女儿怀孕后的一次心梗，首长老婆死于不久的一次车祸。他的女人精神一度失常，不能待在部队，后来转业到一家地方服装厂，服装厂不景气，女人带着儿子，这些年，靠着他那一帮战友轮流周济，艰难度日。都找他，可是，关于他的信息，作为一级战备秘密被老首长封锁封杀，后来和老首长一起进了棺材，那时候，能联系的只是一个地址，能做的只是顽强地写信，只知道我十舅是小山东，可是，在山东找一个人无异于大海捞针。他的战友给山东的各级政府写了好多的信，寻人，终归泥牛入海，杳无音讯。我十舅涕泪交流，悲喜交加。

十舅当即改变了行程，和战友一起奔向他的女人。是一个大杂院，两间低矮的平房，兼作裁缝铺，却收拾得干净。已是黄昏，女人从一堆衣服间抬起头，迎着十舅高大的身影音色平静地说，来了？十舅泣不成声，深深地给他的女人跪下了。嘿，怎么称呼呢，这个就称呼女兵舅妈吧，家里那个就叫护士舅妈。女兵舅妈朝里屋里喊，欢喜，出来，你爸来了。站在十舅面前的是一个十五六岁的小伙子，帅气，英俊，气宇轩昂，活脱脱一个少年的自己。十舅再次喜极而泣。

一个舅，两个舅妈，嘿嘿，有点意思。护士舅妈说，我不离婚，护士舅妈又说，你把她娘俩接来吧，人不能没良心。

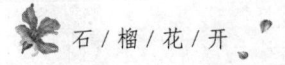

女兵舅妈说,我不在乎名分。

十舅把女兵舅妈和他们的孩子接过来,在城里买了房,安置下来。毕竟也不是值得炫耀的事,有人问起,十舅笑笑,不承认,也不否认。两个女人,一个高挑大方,一个秀气端庄,都是美人坯子,嘿,十舅,这是哪辈子修来的艳福。两个女人都是通情达理的女人,可再通情达理,这么样的一个关系,见面也会抹不开,别扭。十舅尽量不让她们见面,十舅不成文的安排是,周一到周五上班的日子在马家寨护士舅妈的家,周六周日回到城里女兵舅妈的家,后来成了约定俗成的规定。两个舅妈心照不宣,都不说啥,不给十舅出难题,不叫十舅作难。逢上节日,全凭十舅意愿安排,在哪里过都是十舅说了算。

两个舅妈第一次见面是在石榴家里,是在女兵舅妈接回来一个多月后的一天,那也是石榴第一次见她的女兵儿媳妇和她的孙子。是石榴安排的,只叫了十舅和两个舅妈和他们的孩子,没叫其他的舅和姨来。石榴包了水饺招待,有接纳我女兵舅妈的意思,有叫两个儿媳相认的意思。女兵舅妈大大方方地喊石榴妈,又拉过孩子喊奶奶,我相信石榴那一刻百感交集,她心里是激动高兴的,特别是眼前的大孙子喊她奶奶的时候,她拉着孩子的手不放,把孩子都弄得尴尬了。在一旁尴尬的还有我护士舅妈,护士舅妈生的是一个女儿,我相信护士舅妈那一刻心里是五味杂陈的,会难过,可是那天护士舅妈的表现实在是值得称道。她在石榴的安排下称呼女兵舅妈姐姐,叫得有些不自然,可也是面带笑容,女兵舅妈应了,又回了一声妹,生活的磨砺早已磨平了女兵舅妈的任性和骄傲。两个女人都有些局促,都有些抹不开。好在有石榴说话,石榴说,都是一家人了,以后凡事都相互担待些,不叫毛豆作难,不叫旁人看笑话。

十舅也有作难的时候,比如石榴的生日,比如中秋节和春节。不叫女兵舅妈过去怕冷落了女兵舅妈,去了怕护士舅妈尴尬,怕大家都尴尬,怕扫了大家的兴,说起来,还是女兵舅妈的身份有些尴尬。虽然她和十舅相好相爱在先,可是护士舅妈是和十舅领了证的,她没有。一般情况下,十舅不带女兵舅妈回家,除非春节,除非石榴的生日。即使带女兵舅妈回家,十舅也会尽量把时间错开,比如赶在石榴生日前一天,赶在年三十,带女兵舅妈单独回家给石榴拜年,给石榴祝寿。在内心里,十舅觉得欠女兵舅妈的太多,他不想女兵舅妈受委屈,他也觉得对不住护士舅妈。两个女人即使心有微词,可都没说出来,没摆在脸上。可是,用石榴的话说,过日子比树叶还稠,哪有勺子不碰锅沿的?也有摆在脸上的时候,也有闹的时候。前几年,女兵舅妈得了一场病,胃穿孔,住了县城医院,做了手术,护士舅妈虽然和别的舅和姨一起到医院探望了,尽了礼节,可在女兵舅妈出院十几天之后,十舅还天天住城里,就有些心里搁不住,觉得十舅心疼女兵舅妈多些,在意女兵舅妈多些,心里没自己,委屈,哭着给十舅提离婚。十舅知道不是真心闹离婚,是冷落她了。也有为孩子闹的时候,一碗水端平,难。唉,人说想一个月不省心,盖房子,想一辈子不省心,娶俩媳妇,艳羡十舅的,不知道十舅的难处。

十舅的两个媳妇石榴都喜欢,都知礼数,都孝顺。两个舅妈都是我尊敬的女人,想两人的处境,我常常设身处地地想,把我换作她们中的任何一个,我能做得到吗?

女兵舅妈现在开着一间裁缝铺,我常常去她那里,做衣服、聊天、翻新衣服。她的儿子已经结婚另过,十舅不来的时候,她一个人,常常非常诚恳地挽留我吃饭,说一个人吃饭没情绪,没胃口。看着她脸上爬满的皱纹,我常常会神思恍惚,想当年,多么风光傲气的首长女儿,多么飒爽英姿的女兵,如今,却落到这般地步。可是,哪般地步呢。一个中老年的小裁缝?一桩没有名分的婚姻?心里面,是为女兵舅妈叫屈的,命运无常,造化弄人。可是,觉得护士舅妈也委屈。有多宽广的胸怀,有多深厚的爱,能容得下另一个女人分享自己的男人呢。护士舅妈,去年退休在家,闲着无聊,又去了一家私人医院帮忙。她们两个,二十年共同的时光过去,如今,像姐妹,也像妯娌,相处基本和睦。只是,石榴偶尔会操闲心,会偷偷地对我说,你说,她俩死后,咋埋?谁左谁右?我笑话她,那你可不能先死,还等着你操心安排哩。石榴就嘎嘎地笑,死妮子,没大没小,要你姥娘活成千年王八万年龟不成!

石榴嘎嘎大笑着,笑得满院子的阳光像一地碎银子。

像父亲一样

最后说说三舅吧,大舅和二舅都是短命鬼,不知他们已托生为何物了,也不知托生在哪里了,不说他们了,说三舅吧。在所有的舅舅当中,三舅是陪石榴在龙门口居住时间最长的一个,直到和石榴一起搬离龙门口。三舅也是陪我成长时间最长的一个,在所有的舅舅中,三舅是最疼我最亲我的一个,在父爱缺失的童年,三舅用他宽广的胸怀温暖了我,护佑了我。不管是和舅和姨还是表姊妹表兄弟闹了矛盾,三舅都会不分青皂白袒护着我,有了好吃食,留着给我,赶集走亲戚,也总是带着我。

没了大舅二舅,三舅实际上就是家里的老大,特别是六〇年我姥爷饿死后,十五岁的三舅就成了家里的顶梁柱,为石榴分忧解难,真正应了那句"穷人家的孩子早当家"的话。姥爷没死之前,三舅已经好多次跟着姥爷走南闯北讨生活了。三舅一辈子做过的营生无数。走山西下煤窑,走东北下林场,走商丘洛阳临沂卖棉布卖鞭炮,到黄河故道割芦苇割蒲草编草鞋编筐编篮子，那时候，多远的路都是靠脚力，靠人力地排车。三舅养过蜜蜂，开过代销店，在那个特殊年代，三舅干过不少"投机倒把"的事。棉布和鞭炮都是石榴领着我舅我娘和姨夜里偷偷织的、做的，后来姥爷饿死了，三舅单枪匹马一个人，有时候也带上五舅。那时候出门也要通行证，所谓的通行证就是大队的介绍信，盖上大队的印章。谁敢给开介绍信呢，投机倒把的事，挨斗挨批的事。三舅跟姥爷识的字，我大点的舅和姨都跟我姥爷识的字，包括我娘大麦和小麦。我姥爷在家教他们读书识字，后来他们有的进了学校，没进学校的也多多少少都认识几个字，会背四书五经、千字文，会打算盘，会写自己的名字。我三舅后来没进学校，可是他模仿大队干部写的介绍信，自己用胡萝卜刻的印章居然一次次骗过了检查人员，畅通无阻，不能不感叹三舅的聪慧和胆识。为了生计，三舅也学会了造假。也有被发现的时候，六四年春节前，三舅带着五舅去临沂泗水卖鞭炮，两个人拉着一辆地排车，走到济宁时被拦下了，检查人员说介绍信和印章是假的，罚了款，还扣留了一部分货物。三舅只好带着五舅南辕北辙，绕道商丘，商丘是中原交通要道，人流量大，管理混乱，还真叫三舅五舅混过去了。可是去泗水的路上赶上下大雪，到了泗水已经是腊月二十八，比预计时间晚了五天，错过了卖鞭炮的好时候，鞭炮不好卖，随身带的盘缠也花光了，天寒地冻，带的馍馍冻成了石头，带的丸子下到锅里烂成一锅粥,三舅说,那次不仅没赚到钱,还把五舅命搭上了。便宜处理完鞭炮已经是腊月二十九晚上,往回赶时一不小心人和车子滑到山沟里,两个人费了九牛二虎之力把车子抬上了路,五舅摔断了一条腿,幸好三舅摔伤的是胳膊,来时赶车赶路还能两个人轮换着,回时五舅摔断了腿赶车赶路只能靠三舅一个人。到家时正赶上除夕夜,三舅的胳膊肿的像棒槌,棉袄被汗水浸透,结了冰溜碴子,冰溜碴子把三舅肿胀的胳膊划出了一道道血口子,棉袄粘着血肉脱不下来。五舅的棉裤也脱不下来了,五舅小腿骨折,一截白森森的骨头戳出来老长。石榴把三舅的棉袄五舅的棉裤用剪刀剪了,用酒给三舅的胳膊五舅的腿消了毒,三舅发了好多天的烧,可是总算是保住了一条命,五舅发烧,却没熬过来,死掉了。

  我最记得蜜蜂。蜜蜂养在龙门口石榴家院子里,记得最初只有两三箱,后来三舅不断培养蜂王,不断给它们分箱,不多久石榴家院子里就摆满了一排排的蜂箱,最多的时候有三十多箱吧。四月槐花香,黄河故道的槐树特别多,一树一树的槐花灿烂地开着,馥郁的芳香甜醉了人,更甜醉了辛勤的蜜蜂。蜜蜂欢欢喜喜地忙采蜜,三舅欢欢喜喜地忙收获,收获的喜悦溢满了一院子。我和小舅小姨跟在三舅身后看热闹。摇蜂蜜是在一只大缸里,普通家庭盛水的那种大缸,摇板是木制的,中间一根铁轴,三舅把蓄满蜂蜜的蜂巢板嵌进摇板里，旋转铁轴，蜂蜜四溢飞溅，顺着缸壁缓缓流下，聚得多了，三舅用勺子舀出，盛在一只大塑料桶里。这时候，三舅也格外大方，他对我们说，喝吧喝吧，能喝多少喝多少。谁能喝多少呢，甜死个人的蜂蜜！喝一口，嗓子就被呛得辣辣的，像被辣椒辣着一样，像被盐腌着一样，可是比辣椒辣着比盐腌着的感觉爽多了！嗓子就像被香甜堵住了，被香甜窒息了，那时候不知道有个词叫齁。我们掺了凉水喝，喝得肚子撑得鼓鼓的。石榴忙着用碗用小瓶子盛了蜂蜜送人。纯正的槐花蜜晶莹剔透，甘冽清香，掺了糖的蜂蜜颜色浑浊，少了自然的清香味。三舅卖蜂蜜从不掺糖。掺糖的蜂蜜也不是把糖熬了直接掺在蜂蜜里，是把糖放水里熬了糖水喂蜜蜂，蜜蜂吃肚子里再吐出来，吃的糖水多，蜂蜜自然就不纯了。北京的一家收购蜂王浆的，三舅不养蜜蜂好多年之后，依然和三舅书信来往着，他说，没有比三舅的蜂王浆更纯更真的了。

也记得三舅开的代销店，代销店开在石榴在马家寨的老院子里。代销店统一归着供销社管，一个大队只允许有一家，好多人眼红得很呢。三舅的机会是石榴接生接出来的。供销社主任家里有了五个闺女了，媳妇生第六胎是石榴给接的生，是个儿子，石榴送了大礼，二十个鸡蛋和二斤红糖。三舅在老院子里开代销店，石榴高兴得很呢。人光鲜了，家里老房子也有人住有人气了。老房子闲着招鬼祟，老房子是石榴的

/ 第三章　多子多福 /

一块心病呢。代销店开在沿街的一间房，三舅自己打造的木制货架上摆满了瓜子糖块和火柴，摆满了方格本子和橡皮铅笔。火柴二分钱一盒，本子五分钱一个，铅笔记不清了，橡皮有厚厚的香橡皮。烟有九分钱一盒的红灯，有一毛五一盒的卫河，有两毛钱一盒的梁山。酱油醋都是散装的，装在一个敞口塑料大桶里，来打酱油醋的都自己带着瓶子，也有端着碗来的。酒也多是散酒，瓶装的有山东老白干，一块多钱的样子，走亲戚相亲才用，算是奢侈高档的了。来喝酒的打一两二两，要五分一毛的花生豆，站在柜台前，和三舅拉着呱，说着闲话，小酒盅一扬，嗞一口，嗞一口，三口两口就下肚了。酒盅酒壶都是三舅用铝自己打造的，很粗糙，却耐用。三舅的工分是大队给的，三舅提货卖货按供销社规定是同样的价格，有百分之三的提成，提成的钱基本都交给大队买工分了。开代销店没有多少钱赚，但是呢，好处还是很多的。和供销社的人熟了，别人买不到的东西能买到。计划经济时代，布票粮票都是按人头分配的，粮油甚至白糖红糖都是按人头分配的。好多出嫁闺女娶儿媳妇生孩子的都求着石榴。三舅开代销店，带给我的还有意外惊喜。三舅去供销社提货，总带回来几只羊羔肉。羊羔肉不值钱，一毛两毛钱一只，五分钱一只也是有的，值钱的是羊羔皮，一张羊羔皮能卖到两三块。那时候，供销社收购小羊羔，为的就是卖羊羔皮，羊羔皮走外贸，行情俏得很。好多人家都嫌着羊羔不洁净,不吃,所以呢,那时候的羊羔肉几乎就是白送的。石榴把羊羔肉用开水焯了,撇去浮沫,用棉籽油煸过,放上一把红红的辣椒,再用足足的酱油炖了,那个鲜嫩过瘾,是现在好多饭店都做不来的。八十年代末,市场经济来了,三舅的代销店就渐渐淹没在市场经济的大潮里了。

因为投机倒把,三舅也没少挨斗。有时候他身上披挂着一身白布,有时候披挂着一身鞭炮,有时候是一串串毛翁子。和三舅一起挨斗游街的,有挂着羊头偷卖羊肉的刘骚虎,有脖子里挂着一串烧饼偷卖烧饼的大饼脸。有几次,几个光腚孩子一哄而上把大饼脸脖子里的烧饼都抢光了。

三舅吃的苦数不清。六六年三舅去山西做窑活,摔砖胚子,夏天,在一人多高的深沟里用铁锨往地上甩土,在大太阳下摔土胚子,累不说,那个热好多同去的人都受不了,汗流浃背,整个人都在汗水里泡着。在汗水里泡时间长了,三舅的眼睛因此落下了眼疾。白天不舍得耽误时间,做馍馍烧饭都是晚上烧一锅,有几次太困太乏了,人睡着了,烧炸了锅。就是在那年,三舅用自己挣的血汗钱,给六舅买了一套中山装,六舅耀武扬威,穿着它去串联,去北京天安门接受伟大领袖毛主席的接见。

三舅婚后的那年夏天,连着好多天下大雨,立秋以后黄河故道里的水还齐腰深,三舅划着船去故道里收高粱,东倒西歪的高粱棵子拌住了船,船翻了,三舅手里的镰刀砍到自己裤裆里，三舅失去了生育能力，三舅妈不久改了嫁。三舅一生无子嗣，视我为己出，三舅走南闯北挣血汗钱供我上学，不让我受一点委屈。后来，我和麦芽在城里办了幼儿园，我们把石榴和三舅接到身边，让他们安度晚年。三舅享年八十四岁，石榴死后三年，他无疾而终。

第四章 我和麦芽

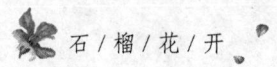

命运老人是一个爱开玩笑的促狭鬼吗？我不知道我的一生会和麦芽纠缠在一起。命运在我和麦芽之间生了那么多的是非，给了我那么多仇恨她的理由，我却没办法对她恨起来。那样一种隐忍在亲密和亲情里的仇恨，让我撕心裂肺，让我寒凉冷漠，也让我无法忘怀。我总在不经意间探寻着麦芽的消息和音讯，那个和我同病相怜的女人，那个比我还凄惨的女人，她，还好吗？

好吧，既然是命运老人的安排，我就坦然接受吧。说说石榴的子孙吧，说说麦芽吧，说说我和麦芽的故事吧。

子孙

石榴子女多，她的孙辈却不多。因为舅舅早亡得多，她的里孙尤其少。石榴里孙外孙加起来正好也是十九个，和她一个人生养的一样多。一个舅妈和两个姨一辈子都没开怀，不知道是地不好还是种不行。三舅失去生育能力，三舅妈改嫁；四舅妈死于难产，她的一个儿子是石榴养大的；九舅死后，九舅妈改嫁把唯一的儿子带走了；俩十舅妈一共生了三个；八舅妈最争气，一口气生了四个带把的；身为生产队长的六舅，家里生了四个闺女，他外面子女据说有七八个，但外面子女再多都是不能归宗认祖的，都是不作数的。六舅家的大闺女六岁时在黄河故道里淹死了，二闺女跟一个走街串巷的修鞋匠跑了，至今杳无音讯。四姨家的玉英十九岁时因为她娘逼着要彩礼，喝药死了。玉英姊妹三个，她是老大。订婚时玉英少要了一台洗衣机、一台电冰箱，四姨天天逼着她去婆家要回来，那天一大早四姨又骂着逼玉英去要洗衣机电冰箱，骂一些不堪入耳的话。玉英气不过，当着她娘的面拿起药瓶子喝下了半斤敌敌畏。

六姨出家了，进了老君庙。六姨男人死得早，她三十岁上男人肺结核死了。六姨寡妇熬儿，把两个儿子养大了，盖了房，娶了媳妇。二〇〇二年春天的时候，老君庙重建，占用六姨和她儿子家的宅基地，六姨和她两个儿子家的房屋全部要拆迁。她大儿子家房子盖得早，低矮，陈旧，赔偿少，大儿媳妇不愿意，要分老二家的房子赔偿钱，要分六姨的房子赔偿钱，天天闹，天天骂，把六姨用痰一口一口当街吐了。在大儿媳妇的撺掇下，大儿子和六姨签了一份协议书。

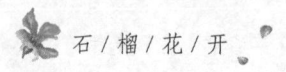

协议书

甲方：牛芝麻

乙方：林豆虫

经甲乙双方共同协商，达成如下协议：

牛芝麻和林豆虫属母子关系，因房产纠纷发生矛盾，林豆虫不再向牛芝麻索要房屋补偿款，林豆虫和牛芝麻断绝母子关系。此协议双方签字生效后，林豆虫对牛芝麻生不再养死不再葬。牛芝麻的一切家庭事务和林豆虫再无任何关系。

甲方：牛芝麻 乙方：林豆虫

二〇〇二年四月一日

悲剧还在后头。春节前，大儿媳曾由六姨出面担保，借二儿子家两万块钱，说好的临时急用，一个月之后还钱，半年之后却仍没还，一年之后也没还。二儿媳妇索要，大儿媳妇不还钱，红口白牙说她小叔子，六姨的二儿子，把她睡了，抵债了。还说，不叫他小叔子再拿两万块名誉损失费，就算便宜他了。性格暴烈的二儿子拿镰刀砍了性格懦弱的大儿子。大儿子成了残疾，二儿子也进了监狱。大儿媳带着孩子改嫁了，二儿媳带着孩子回了娘家。六姨万念俱灰，遁入老君庙，出家了，法号清心道人。石榴去老君庙上香，六姨施礼，道万福，只说，施主。

石榴家香火不旺，后继乏人，多平庸之辈，都说是气数叫石榴占尽啦，还说石榴家祖坟风水不好。姥爷死后在龙门口踩了新坟，埋在龙门口了。龙门口，是皇帝老儿待的地方，是龙子龙孙待的地方，平头老百姓压不住，压不住，气势就败了。

在石榴所有的孙辈中，我知道，我心里一直惦记着的是麦芽，也只有麦芽。麦芽，那个小麦和鲜花在麦秸垛旁造下的孽种，我同父异母的姊妹，那个姓了马姓却和马驹没有任何血缘关系的女人，那个毁了我男人毁了我家庭却又无辜的女人，最终，我们达成了和解。曾经，作为同父异母的大麦和小麦，我娘和她娘，是一对势不两立的情敌，冤家。

童年

我十岁左右的一个夏天，连着好多天老下雨，像黄河被扯起一头挂到天上了，从天上垂下来一道道水帘子。水天接处，马家寨像漂在汪洋中的一个摇摇摆摆的麦秸垛。马家寨平地水有二尺深，寨子里的土房子泡塌了好几处，还死了人。被房子倒塌砸死的，走路掉到坑里淹死的。黄河故道里的水都漫到二堤了，芦苇在水里没了踪影，蒲草棒子也没了踪影。河套里的玉米、谷子和高粱也都扎了水猛子。石榴说，赶上她来马家寨那年黄河决堤时的水势了。

石榴家所在的龙门口,像月亮湾里的一只船漂在水面上。石榴家底上两层的楼房,像一只鱼鹰孤傲地立在船头上。周围的庄稼都消失了,周围的树也都消失了,汪汪洋洋都是水,都是哗哗的水帘子。石榴家一层屋里灌了水,膝盖深。破衣裳烂棉袄在水里漂着,破袜子烂鞋在水里漂着,我和九姨十舅打水仗,把挂在屋梁上纺好的线锤子织好的老棉布泼得水淋淋的,石榴逮着啥是啥,逮着啥就朝我们头上砸过来。十舅会凫水,他四仰八叉躺在水面上,一会沉下去,一会浮上来,白肚皮像鱼肚皮一闪一闪的。九舅只会狗刨式,只会趴在水里手脚并用打扑棱,一不小心还会被十舅按在水里呛一肚子水。石榴扎了六个扫天娘娘挂在门头上。秫秸秆扎的身子,破布扎的头,芦苇缨子扎的扫帚,放在娘娘的臂弯里,娘娘在风里雨里不停地转着身子扫。石榴在屋檐下念念有词:"天皇皇,地皇皇,天上有个扫天娘。扫帚扫扫天,云彩躲到东南山。一早起来,呼啦晴天。"扫天娘娘累坏了,叫雨淋坏了,叫风刮坏了,石榴再扎,一连扎了四六二十四个扫天娘娘,才把雨水扫走了,把天扫晴了。

天晴了,坑塘里,故道里,月亮湾里,甚至平地里都有好多的鱼。月亮湾里、黄河故道里的鱼都翻了坑。小孩子高兴坏了,光了屁股和鱼一样在水里乱窜乱扑腾。好多好多从来没见过的鱼,大的,小的,长的,短的,扁的,圆的,撞到身上酥酥痒痒的,抓在手里抱在怀里又溜了。有些调皮的

/ 第四章　我和麦芽 /

小鱼还好奇地追着亲吻小孩子的小鸡鸡，小孩子兴奋得大呼小叫的。大人都挽了裤腿光了脚抓鱼，馍筐子粪箕子葫芦瓢都用上了，男人还把身上的裤子脱了，裤腿挽了结，敞开大裤腰，渔网一样的请鱼入裤，守裤待鱼。家家盆盆罐罐、缸里瓮里都是鱼。在黄河故道里，二扁担捞到一条三十多斤的大鲤鱼，四牤牛捞到一只十多斤的老鳖。都说老鳖灵性邪性哩，是真灵性邪性。四牤牛奶奶看着脸盆大的老鳖说，千年王八万年龟，这得是老鳖精了，可吃不得，赶紧放了。四牤牛没听奶奶话，他把老鳖头一刀剁了，炖了吃肉喝汤。他奶奶不吃不喝，他爹娘也不吃不喝，他和媳妇吃了喝了。吃肉喝汤的当夜，四牤牛和他媳妇都昂奋得很，俩人猫叫春一样叫了大半夜。第二天，四牤牛又去黄河故道捞鱼，想着再捞一只老鳖补身子呢，却被两只马鳖叮上了。马鳖不算啥稀罕，小时候，去河里水坑里，谁没叫柳叶一样不起眼的小马鳖叮过呢。马鳖叮了，也不是啥大不了的事。只是马鳖叮住了不能用手拽，用手越拽，它叮得越紧，用巴掌拍用鞋底拍，啪啪几下，它就缴械投降了。问题是，叮着四牤牛的两只马鳖似乎也成精了，它们叮着四牤牛小腿肚子死活不肯松口了。四牤牛把鞋底拍得啪啪响，左腿右腿轮着开弓，把鞋底子都给拍烂了，把两只小腿肚子都给拍得青红烂紫了，马鳖就是不下来，马鳖似乎抱定了一棵树上吊死的心。气急败坏的四牤牛把点燃的烟头对准了马鳖。马鳖烧焦的尸体散发着令人

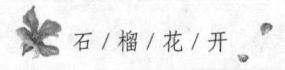

作呕的腥臭味，马鳖的头部却深扎在四牦牛小腿肚子里死活不肯出来，大有杀身成仁的意味。四牦牛的伤口溃烂脓肿，血流不止。四牦牛就觉得马鳖在他小腿肚子里这里拱一拱，那里拱一拱，像一只会游走的钉子在他皮肉里穿行。四牦牛后来两条小腿都用锯子锯掉了，他只能匍匐在地爬着了。四牦牛的媳妇长了一身一脸的鱼鳞癣，晴天还好过些，逢上阴天下雨，更是奇痒难忍。他奶奶一遍遍地将着小脚坐在地上哭，作孽呀，报应呀。

石榴家人多势众，家里晾衣绳上，柴草垛上，树枝上，都挂满了鱼。扒下的鱼鳞、鱼腮、鱼肚把一个一米见方的粪坑填满了，家里那只老猫吃到走不动。成疙瘩成堆的苍蝇被惊起的时候，嗡嗡嗡乱飞乱撞，我九姨张口打一个哈欠吞了四只苍蝇。石榴说，鱼放胳肢窝夹一夹就能吃，灶下一把火鱼就熟了。石榴煮了炖了，盛在土陶盆里任我们随意抓了吃。石榴把一种形同柳叶的小鱼腌了，挂绳子上晒干了，在鏊子上燣了，酥香酥香的。那个夏天，空气中到处飘浮着臭烘烘的鱼腥气，空气中游荡着成群结队的马蜂一样大的绿头苍蝇。就是那年夏天，抚养麦芽和她弟弟麦粒的老爷爷老奶奶都死了。先是老爷爷掉到水坑里淹死了，接着老奶奶吃鱼叫鱼刺卡死了。记不得老爷爷老奶奶的年岁了，留在我记忆里的是一对苍苍白发、温和慈祥、干净整洁的老人。

那一年，麦芽麦粒成了和我一样的孤儿。我不知道我们这样的算不算孤儿。麦芽麦粒和我共有的那个爹,那个叫鲜花的男人还活着,她们的娘小麦也活着。大麦死后,鲜花也没要小麦,鲜花和小麦没过到一起。鲜花怀里不缺女人,小麦在软磨硬缠死追烂打无果后,像一阵风一样远走高飞没了踪影。鲜花和小麦,在麦芽麦粒的童年里像风像空气。还不如风呢,风还经常在树梢头晃悠呢。有时候也能看见鲜花在街上晃悠,鲜花眼里只有女人,麦芽麦粒在鲜花眼里也是风是空气吧。我娘大麦死了,在姥娘家,石榴待我再亲,我还是有寄人篱下的感觉。老话说,外甥是姥娘家的狗,吃饱了就走。姥娘疼外甥,秋秋地里撵遛虫,我是石榴家的狗,吃饱了也无处可走。我无家可归。填饱肚子都困难的年代,多一张嘴,意味着什么,人人心里都明镜似的。

麦芽的老爷爷老奶奶死后,麦芽读到二年级,辍学了。麦芽从马家寨小学搬走了她的小板凳,那一年,麦芽八九岁吧。

麦芽

石榴没把麦芽和麦粒接到家里来。麦芽和麦粒讨饭也绕过石榴家的门。麦芽领着弟弟走村串巷要饭的时候,我碰到过她。麦芽胳膊弯里挎着个紫柳槐编的篮子,篮子比她胖,有她一半高,麦芽身后跟着哆哆嗦嗦的麦粒,麦粒扯着篮子。

远看分不清哪个是篮子，哪个是麦粒。碰到我的时候，麦芽会突然把脚下的一块土坷垃或者砖头瓦块踢老远，麦芽把头扭转了不看我，有时候看我一眼也是恨恨的。只有一回，麦芽对我笑了。冬天，放学路上我看见麦芽在雪窝子里捡人扔下的花生壳子和麦粒一起嚼着吃。麦芽满是冻疮的手，血肉模糊，肿得像气鼓鼓的癞蛤蟆。回到家我跟石榴哭着闹着要花生吃。我不依不饶，石榴走到哪，我拽着她衣襟跟到哪。石榴去茅房，我也不撒手。石榴打了我一巴掌。石榴说，这小妮子，魔怔了！石榴到底去村里代销点买了一把炒花生。夜里我枕着棉袄和花生睡。花生在我棉袄兜兜里。我忍不住掏出一颗舔了，真香啊！花生的香气装满了一肚子。第二天起得早，我等在麦芽麦粒家拐弯的路口。等了半天没等着，我去上学了。听到放学铃声我第一个蹿出来，一路跑着到麦芽家拐弯的路口，滑倒了两次我也不在乎。一路上我把棉袄兜兜捂得紧紧的，把那些香喷喷的花生捂得紧紧的。手脚都冻得麻木了，终于等来了麦芽麦粒。我掏出捂得热乎乎的花生捧给麦芽，我说，给。麦芽看看我手里的花生，又怔怔地看我好半天。我说，给你的，我还有。她放下篮子，伸手接过了。我看见麦芽笑了！麦芽的笑脸像冬天的太阳，苍白，羞赧。我一路跑着，一路唱起了歌："公社是个常青藤，社员都是藤上的瓜……"我原来是那么在意麦芽笑的啊！

有一次放学路上看到麦芽麦粒被一只狗追得跑丢了鞋子，

/ 第四章 我和麦芽 /

麦粒的腿被狗咬着了,蹲在地上哇哇哭。我捡了鞋子递过去,麦芽抬头见是我,抹了泪,抓过鞋子又扔远了。回家我给石榴说了,石榴到狗主人家要了一根筷子,在锅底烧了,用筷子头上的灰给麦粒擦伤口。那次麦芽一旁冷冷站着没说话,也没管石榴叫姥娘。叫不叫姥娘,石榴隔三岔五,逢年过节都会叫我私下里给她们送吃穿。冬天,石榴领着我捉麻雀。黑夜里麻雀睡在挂到树杈上的干地瓜秧里面,用手电筒对着麻雀眼睛照,一伸手就能抓住了,有时候一只,有时候两只,捉了麻雀,石榴就领着我往麦芽家里走。石榴敲碎麻雀的脑袋,把热乎乎的脑浆涂在麦芽麦粒溃烂的冻疮上。石榴说,麻雀热脑浆能治冻疮。那年大年三十,我背了一书包黏面团子和菜包送过去,麦芽正在包饺子,玉米面掺多了,面和得硬,擀的面皮装一点儿馅就裂开了,胡萝卜馅子从裂开的面皮里钻出来,撒了一案板。我把黏面团子和菜包倒在案板上就走了,回来哭了一路,也不知道哭啥,就觉得自己和麦芽一样的。年夜饭我把自己的一碗饺子倒在书包里,想给麦芽送去,石榴没吱声,又从锅里捞了一笊篱倒进书包里,我一路抱着饺子大跑,跑到麦芽家出了一身汗。跑得急慌,进门时被挡元宝的挡门棍绊倒了,饺子撒了一地,没撒出去的在身下压成了烂乎乎的一坨。我哇哇大哭,觉得自己真没用啊。我和麦芽捡拾着沾满泥土的饺子,心疼着,用嘴吹着。我哭,麦芽哭,一旁的麦粒见我们哭,也跟着哭。

石/榴/花/开

我

我师范毕业第二年结的婚,男人是我师范同学,也是我从小学到初中的同学。我们一同进了县城读重点初中,后被同一所师范学校录取,毕业后又一起分配到城郊小学任教。只教了一年课,他就考取了行政编制,调到城关镇政府上班了。婚后的生活平平淡淡,是波澜不惊的冗长,也吵也闹,都是无关大局的生活琐碎。就在我为生活的平淡叹息的时候,就在我觉得今日是昨日的叠加重复的时候,我的生活出其不意来了个大翻转,像是对我无事生非的绝妙讽刺。我的男人,出了事故,死了。事故现场,受重伤的女人是麦芽。

麦芽,我,我男人,我们是发小,一起穿开裆裤长大的。

我失去了男人。在失去男人的时候,我赫然发现麦芽袭击了我的生活。什么时候的事呢,怎么发生的呢,平静的生活下面掩藏着惊涛骇浪,生活悄然无息地孕育着的,有惊喜,也许,更有阴谋。

一个躺在太平间里的男人,一个躺在医院里昏迷不醒的女人。

死无对证。

在这个世界上,连最亲的人都不能信的时候,我不知道

/ 第四章 我和麦芽 /

我还能相信谁。

从马家寨小学毕业后,我考上了县城的重点中学,离家远,住校,每月带口粮的时候才能回家一次。口粮开始是每月缴四十斤麦子,后来改缴粮票了,我清楚地记得,那时候姥娘家里都是吃粗粮,红薯玉米是主粮,只在新麦下来时,只在逢年过节时,才能吃一顿掺了麦子面的花里虎窝窝。因为我每月必须要带走的四十斤麦子,我不知道石榴作了多少难,我不知道石榴要顶着多大压力供我上学,每月按时送到学校里的一大袋麦子里包含了多少白眼和仇恨。后来每月改缴三十斤粮票了,更麻烦,得先去马家寨公社粮所排队把粮食换成粮票,粮所的人不好说话,对粮食挑三拣四,还有数额限制,一个户口本一月兑换粮票不能超过二十五斤,石榴为此还得每月借别人家户口本给我兑换粮票。

我考取县城重点中学那年,是县城重点中学第一年面向农村招生,马家寨公社只考取了我们俩,之后好多年,我们俩都是马家寨公社的骄傲,是学弟学妹的榜样。后来成为我男人的那个小男生家境也不好,他家兄弟姊妹六个,父母也都是土里刨食。

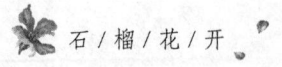 石/榴/花/开

麦芽嫁了个傻子

关于麦芽的好多事都是后来断断续续听说的。石榴从不和我说麦芽的事,就像不说大麦和小麦一样。石榴不说,我也不在她面前提起她。倒是姨、舅妈和一些表姊妹,在逢年过节相聚的时候,有意无意,总说起麦芽。

麦芽在她老爷爷老奶奶死后独自撑起了一个家。因为她家是地主,生产队也不照顾她。麦芽拉着麦粒走村串巷要饭吃。麦粒被狗咬了,感染了,成了瘸子。总有小孩子在身后怪声怪气拖着长腔喊,"石头硬,棉花软,瘸子天生腿儿短。柳条青,菜花黄,瘸子生来没有娘。""小公鸡挠草垛,没娘的孩子真难过。跟狗睡,狗咬他,跟猫睡,猫掐他。娶个花娘搂着他,花娘不疼他,又掐他,又咬他"。麦芽和大人一样出工,却连半个人的工分都记不上。麦粒病恹恹的,长大后也干不了重活,到了说媳妇的年龄,麦粒的婚事就像挂在树梢头的风和空气,没着没落。麦芽是和麦粒换的亲。那时候,家里穷,找不到媳妇的人家,家里有闺女,就拿闺女去给儿子换媳妇。有两家对换的,也有三家转着换的。麦芽长到十八岁的时候,已出落成一个端庄俊俏的女子。衣着朴素整洁,做事干净利落,家里地里活计没一样能难着她。媒婆

踏破门，给她介绍好多人家，麦芽都回绝了。开始麦芽说，她还小，后来麦芽就跟媒婆说，麦粒找不到媳妇她不嫁。麦粒哪里能找到媳妇呢，麦粒二十四岁还没有姑娘肯上门。在黄河故道，这个年龄，孩子都满地跑了，能拾柴禾搂草了。那时候家庭成分是关键，地主成分本就低人一等，何况麦粒没爹没娘，瘸着一条腿，还是个手无缚鸡之力的病秧子。麦芽哭了几个晚上，第二天自己去找的媒婆。说她愿意给麦粒换媳妇，要媒婆给找一户合适的人家。哪里会有合适的人家呢，合适的人家谁会走换亲这条路。不是缺爹少娘，就是缺胳膊少腿；不是缺吃少穿，就是缺心眼少管教的人家。不到走投无路，谁家爹娘舍得把闺女往火坑里推啊。

　　媒婆是个有良心的媒婆。媒婆跑了十家八家，跑了十里八村，还是不落忍。媒婆说，闺女，委屈你啦。麦芽铁了心，麦芽是有主见的人。媒婆破天荒没收一分钱的谢媒礼。麦芽婆家的，没收；麦芽家的，也没收。

　　是麦芽自己往火坑里跳的。嫁的是黄河故道南岸的一户人家，爹聋哑，娘呆傻，家里两个儿，大的叫七成，小的叫四成，有一个健全的闺女。麦芽嫁的是七成，麦粒娶了那家闺女。那闺女不聋不哑，模样不俊，也不丑，人不傻气，和麦粒年龄也相当。

　　麦芽和麦粒的婚礼是同一天进行的。出门之前，麦芽帮着麦粒把新房收拾干净了，给新房里添置了一床新被子，一

《麦芽出嫁》

　　小小子儿，坐门墩儿，哭着喊着要媳妇儿。要媳妇儿干啥？点灯，说话儿；吹灯，做伴儿；早上起来梳小辫儿。

对新枕头。新被子新枕头都是麦芽自己缝的,麦芽自己没要,留给麦粒屋里了。麦芽又赶集买了两个洗脸盆,两面镜子,两把梳子,两块香皂。一份给了麦粒屋里,一份是她自己的陪嫁。麦芽的陪嫁还有一只木箱子。木箱子是麦粒自己刨树自己用刨子刨板子打的,刷了洋红,刷了洋红也能看出毛糙和凹凸不平。一只木箱子,麦芽要给麦粒屋里留着,麦粒要给麦芽当嫁妆。麦粒跪下来哭着求他姐,麦芽收下了。

木箱子里面装着一个方形的红包袱,红包袱里包着洗脸盆,洗脸盆里面盛着一面镜子,一把梳子,一块香皂,那是麦芽全部的嫁妆了。

已经是相当的气派了。来接亲的两个男人用红麻绳绑住木箱子,用扁担抬着前面走,麦芽跟在来接亲的两个女人后面,走向了她看不见未来的新生活。

麦芽先出的门,走到男家村头停下来,等着媒婆差人通报麦粒媳妇那边进了村,麦芽才进了男家的门。

麦芽的男人比她大十岁,人高马大,是个只有七成心眼的二货。二货,却有的是力气,娶了如花似玉的麦芽,也知道心疼爱惜,不让麦芽干重活,不让麦芽受委屈,从老母鸡屁股里抠一只鸡蛋出来,也给麦芽煮了吃。七成在那事上也贪,有时候一夜要个三四回。麦芽在担惊受怕中怀了孕,怕是个二货呢,怕是个聋哑呢。怕,也没用,有种有地,该怀的时候还是怀上了。

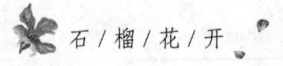

七成把麦芽看得也紧，男人多看麦芽一眼都会招来一顿骂，更别说和麦芽搭讪说话。村长一直眼馋着麦芽，有事没事总爱往七成家里钻。那天，麦芽和婆婆在厨房里做午饭，村长又来，婆婆傻，却知道村长坏，怯着，赔着笑，不敢说一句硬气话。

麦芽说，村长，你走吧，俺家七成不是好惹的。村长凑到麦芽跟前，说，他个二货，你跟他有啥意思！说着就动手动脚的，婆婆举着烧火棍，哇哇叫，却始终不敢打到村长身上。就在麦芽和村长撕扯的时候，七成回来了。七成奔屋里掂了切菜刀，一刀削下村长四根手指头。

七成为此坐了三年牢。七成进去的时候，麦芽怀着五个月的身孕，七成出来的时候，闺女已经满地跑了。

麦粒死了，麦芽男人也死了

七成后来又犯了事，犯了大事。七成把麦粒枪杀了，他自己最终也吃了枪子儿。

是春节前，七成从监狱出来一个月之后。

七成进监狱后，那个少了四根手指的村长更加肆无忌惮，他在田地里堵截麦芽，在麦芽家里当着她公婆的面调戏她，公婆连个屁都不敢放。麦芽揣一把剪刀在身上，麦芽说，你是村长，就算全村的女人你都能霸着，你也别想占我一点便宜，你碰我我就捅死你，捅不死你我就死到你家正当门！村长在多次纠缠麦芽未果之后，早已恨不得把麦芽撕碎了。眼见着七成回来了，那天晚上，村长把七成请到家里喝酒，不计前嫌的样子，酒桌上有意无意说起麦芽找野男人的事。那夜里，热闹了，你女人叫得那个浪，浪得一庄寨男人都像发情的狗，浪得一庄寨的狗都叫汪汪。七成像一枚炮仗被点着，炸雷一样摔了酒瓶子，旋风一样回了家。

腊八祭灶，新年来到。小闺女要花，小小子要炮。进了腊月，过了腊八，年来了。腊月二十，是个难得的好晴天。连着阴冷了好多天之后，太阳像个好脾气的老婆婆，终于露出了笑脸。连着刮了好多天的北风，也累了，歇脚了。那天，麦粒家里杀了猪，宰了羊。猪是一头三百多斤的大肥猪呢。麦粒身子骨弱，脑子却不笨，干不了重活，就琢磨着在家里养猪养羊，沤肥搂柴禾积攒工分。麦粒媳妇也伶俐，能干，肯吃苦，生下一对双胞胎儿女后，两口子心劲更大了。麦粒和媳妇去故道里打了芦苇和蒲草，黑夜里在家编筐编篮子编草鞋，逢着集市，偷偷去卖了。麦粒家的猪是春天从麦芽家里逮的小猪崽。麦芽养的一头老母猪，一窝下了十二头崽，六公六母，麦粒逮了一头公的。麦粒和媳妇都上心，从故道里打了猪草羊草，剁细碎了，汤水也喂足了，猪壮得很，羊也肥得很。老话说得在理儿，寸草铡三刀，料少也上膘呢。

麦粒家里养着四只羊,一只老母羊,两只半大羊羔,一只羯子,过年狠下心把羯子宰了,剥下皮不算下水有二十多斤,和姐姐两家过年,也够了。

好多人家早都跟麦粒打过招呼了。二大爷说,麦粒,过年把猪头给咱留着;三大爷说,麦粒,过年给咱称十斤五花肉;四大爷说,麦粒,过年当紧给咱留着猪后腿,你二愣兄弟,走新客,要送年礼;五大娘找到家里说,麦粒,你这猪,杀了给大娘留半扇子,你抓钩兄弟,娶媳妇拉大桌,都指望你这头猪啦!麦粒喜滋滋的,一一应着,二大爷三大爷四大爷五大娘,您放心,俺记下啦。麦粒喜的,是赊姐家小猪崽的钱有了,过年置办年货的钱有了。得买一盘一百头的鞭炮,得给媳妇和孩子置办一身新衣裳,姐和小外甥女的,也不能少。

猪不想被杀,直着嗓子嚎,喊来一街筒子看热闹的大人和孩子。小孩子嚷嚷着抢猪蹄甲点油灯,大人忙着割猪肉。也有手头不宽裕的,先掂了肉走,钱赊着。猪尿泡麦粒没给自家小孩子,给他小外甥女留着了,猪蹄甲也给小外甥女留了一个大的。麦粒当然忘不了他姐。麦粒心里没有爹,没有娘,只有姐。是姐给了他命,给了他媳妇,给了他家。麦粒知道姐日子苦,心里苦。

傍晚的时候,麦粒骑着叮当作响的破自行车给他姐家送猪肉羊肉。一刀尚好的猪后臀,半只羊,用绳子绑在自行车后座上;一只吹圆的猪尿泡,挂在车把上,招一路狗跟在车

《杀白猪》

腊八祭灶,新年来到。小闺女要花,小小子要炮。

后叫汪汪。麦粒想着小外甥女看到猪尿泡的喜欢劲,先兀自笑了。麦粒心里美着呢。媳妇是会过日子的好媳妇,媳妇给他生了一对聪明伶俐的小儿女。姐夫从监狱出来了,姐的日子也不会恁苦了。好日子才刚刚开头呢!姐弟俩在灯影里说着话,等男人回来。姐弟俩的身影缠在一起,映在纸糊的窗户上。

等来的却是隔着窗户的一声枪响,麦粒应声倒在地上。枪是打兔子的猎枪,七成以前打兔子用的,藏在茅房的篱笆墙里,篱笆墙是用厚厚的芦苇捆扎的。

那个死掉的麦粒,我印象淡薄。小时候,他跟在麦芽身后,只是一个瘦骨伶仃、瘸腿、袖子永远被鼻涕擦得油光发亮的影子。和麦芽的交往在我到县城上中学之后就断了。她辍学之后的头两年,逢年过节石榴还叫我给她送吃穿,后来我不送了。不送的原因是有一次她把我堵在了她家大门外。我忘不了那一天的情景。那天,也是快过年了,石榴拿出一件和我一样的蓝底红花小棉袄,包在一个包袱里。石榴递给我个眼色没说话,没说话我也知道石榴的意思,我抱了包袱就往麦芽家里跑。路上积雪在脚下嘎吱嘎吱响,摔了几跤也没觉着疼,气喘吁吁跑到到麦芽家里,一把推开门,把包袱往麦芽怀里送。麦芽接过包袱看都没看,一下子就扔到了大门外,我没反应过来,还巴巴地跑过去捡包袱,麦芽这时候把大门关上了,麦芽关门时说的那句话到死我都忘不了。麦

第四章 我和麦芽

芽那句话几乎是喊出来的，她说，滚，不要你们可怜！我捡了包袱抱着哭了一路子，进大门就把包袱扔雪地上了，看见石榴我号啕大哭，我说人家不稀罕！说完我哭得更痛了。就是那次以后给麦芽把仇记下了，就是那次以后再不理麦芽了，石榴也不再叫我给她送东西。那时候，我不懂麦芽的那一份自卑和骄傲。等我能懂了，我从心里对麦芽多了一份敬重和疼爱。可是，敬重和疼爱都只在心里是一个温暖的瞬间。二十多年的时光，我们都有各自的路要走，我们都有各自的千头万绪，我们都有太多不能与人言说的酸甜苦辣。我们也都有足够的理由，时常想起一个人，念着一个人，不去主动联络的借口也有千万个。期间，听到她为麦粒委曲求全换亲的事，听到她男人被判了刑，她一个人带着孩子过，听到这些我也是难过的。难过，也只是一声声叹息。叹息过后，我在我的生活轨道上挣扎，快乐，或者不快乐着，我以为，我和麦芽是没有交集的。也许，我和麦芽，就一直是石榴家有着血缘关系上的两支河流，从同一个源头出发，各奔东西，越走越远，永远不会有交集。也正像我们无数童年伙伴一样，像我们无数青梅竹马的发小闺蜜一样，随着岁月的河流各奔东西，虽然彼此在一个小地方生活着，虽然彼此关注着，却彼此陌生着，冷漠着，我们成了最熟悉的陌生人。

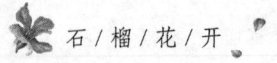石/榴/花/开

我男人死了

我男人出了车祸。车祸发生在黄河故道北堤,浮龙湖南岸。

男人骑的摩托车,栽倒沟里,车把折断了肋骨,肋骨扎破了心脏。一旁躺着昏迷的麦芽。

我男人叫林楠,用世俗的眼光来衡量,应该算是一个很优秀的男人。他性格沉稳,思路清晰敏捷,人长得也精神,在单位受领导赏识,在家也力所能及地做一些家务。结婚三年内不要孩子是我们共同的决定。林楠家庭情况也不好,父母都是面朝黄土背朝天的农民,他兄弟姊妹六个,他是老大,弟弟妹妹都上学,林楠的工资每月要给他弟弟妹妹缴学费,还要缴我们的房租,婚后的生活捉襟见肘。林楠常常为此觉得对不起我,也有跟他闹的时候,可是,再闹,也是无伤大局的鸡零狗碎。那个年代,物质相对匮乏,婚姻家庭却相对牢固得多。就在我停止使用避孕药的第三个月,就在我们决定要孩子的时候,我男人却没了。按说,林楠不是一个张狂的男人,不是一个心里没数的男人。我想得脑仁子疼,想得头疼欲裂,也想不明白我男人怎么会骑车载着麦芽,出现在浮龙湖南岸的那段路。麦芽的家,在黄河故道南岸,从县城去她家,走不着那条路。而林楠,那天下午只是说,老家有

第四章 我和麦芽

事，下班后要回去一趟。

林楠和麦芽怎么走到一起了？什么时候的事？其间发生什么了呀？

大麦，小麦。我娘，麦芽的娘。这么些年，大家彼此心照不宣地避讳着大麦，也避讳着小麦，大麦小麦像不祥之物，像巫婆的魔咒，成了我们家的隐晦。娘死时我三岁多一点，本没有记忆，一点可怜的记忆就是娘水淋淋躺在大堤上，我一岁多的弟弟咬着娘的咪咪撕扯着，扯老长。我们不知道娘死了，不知道死是怎么一回事。

我浑身战栗着。看见了水淋淋的大麦披头散发，踉踉跄跄向我走来。大麦幽怨地看着我。大麦是怨我心肠太软吗？大麦是怨我小时候怜惜麦芽吗？大麦，小麦；我，麦芽，今天是昨天的重复吗？我和麦芽，在重复着大麦小麦的故事吗？命运是一个爱捉弄人的促狭鬼吗？命运就是这样循环往复着来来去去的吧。

那些个黑暗的日日夜夜，我被痛苦灼烧，被仇恨灼烧。我陷在一条黑暗的隧道里，甚至忘记了失去男人的痛苦，每一寸肌肤都燃烧着被欺骗被蒙蔽的仇恨，头脑沿着深渊般的疑虑，失去理智。我一次次走进医院的大门，走到麦芽的病床前，看着那个在病床上昏睡的女人，看着那个睡得那么香甜的女人，我恨不得一把掐死她。她躺在那里，就像睡在一个深沉的梦里，睡得那么安详，对我的歇斯底里视而不见，

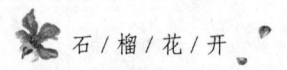

对整个世界的喧嚣视而不见，好像不是世界遗弃了她，而是她遗弃了整个世界。

我给麦芽交了住院费

记不得那是第几次去医院了，麦芽因为拖欠医药费，人被抬到院子里扔在地上。白花花的大太阳下，一条破旧的沾着脓血的床单覆盖着她，浓重的腥臭味吸引着成群结队的苍蝇在她脸上身上叮着。这个该死的女人死了？我的心里充斥着巨大的恐慌，我发疯般地找到主治医生，给她补足了住院费。我不要她死！我要她活过来！我要她还我一个事实真相！哈哈，疯子的逻辑！疯子也好，傻子也罢，那是因为你没有陷在一个谜团里，活在一个不知是阴谋还是阳谋的谜团里的痛苦才是生不如死的痛苦，活在深渊里的恐惧足以把人逼成一个疯子。

正是我的疯狂举动救了麦芽。一个月后再去医院时被告知她恢复知觉了，出院了。哈哈！我的泪水就那么如决堤的黄河水肆意奔流。男人死后这么久，我的心像一条干涸的枯井，我不知道这个男人值不值得我付出眼泪。麦芽活着，接近事实真相的希望就存在着。我的眼泪为即将到来的，有可能到来的事实真相而狼奔豕突。

就算是事实真相

麦芽在那年的秋天来到我家里。她面色苍白，衣着素净，身板单薄得像一把芦苇，经不起一股风，她家的四成用地排车送她来的。

我把麦芽领进屋，把四成留在院子里待着，我好像还拿了吃食丢给他。做这一切的时候，我的内心发着抖。我外强中干，色厉内荏。表面有多镇静，内心就有多恐慌。慌慌张张的样子，像一个溺水的人，把眼前出现的一切当作救命稻草，拼命去抓，又恐惧着它是一个更大的陷阱。麦芽出院后我没去找过她。冥冥之中，我知道麦芽会来，麦芽一定会来。我知道我等这一天等得太久了，我知道自己一直在等这一刻。这一刻，我似乎等了一辈子。这一刻，也只有孤注一掷。这一刻，终于到来了。对于即将呈现的事实真相，我的整个身子和灵魂都是战栗的。我激动着，战栗着，也恐惧着。有多少盼，就有多少怕，有多少迎接，就有多少抗拒。

麦芽说，那天，是麦粒百天祭日，她给麦粒送纸钱，给麦粒说她姐夫抵命的事。她男人一周前执行枪决了。她去大沙河林场领的尸首，领了，拉到火葬场烧了。麦芽婆家距马家寨二十多里路，她午饭后从家里一步一步走来的。给麦粒上了坟,往回赶时,没了力气,走到浮龙湖人虚晃得像一截打着摆子的木头。

麦芽在浮龙湖南岸遇到了我男人。她坐上车后座,还没坐牢靠,迎面来了一辆飞驰的摩托车,灯亮得刺眼。我男人的车一头扎进路边的深沟里。

我愿意相信麦芽说的每句话都是真的,我愿意相信我男人的确拥有那么一副菩萨心肠。笼罩在头顶的黑色谜团,盘桓在心底的黑色梦魇,羁绊在脑海里的深仇大恨,瞬间土崩瓦解。天空澄明,秋高气爽,我心宁静。我心里甚至涌起那么多的欢喜、庆幸和感激。我没有失去我的男人,我也没有失去记忆里的那个麦芽。爱情、友情和亲情都在,欺骗和背叛,都在我的生活之外。我该感激谁呢。

麦芽跪下给我磕了头。麦芽说,姐,那天我真是昏了头了,我忘了我是从麦粒坟上来的了,我忘记了我男人刚过头七,我身上是双重重孝,我害了姐夫。

我原谅麦芽了吗?原谅不原谅都没有意义,我男人死了,殁了。我不能说,没有麦芽,我男人死不了,没有麦芽,他也许会遭遇另一种意外,另一种死亡。就像石榴后来说的,阎王要你三更死,你就活不到五更天。只是,我男人的死,是和麦芽的死结。麦芽是我男人生命的终结者。麦芽,也总和我男人一起,被人相提并论着,被人唏嘘感叹着,被人暧昧着。无论如何,这都不是我想要听到想要遇见的。我想要的是遗忘,是逃遁。麦芽是我命中的讨债鬼,是不祥之物,无论如何,我都不想再见到麦芽,无论如何,我都不想再和麦芽有着遇见。我甚至想,我小时候在石榴那里受的恩宠,我用我的男人还给麦芽了!我逃避着麦芽,逃避着我生命的伤口。我在黑夜里怀想着我的男人,对麦芽,咬牙切齿,对命运,咬牙切齿。我的泪水像流不尽的黄河水,在黑夜里滔滔奔流。

麦芽又嫁了个傻子

我不见麦芽,却并不能阻止关于麦芽的消息传到我的耳朵里。消息照例是我那些姨、舅妈和表姊妹散布的,是大风摇着树枝刮过来的。

七成死后,麦芽和四成结婚了。是麦芽自己主动的。

七成死后的半年里,麦芽的公婆一个瘫痪,一个疯了。公公半身不遂瘫在床上,婆婆成了疯子。公公躺在床上要吃喝,婆婆满村街乱窜,不记得家,不认得人。婆婆喊麦芽喊娘,婆婆把屎尿糊弄到锅里碗里。麦芽从田地里回来,婆婆手舞足蹈,扯着麦芽衣角把麦芽拉到厨屋,指着锅里的屎尿说,娘,我给你把饭做好啦。

小闺女却精神。闺女四岁多了,模样随了麦芽,灵性也随了麦芽。给躺在床上的爷爷端饭端屎尿，扯着不记家的奶奶衣角回家。有时候，她也会使唤四成，四成，给你爹端饭；四成，给你爹拉巴巴；四成，给你娘烧锅。小闺女口齿伶俐，看四成笨手笨脚，看四成屁颠屁颠，小闺女在一旁眯眯笑。她把四成和她摆在一个辈分上，要四成也管麦芽喊娘。麦芽指着四成说，喊叔，小闺女不喊，小闺女喊，四成，傻子！傻子，四成！小闺女淘得像个小小子，小闺女鬼点子多着呢。

　　四成知道管麦芽叫嫂子。麦芽进他家门时他娘让他这么叫的。四成还知道麦芽是七成的媳妇，七成给他说的。七成说，四成，麦芽是我媳妇，我不在的时候你帮我看着，别叫坏人欺负她。有一次村长来家摸麦芽，七成不在，四成在，四成抓起耙子把村长打跑了。四成还知道麦芽干净好看，比村上的女人都干净好看。四成知道饿了吃饭困了睡觉，四成也知道热凉冷暖。要说，四成长得不难看，一张脸，鼻子是鼻子，眼是眼，眼还是双眼皮，大眼睛，可是，四成大舌头，脑子里缺的东西，都在脸上挂着了。四成不听爹娘的话，麦芽的话，四成句句听。爹娘说，四成，锄地去，四成抓了锄头扔远了，或者去了地里一门心思把禾苗砍掉了；麦芽说，四成，走，锄地去。麦芽给四成兜里装一把炒黄豆，麦芽给四成在一旁做样子，完了，麦芽再去干别的活。四成屁颠屁颠的，干得欢，也不出差错，不干到日头偏西南，不歇晌回来吃饭。娘做饭，四成不烧火；麦芽进厨屋，四成就自己坐到灶窝里去了。

四成像麦芽的儿子。一家人都像麦芽的儿子，孙子。儿子孙子都管不了麦芽改嫁。麦芽嫁不嫁四成，是她自己说了算。她自己嫁了四成。麦芽改嫁不改嫁，她自己说了算，她自己说了也不算。

还有一个人呢，她不是这家的人，也是这家的人。她是这家的闺女，麦粒的媳妇。

麦芽和另一个女人的博弈

没想到，麦粒表面上糠，种子却饱满壮实。麦粒送到媳妇肚子里的是两粒好种子。麦粒媳妇生的是双胞胎，还是龙凤胎。是一对机灵活泼、刚周岁就满地跑的小人儿。

麦粒媳妇不俊，也不丑，丑俊都是无关紧要的，紧要的是她给马家生了一对龙凤胎。一对活蹦乱跳的小儿女，一对口齿清晰伶俐的小儿女。麦芽想着那一对禾苗一样旺长的小儿女，心肠软软的，心里有了甜，脸上有了笑。麦芽心里说，老天爷，你还是给我回报了啊。

那天晚上，好大的月亮，一院子的好月光，一院子的杏香。院子里两棵杏树，是叫羊屎蛋儿的麦黄杏。个小，名字不好听，却好吃，甜，香，和麦子一个季节熟。公公婆婆的

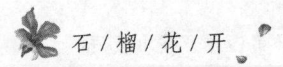

屎尿裤都洗好晾着了,床铺也收拾好了。婆婆吃了杏还要吃,麦芽吓唬她说,再吃,流鼻血,要死。婆婆摇头晃脑,不死不死。四成鼾声如雷,小闺女梦里笑得咯咯响。麦芽坐在杏树下。杏要熟了。麦子要熟了。空气里有杏香,有隐隐飘来的麦子香。

一辆地排车吱嘎吱嘎响着,响过飘着麦子香的田间小路,响过安静清凉的村街小巷,偶尔,会有一两只忠诚的老狗汪汪两声,也不碍事。吱嘎吱嘎的小车一路响着,响到飘着杏香的院子,不响了,停下了。

摘了杏吃,说,真甜。再摘了杏吃,又说,真甜。

一双小儿女,小猫小狗一样,在车上,在暖暖的被子下,露着圆圆的小脑袋,睡得香甜。

睡了?

睡了。

睡得真香。忍不住用手摸了摸孩子温热的小脸。

猪还好?

还好。

下崽了?

没呢。

麦子还好?

好啥,轻得像小小虫舌头(小小虫,俗语,小麻雀)。

这旱天。

旱，人都要旱死。

婆婆醒了。听到说话声了，还是尿憋醒了？起来，走到院子里，绕着闺女看，看了又看，说，大妹子来了？绕着地排车看，看了又看，说，谁家娃娃，睡着啦。用手摸摸娃娃脸，走到杏树下，撒泡尿，摘了杏吃，嘟嘟囔囔，回屋睡了。

都叹口气，低下头，没话。

没话也得说。

羊老贵呢。

老贵。

二罐家的，一窝子羊，八只，墙被掏了窟窿，一窝端了。二罐爹的头，还砸伤了。

得看好。贼多。

是多。

得看好。

看好。

二罐娘，心疼羊，一口气气上不来，走了。

不怕，有狗。

狗也偷。

给狗下药。

朱肘子家的，狗药死了，羊偷走了。

五只。五只羊，都偷走了。

再无话。

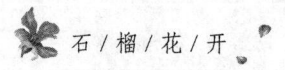

再无话也得说。

不说，干啥来了？

猪，羊，狗，麦子，都没用。

得说。不能不说。

说了。

咱打开天窗说亮话！这家，你在，我就在；你前脚走，我后脚走！

终于说了。说了痛快。

哪个嚼蛆的说话不怕闪舌头呢。麦芽想起，也就找了那个农业技术员两回。

麦芽打算种芦笋。村里这两年有种芦笋的，卖了好价钱。

寡妇门前，是非真多！

何况，是才三十岁，水嫩嫩的小寡妇。

想吗？想呢。咋不想？咋会不想？咋能不想？

想有啥用？麦芽是这一家子的娘，麦芽是这一家子的天和地。麦芽还背负着另一个家族的债。马家的债。麦粒死了，麦粒不能白死。马家不能断后，马家不能无后。她跳进火坑，跳都跳了，她还跑啥？

命，都是命啊。

两个女人，呜呜咽咽，抱头哭着。

哭吧，哭吧！哭出来就好了！把委屈哭出来，把伤心哭出来，把对命运的不甘心哭出来。憋在心里，生生是要把人憋死的。

男人前后脚地吃了枪子，她们心里怨着，恨着。怨天，怨地，恨天，恨地，好像也彼此怨着，恨着。

按说，误伤麦粒性命，七成不该死罪的。但是，七成有前科啊，是二进宫啊。

命啊，命啊。人的命，天注定。认命吧！

生活是要继续的，生命是要继续的。

临走摘了一篮子杏。

这两个小瞌睡虫，睡得真香！回去吃吧。

亮汪汪的月光照着路，杏香了一路子，麦香了一路子。

村长是不来找麦芽了，村长是怕着七成的鬼魂吧。再说啦，村长啥时候缺过女人呢，村长又不缺女人。村长不来，还有别的男人会来，来想好事。假惺惺地没话找话，没活找活，或者直接赤裸裸，说话不老实，手脚不老实。

麦芽不胜其烦。

麦芽不久嫁给了四成。

没贴喜字，没摆喜宴，可是，办了证，放了一挂鞭炮。办了证，放了鞭炮，仪式就有了，意思也就有了。只请了拉着地排车的女人，和车上的一双小儿女来喝了喜酒，瘫子爹和疯子娘都安排在了上首，瘫子和疯子那天都安分，都只顾嘿嘿傻笑，一双小儿女和那个年龄相仿的小闺女，像几只叫喳喳的花喜鹊，东蹿西跑，吃得开心，玩得也开心。

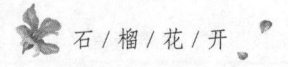

都关心着呢，都好奇着呢。麦芽看见了那些穿梭在空气中的幸灾乐祸，听见了那些黑夜里的窃窃私语和叹息。

傻子会做那事吗？

会的。可是，傻子毕竟是傻子，要哄着引着。

那些个暧昧的好意歹意，麦芽全不管。

七成在的时候，有一个夜晚，做得高兴了，七成大喊大叫。麦芽听到门响，听到滞重的脚步，听见窗外急促的喘息，看见窗外呆头呆脑的身影。

开始，麦芽也是怕的，不晓得四成床上会是啥动静。

结婚当晚，四成给麦芽烧了洗脚水。麦芽坐在床沿，自己不洗，把一双脚伸给了四成。四成抱着，抱在怀里，手是抖的，整个人都是抖的。

麦芽把四成的手按在怀里。麦芽把四成的头按在怀里。四成哆嗦得不成样子。

麦芽的眼泪湿了大半个枕头。麦芽呜呜地哭，麦芽号啕地哭。

日期是麦芽千遍万遍计算好的。不能生一个傻子出来，不能生一个傻子出来啊！

麦芽记起和七成做那事时的胆战心惊和孤注一掷。麦芽太想要一个孩子了，麦芽太想做一个母亲了。麦芽盼着苦日子里的一束光。即便不是光，是雷电，是诅咒，该来的也来吧。生命里已经有那么多的苦难，再来一个又能怎样呢？该来的都来吧！她麦芽是不怕的！

　　从嫁给七成的那天起，从决定要孩子的那一刻起，麦芽就和命运赌上了，麦芽决定赌一把。她要生一个孩子。麦芽为此一次次去了老君庙，麦芽虔诚地磕头烧香，求着送子娘娘给她一个身心健康心智健全的孩子。麦芽又是怕的。和七成一起的夜晚，麦芽心惊肉跳，麦芽甚至是恐惧的。从怀上身孕的那一刻起，麦芽心里有多少希望，就有多少恐惧。及至孩子生下来的那一刻，看着不缺胳膊少腿的闺女，麦芽喜极而泣。及至闺女蹒跚学步，及至闺女牙牙学语，麦芽悬着的心才彻底放下。上天给了她一个身心和神智都正常的孩子。麦芽知足了。

　　按说，麦芽头胎生的是闺女，按政策她是可以生育二胎的。麦芽不敢贪心。老天爷已经对她格外开恩了。老天爷是可怜她吗？是补偿她吗？老天爷给了她一个身心健康，甚至比一般孩子都聪明伶俐的闺女。她够幸运了。她还要怎样呢？在这个世界上，拥有一个身心健康的闺女，她知足了。

　　麦芽再小心着计算生理周期，期间也是怀上过的。她不敢再心存侥幸，没有半点犹豫，就去做了人流。麦芽不久去乡镇计生办，主动申请上了吉尼斯节育环，彻底断绝了生孩子的念想。

　　都说麦芽疯了，傻了。当初，为了麦粒，嫁给七成，也

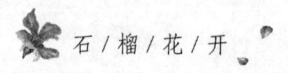

就罢了,竟然嫁给了四成!竟然又嫁给了四成!进了傻子家门,也傻了吧!脑袋进水了吧!脑袋叫驴踢了吧!

麦芽不管。从小,谁管过麦芽死活呢。长这么大,麦芽又在乎过谁的闲话呢。

没谁逼着麦芽,麦芽自己嫁的。

四成逢人嘿嘿笑。干活,使不完的力气。四成乖得更像麦芽的儿子了。叫他向东不向西,叫他撵狗不撵鸡。

我的生活一团糟

给石榴说我男人的死,没说麦芽的事,只说我男人出了车祸,死了。我在石榴怀里大哭了一场。我是那么想在石榴面前放肆地大哭一场,我就那么放肆地号啕大哭了。这个世界上,只有石榴这里是我能够放声大哭的地方。我号啕大哭的时候,对麦芽的仇恨把我的心脏都快撑破了。我也怨着石榴收留了小麦,怨着小麦生下了麦芽,怨着命运以这样一种方式疏离了亲情和亲人,以至于我们非要反目为仇,非要以仇人的面目相遇相见。

我的第二段婚姻维持了一年。是一个小心眼,斤斤计较的男人。说起来,也就是生活中的鸡零狗碎,可是,平民百姓的生活里,有多少惊天动地的大事呢,都是些鸡零狗碎的事。就是这些鸡零狗碎，有时候却会把生活抓挠得千疮百孔，会把人心抓挠得支离破碎。男人是离婚的，带一个三岁的男孩，那天，周末，男人不在家，我带孩子出去玩，孩子要玩具，我掏钱买了。晚饭，男人回来，我在厨房做饭，听见男人和孩子在客厅的对话：

你给阿姨要玩具，阿姨打你了没有？说实话，不怕。

我没要，阿姨给我买的。

胡说！你不闹，阿姨会给你买？阿姨打你哪儿了？给爸爸说，不怕。

一桩冷冰冰的婚姻，一桩没有信任的婚姻，有什么维持下去的必要呢。

有时候，就是觉得累，觉得孤独，寂寞，觉得满世界没有一个可以信任的人。女人永远是最好的泄密者，男人永远是下半身动物。说起来，后来形形色色的男人也出现在我的视线里，围绕在我的身边，他们无一不是单刀直入，目的明确。我与他们虚与委蛇，与他们逢场作戏，与他们喝酒，玩乐，但不上床。他们说，光敲梆子，不卖油啊！

寂寞如影相随，寂寞蚀骨。

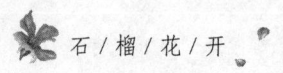

情人

曾经,与一个男人,好了很久,两年之久吧,如果不是发生了那件事,我也许会死心塌地跟他能多久就多久。他是校长,衣冠楚楚,对我也好,是自己觉得人家对我好呢。女人,总以为有感情,才有爱,才上床。

真他妈的笑话!

那天,一个学生,上课睡觉,走过去扯他耳朵,他挣扎,拧头,被圆规扎了,扎破了耳膜,耳穿孔,聋了。

惹祸了,出大事了。媒体来了,教育局来了。

校长雷霆大怒。校长气急败坏。

没长脑子啊你?脑袋进水了啊你?他睡觉你管他做什么?他睡觉碍你什么事了?你吃饱撑的?你讲课你管他睡觉做什么?你傻逼啊!

校长自然该发脾气。他受了处分。

我呢,两条路。私了,赔偿六万;公事公办,开除公职,赔偿两万。我开除公职,校长连带责任,要撤职,要官降一级。

别给脸不要脸!求爷爷告奶奶,才争取来的私了!赶紧找钱去!把老子折腾死了!把老子人丢尽了!

/ 第四章　我和麦芽 /

给的脸真不小。好歹，公职保住了。公职，令人仰慕令人垂涎三尺的铁饭碗，是我从小学到师范院校十多年的心血和汗水，是石榴的血汗钱换来的，是身份的象征，更是一份荣耀。

可是，六万块钱，哪里去找？

两万也没有，一万也没有。那时候，我工资每月六百三十五块八毛六，手头的积蓄有五千六百六十六块六。

差十万八千里呢。

校长说，不要指望老子借给你一分钱！你自己拉屎，害老子给你擦屁股，真他妈的倒霉我！

是那个在床上柔情蜜意叫心肝宝贝的男人吗？是那个在床上喊姑奶奶的孙子吗？

我想笑，笑不出来。贱货，你他妈的就是一个彻头彻尾的贱货！傻逼！一个没脑子，一个脑子叫驴踢的贱货！傻逼！我居然相信男人床上的柔情蜜意，我居然相信情人的甜言蜜语！我扇自己嘴巴子。我把嘴角的血抹了满脸，深夜里我看着镜子里那个面目狰狞的女人。一张鬼脸。怎么就把自己活得人不人鬼不鬼呢。

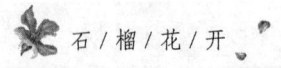

还债

家里能卖的都卖了。电视,洗衣机,录音机,自行车。石榴给我的陪嫁,找木匠打的立柜、条桌,也卖了。

倾家荡产,家徒四壁。凑够一万了。

借钱大概是一个人与世隔绝的最好方式吧?不借钱的时候觉得亲人亲,朋友多,张口借钱之后我才发现大家躲避逃离的速度惊人之快,仿佛我是一只携带着瘟疫的瘟神,是过街老鼠,大家唯恐避之不及。借钱也让我明白了借亲戚不如借朋友的道理。舅和姨一辈子都土里刨食,都到了看儿女脸色吃饭的年纪。舅和姨的儿女,我的表兄表弟们,表姐表妹们,有几个后来也做了不大不小的生意,是有能力借钱给我的。在我张口之后,他们回绝的速度之快,理由之拙劣,让我万箭穿心,让我无地自容。

同学,朋友,同事,那些熟悉的身影走马灯一样在脑子里奔腾辗转,我把那些熟悉的名字写在纸上,写了划,划了写。怕电话打过去从此失去,从此成为陌路。

那些个深渊里的日子,我把自己活成了一只摇尾乞怜的狗,一只没有尊严的猪。被拒绝被羞辱的刺痛慢慢变成了钝痛,黑夜里我舔舐着自己的伤口,已然没有了疼痛的感觉,有的，只是彻骨的寒凉。觉得自己掉进了冰窟里。阳光和空气都是虚伪的，那些个曾经温暖过我的笑容和身影，那些个我视若生命的亲情和友情，在金钱面前，是那么虚妄。它们是那么的虚弱，那么的不堪一击。彻骨的寒凉把身上每寸肌肤都冻住了，把身体里每块肌肉和骨骼都冻成了锋利的冰碴子，不能呼吸，没有呼吸，整个人像一具僵尸，像一具阳光下瑟瑟发抖的行尸走肉。

哪个才是真实的世界？浮相的温情，还是眼下的寒凉淡漠？爱情是经不起考验的，友情是经不起考验的，亲情是经不起考验的，人性是经不起考验的。金钱面前，那些个温情的表象都碎了一地。那些你知道有条件有能力帮你却找各种理由搪塞的人，那些个见你遇难退避三舍的人，你知道曾经的亲情友情都回不去了，它们把你遗弃在了半道上。哲人说，你的每一份苦难都是一笔财富。我不要这份财富，我宁肯到死都生活在那个虚妄的美好世界里。

头发大把大把地脱落。开始，一片安眠药还能换来俩小时的睡眠，后来，三片四片药都不管用了。

是你自己把日子过瞎了，怨不着别人。我想起石榴埋怨大麦的那句话，心中充满自卑和羞愧。没有人该帮你。帮不帮你，都是别人的权利。没谁欠你。道理是懂的，何尝不懂呢。只是，没来由的，心伤，心痛，觉得失去了整个世界，觉得被整个世界遗弃。

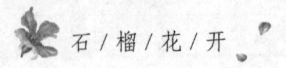

还是有人帮助了我。一笔一笔大小不等的数目我记在笔记本里,记在了心里。那是生命里的光,是溺水者的稻草,是烛照我一生的光芒。

一个朋友,主动送来了一千块;另一个朋友,在我开口的时候,没半点犹豫;两个平时来往不多的同事,默默送来了一笔体己钱。

亲人里面,三舅,送来了他一生的积蓄两千六百二十三块。三舅怕我想不开,三天两头来,来,没有空手的时候,十块二十块,我不知道那时三舅已经瞒着我,去给受伤的学生家长赔礼了,求情了,下跪了。

好久没去看望石榴。去看她时穿了鲜艳的衣服,脸上堆出笑模样。石榴翻箱倒柜拿出一个层层包裹的破布包,打开来,是一角两角一块两块的票子,还有几张五块十块的。石榴说,妮,我存了三百二十六块六毛六,给你,你给我存着。

麦芽来了

麦芽来的时候,她看我的表情,像活见鬼。她猛然间就放声大哭了。姐,姐!你咋变成这样了?

我变成咋样了?我憔悴得像黄河故道里的一把芦苇了。

麦芽第二天来,给我六千块;隔两天来,给我一万

第四章 我和麦芽

三千二百块。

隔五天来，又给我一万四千四百四十六块。

麦芽卖了猪，卖了羊，卖了鸡，卖了鸭，连一窝猪崽也卖了，连两只羊羔也卖了；麦芽种芦笋积攒了一些钱；农闲季节，或者无数个有月亮没月亮的夜晚，麦芽用芦苇编席子，用蒲草编筐子编篮子，卖了一些钱。黄河故道里，芦苇和蒲草，铺天盖地，苍苍茫茫。

麦芽转手贱卖了刚刚承包了两年、刚刚挂果的石榴园。

麦芽为了我，和我一样，变得倾家荡产，家徒四壁。

麦芽说，姐，咱不怕，没有过不去的坎。

麦芽还给那个技术员借了一万块。

麦芽攒钱原准备盖房的。麦芽说，房子不当紧，啥都不当紧，姐当紧，人当紧。

六万，天大的一个窟窿呢。天大的窟窿，麦芽帮我堵上了。

麦芽说，姐，也怪了，连着几夜都梦到你。麦芽没说梦到我干啥，我知道一定是不好的征兆催着她来见我。和麦芽最后一面是她出院之后四成拉着她来我家那次，那次她给我跪下了。五六年前的事了。遥远如梦。之后我和麦芽再没有交集。是我躲着，逃避着。我知道我心里没有放下对麦芽的怨和恨。那些个深渊一样的黑夜里，想遍了世界上所有的人，即便想到黄河倒流，我也不会想到麦芽能借钱给我。我更不会想到，麦芽为了我，倾家荡产，举洪荒之力。麦芽嫁四成

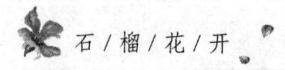

的消息被风挂在了树梢头,麦芽寻找疯婆婆的脚步踏遍黄河故道的角角落落,麦芽的遭遇在黄河故道的暗夜里被叹息成一声声呻吟。

后来麦芽说,啥都不心疼,就心疼那十亩石榴园。石榴正挂果呢,压弯了枝头。麦芽说,石榴花开红艳艳,喜庆;结果像孩子脸,喜庆。苦日子难日子里看到石榴开花结果,觉得再苦再难的日子都有盼头,都能熬出来。我们办起了学校之后,我和麦芽在黄河故道种植了百亩石榴园,麦芽圆了石榴梦,这自是后话了。聘请的还是那个技术员。曾经,技术员那么热烈而执着地追求着麦芽,等着麦芽嫁给他。技术员媳妇因病死了,技术员说,麦芽,咱俩结婚,我会对你好,会对孩子好,我把你带到城里去。麦芽没答应。麦芽在嫁给四成之前,是有无数个不眠之夜的辗转反侧的。麦芽知道技术员对她的好。麦芽太想了,因为太想,麦芽又不敢想。技术员的人才地位,不要说她一个丧夫的寡妇,就是黄花大闺女,也是会有非分之想的。村长家二十岁的黄花大闺女,上赶着求媒人说亲呢,技术员愣是不往心里放。技术员说,麦芽,我就看中你了,我等你嫁给我。却没等着。等着麦芽嫁给四成的那一天,技术员的心刀子扎一样疼了好多天。技术员说,你何苦作践自己呢,你以为你是救世主吗?麦芽的心里有血更有泪。瘫子疯子傻子,没了她,这个家就没了家的样子了。还有马家,她的娘家,她嫁人拍屁股走了,马家就家破人亡了,当初她跳火坑就是为了给马家留住血脉留住根啊。技术员十多年之后才结的婚,技术员一如既往地对麦芽好,一如既往地尽一切力量帮着麦芽。

麦芽公公死了,婆婆也死了。死了好,死了麦芽解脱了。

四成有时候也不傻,麦芽说,傻子也知道那事好,也贪。想了知道装孙子,喊她娘。

闺女一天天长大了。闺女鬼精灵。闺女逗四成,给咱娘洗脚;给咱娘烧火;给咱娘捶背。四成巴不得呢,屁颠屁颠的。到底是舌头大,呜呜哇哇的,没一句完整话,没一句清亮话。

麦芽看着一大一小,一老一少,也叹气,也咧嘴笑。

麦芽的闺女叫桐桐,桐桐是麦芽的心头肉,命根子,是麦芽生活里的阳光和雨露。桐桐甚至表现出比一般孩子都聪慧的调皮和乖巧,及至上学,全不用麦芽操心,桐桐轻轻松松就把功课搞定了,每门功课都全优,每学期都是三好学生。初中高中桐桐读的都是县重点,高中毕业桐桐顺利考上了名牌大学,专业是她喜欢的营养学。学业有成,事业有成的桐桐长大后成了著名营养师、调酒师,嫁给了一直苦苦追求她多年的大学同学,当地酒业老板的儿子。几年之后,桐桐在发现不思进取的丈夫有婚外情之后,毅然抛弃家族产业,走上独立创业的道路。她独自研发的"石榴花开"石榴果酒以及石榴系列产品远销国内外,石榴百岁寿辰上,喝的就是她研发的石榴果酒。当然,这也都是后话了。

我和麦芽

学校事故之后,我辞了职,和麦芽一起办了马家寨第一所全托幼儿园。我管教学,麦芽管生活,麦芽把生活管得稳稳妥妥。后来,随着生源不断增加,我们逐渐扩大了校园规模。再后来,我们在城里建了规模更大的私立幼儿园,我们在校园一角建了几间房,把石榴搬来住,后来,我们把石榴失散多年的一个哥哥,从台湾回来的舅爷也留下了,我们把三舅接过来,照顾他们的生活。我们在黄河故道有了自己的百亩石榴园。

有时候,我们躺在一起,说童年的事,说身边的事。麦芽说,姐,小时候,你帮我,姥娘帮我,我都记在心里。

小时候,我是帮麦芽吗?我是帮我自己哩。

和麦芽一起的日子,人忙碌,却不累。心绪简单,生活宁静。

我时常想起小时候大雪天被麦芽关在门外的场景,想起麦芽说过的那句"滚,不要你们可怜"的话,想起麦芽说那句话时脸上的决绝和倔强。

人,活着,得有精神。人,活着,谁都靠不上,得靠自己。

第五章 生命是一场生死轮回

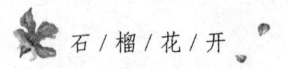

麦芽和石榴

麦芽和石榴最终达成了和解。

当年,在我发誓不给麦芽送东西之后,石榴只好自己把缝好的棉衣,包好的饺子送给麦芽。石榴也拿钱塞给她。只是,因为小麦,石榴没把麦芽和麦粒接到家里来。不能接的理由也许还有更多。麦芽和麦粒到了婚嫁的年龄,石榴一次次怀揣鸡蛋和香烟走进媒婆家门,却帮不了麦芽。听说麦芽要给麦粒换亲的事,石榴在一个夜晚走进了麦芽家里。麦芽说,她一辈子都不会忘记石榴那晚对她说过的话。

石榴:孩子,这些年,委屈你了。姥娘不能帮你,姥娘这心里也一直难受着。

石榴:孩子,一辈子不长,一辈子也不短,好日子不觉着长,苦日子可天黑到天明都是煎熬。跳进火坑,爬出来可难。这事,你可想仔细了啊。

《麦芽给石榴梳头》

奶奶疼孙子,葫芦里头攒金子;姥娘疼外甥,秫秫地里撵遛虫。

(遛虫,说的是小麻雀,也说小小虫。)

麦芽说，那晚她哭了一夜，她几乎就动摇了。天明的时候，她又心硬如铁了。她就是要跳火坑哩，她就是要拿自己不当回事哩，她就是要拿自己的命运赌气哩！可是，和谁赌气呢？麦芽说，那时候，真傻！

麦芽说，小时候不理解石榴的难处，心里嫉恨着石榴对我的好，觉得自己姥娘不疼舅舅不爱的，心里孤苦，心里长满了怨恨和自卑。

石榴晚年的时候，常常偷着跟我说，哎，没想到这辈子，还得着麦芽的济了！那多半是麦芽给她洗脚洗头擦身子，给她煮了她最爱喝的羊肉汤之后。

石榴还指着我说，麦芽做事可比你仔细，你看你，毛手毛脚，没轻没重。

麦芽和小麦

也就在麦芽出嫁麦粒娶媳妇那一年，小麦游离二十多年之后又回到了马家寨，像一阵风刮来的。是麦芽出嫁的前三天，小麦回到家，那个她和马驹曾经的家。

小麦：听说是个傻子呢，听说一家人都是傻子呢，还哑巴。你模样又不丑，你咋就给自己找个傻子呢，你傻呀？

麦芽：我愿意。

小麦：娘为你好呢，别不识好歹。

麦芽：管好你自己就行。

麦芽不肯和小麦多废半句口舌。

娘？麦芽当然知道她不是树上结的，也不是地里刨的，可是，娘，对于她，是多么生疏的东西。她不记得她有娘，在心里，她娘早死了。麦芽有时候甚至想，她娘要是真死了，多好，少丢人现眼了。麦芽忘不了小时候她领着麦粒要饭的日子，忘不了小孩子骂她的那些话：你娘不要脸，你娘是大破鞋！你娘不要脸，你娘跟野男人跑啦！你娘不要你们啦！

麦芽后来和她娘小麦关系一直都不好，不冷不热着，逢年过年也礼节性地去看她娘。麦芽说，心里没有了恨，也亲不起来。

小麦和儿子麦粒两口子也是水火不相容。小麦不自知呢，她还以为她是一家之主呢，她还以为她得说了算呢。麦粒不和她计较，麦粒媳妇却不尿她这一壶。麦粒媳妇嘴巴利索得很。那天，为鸡毛蒜皮两个人又开战。

小麦：这是老娘的家，由不得你这个小骚蹄子兴风作浪！

麦粒媳妇：你是谁的老娘？你儿子姓甚名谁？你男人姓甚名谁？你男人都被绿帽子压死了吧？

俩人厮打，小麦毕竟有年岁了，又一身肥膘，走路都喘，腿脚自然不利索，占不到便宜，就躺地上驴打滚，干嚎。唱戏练就的好嗓子，嚎得满庄寨的人都来看热闹。

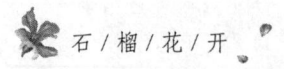

麦粒死后，小麦和麦粒媳妇天天干仗，待不下去，小麦不久嫁给了死了媳妇的老段。

老君庙

新建老君庙占地百亩，作为主体工程的老君庙内，老君殿、娘娘殿、财神殿、玉皇殿、龙王殿、观音殿、钟鼓楼等群殿高阁，壮丽巍峨。白石甬路，两边皆是苍松翠柏。石条几上设古铜鼎器、香炉烛台。各殿堂灯火辉煌，锦幛绣幕，雄壮伟岸。庙门巍然，红漆大门流光溢彩，横眉鎏金"老君庙"几个大字，左右门联一对，"道通天地有形外，思入风云变态中"。大门一条甬道通往殿前，由甬道而进，迎面一座二门。两边厢房罗列，二门也有联一副曰："百世流芳周柱史，千古传送人中龙"。走进老君殿，九间正殿，北临浮龙湖，坡陡势高拔地而起，居高临下，有临天下之感。大殿飞檐斗拱，重梁叠架，青砖碧瓦，淡雅肃正。殿脊二龙戏珠，脊兽嵯峨峥嵘，钢叉云燕直指碧空。殿角金铃迎风，玲珑清脆。正殿门联一副，飞龙走凤，潇潇洒洒，飘逸缱绻，乃嘉庆皇帝御笔亲题："一钩帘幕红尘远，半榻琴书宇宙长"。黑底金字，金光灿烂。殿内供老君金身坐像一尊，金童玉女分列两旁，老君像乃檀木雕刻，高可丈余。老君手执拂尘，秀目大耳，脑袋宽耸，白髯飘飘，慈眉善目，恍若真人。老君坐像左侧，老君坐骑板青牛，横卧一边，神态安然，栩栩如生，如梦如幻。

正殿东西各列六间配殿，供奉娘娘、财神、玉皇、龙王、观音等历朝得道成仙之祖。也有名联一副："厅前持杖看云起，松下烹茶待鹤归"。字体肃正端丽，乃清大学士礼部尚书刘墉题。

整座庙宇计有三重门、二阁楼(藏经楼)，大小殿堂三十余间。除此以外，左右前后又建有天爷庙，天地庙，玄帝庙，峨眉姑娘庙，火神庙和风神庙等十余所，三十多间，密密匝匝环绕老君庙周围，星罗棋布，参差磋砣，形成"一观多庙，庙庙相连"的高大雄伟的建筑群体。各庙中，从早到晚，红男绿女络绎不绝，摆香案供祭品，扬幡诵经，安然融洽，和谐优雅，一派太平盛世景象。老君庙作为浮龙湖生态旅游的一大亮点，吸引了黄河故道方圆几百里的善男信女前来朝奉。当然，也有一些地方官员前来朝拜，只是，他们来的时候，相对低调隐蔽，多在暮色四合的夜晚。遁入道门的六姨，道号清心，面对一批又一批蜂拥而至的香客，她是越发地忙了。

石榴

重塑老君爷金身时，石榴把失传于民间多年的老君爷紫檀头像献出来了。当年，我六舅和一帮造反派小子砸了老君庙，几个人把老君爷塑像搬到院子里要劈了烧，一个革命小将一斧子下去把老君爷头像砍下来，老君爷头像骨碌碌滚好远，老爷君的身子被扔在火里烧。说也怪，砍老君爷的小将被自动弹跳的斧子砍伤了脚，用火烧老君爷的小将被扑面而来的火球烧着了，火球追着那小将跑。一帮革命小将吓得全都没了魂，我六舅到家吓得话都说不成句，在他结结巴巴的叙述中，石榴还是明白发生了什么事。石榴赶去把老君爷头像收了，用红绸包裹好，偷偷藏了。那个砍老君爷头像的小将后来烂了一双脚，成了跛子，跛子在老君庙重建之后来到庙里，做了虔诚的信徒。那个被火球追赶的小将因为惊吓和烧伤，不久就丢了小命。我六舅那次一连好多天高烧不退，还是石榴在家里偷偷地给红绸包裹的老君爷头像烧香祷告，才逃过一劫，我六舅自此也吓破了胆，收了胡作非为的心。

  那天，为老君爷安放头像的祭奠仪式惊动了四邻八乡的信徒，也惊动了整个马家寨的人，老君庙前香火旺盛，人头攒动。石榴手捧老君爷头像，神色格外庄重，她在万人瞩目之下，虔诚叩首，将老君爷头像交与清心道人之手，由清心道人把老君爷头像归位。当年的那块红丝绸完好无损，老君爷头像完好无损。相传，老君爷头像是唐太宗年间刻塑的，深红圆润的紫檀木泛着幽光，飘着清香。老君爷秀目大耳，前额饱满，须髯飘飘，眉目慈祥，恍若真人。

石榴成了接生婆

石榴生的十九个孩子,没一个是接生婆接生的。她婆家奶奶在世时,老人帮她接生。她奶奶不在了,她就自己想办法把脐带弄断了,用剪刀剪的,用秫秸篾子割的,用烂碗琉璃瓶碎片划的,还有自己用嘴巴咬的,小麦也是她接生的,都活下来了,没一个因破伤风而死掉。是说久病成医呢,是说无师自通呢,还是熟能生巧呢?石榴后来成了马家寨方圆几十里有名的接生婆。

那时候,接生的主要工具就是一把剪刀,石榴把剪刀在锅里煮一下,或者在火上烧一下,或者拿地瓜烧酒浸泡了,就算消了毒。生孩子的人家家里有自行车的,男人骑着自行车来驮她,没自行车的,多是满头大汗地跑来,有婆婆来,也有男人来。生孩子不分时辰,白天还好,最怕半夜,最怕坏天气,大风大雨大雪天。怕也没用,人家来请呢,性命关天呢。

石榴说,也遇到好多惊险。顺产的好说,遇到站把子可真麻烦啦。顺产的是胎儿头先从娘体里钻出来,站把子是胎儿屁股先出来,或者是两只脚先出来,最麻烦的是一只脚先出来,胎儿卡住,一会工夫就憋死啦。也有笨女人,只知道叫唤喊疼,劲用不到正经地方。马家寨前街王三刀家的女人,哭天喊地嚎了两天两夜,嚎得自己浑身没力气,摸着宫口都开八九指了,愣是生不出来。石榴伸手去摸,摸到胎儿的一只脚出宫口了,石榴吓出一身冷汗,是最难缠的站把子。她稳稳神,一只手轻轻地按压着女人纸一样薄的肚皮,一只手伸进去,轻柔地顶住婴儿的脚,慢慢地往回放,直到婴儿的两只脚放回去,放平了,她才松了口气,又加倍小心地抓着胎儿的两只脚,慢慢往外拽,拽出来一个丫头,她婆婆的脸一下子拉老长,也不伺候了,一腚坐到地上捋着脚脖扯着嗓子哭爹叫娘地嚎。石榴忙着用剪刀剪脐带,脐带留了半尺长,用棉线绑住了,那时候,怕感染,脐带都留得长。包好了丫头看着女人的肚子还鼓着,伸手进去一摸还有一个,女人嚎得早没一点力气啦,石榴喊着使劲她一点劲也使不出来。使劲,使劲,你他娘的就当拉巴巴一样使劲!你他娘的跟男人欢腾时的劲头哪去啦!石榴那次也吓坏了,双胞胎她还是第一次遇着,等了半袋烟的工夫,肚里的那个还是没动静。她用手在女人肚皮外轻轻按揉,她伸手进去摸了,第二个也是站把子,是臀位,屁股朝外,她小心着把胎儿慢慢做了内倒转,把胎位调正了。说起来容易,做起来真难,是在女人肚子里做文章呢,看不见,虽说摸得着,也和盲人摸象差不多,轻重缓急都全靠感觉,使大了劲怕伤着胎儿,使不上劲又怕耽误了,性命关天的事,得加一百二十个小

第五章 生命是一场生死轮回

心。谢天谢地,第二个也给她拽出来了,是个男孩,大人孩子都平安。婆婆立马不嚎了,马蜂蜇了一样从地上蹿起来,抱着孩子不撒手。是大冬天,石榴的一身棉袄棉裤都被汗水浸透了,脸上身上都沾着血水,一双手更是血水淋漓,石榴说,那次真是累瘫了,比自己生孩子都累,手脚麻木,头疼恶心,两天吃不下东西起不来床。

也有出事的。长顺堤村的一个女人,生产的时候,也是站把子,石榴费了大半夜工夫也没把胎位给正过来,胎儿憋死腹中,女人大出血,大人孩子都没保住。遇着难产的,到最后,石榴问,保大人还是保小孩时,要保小孩得多。石榴说,只有马家寨西头的黑三家,那婆婆才是好婆婆,男人才是好男人,婆婆男人都一口咬定保一个要保媳妇的命。婆婆说,媳妇娶进咱家门就是咱的人,没生到咱家的就是和咱没缘分。好心好报呢,她家孩子生出来浑身都憋紫了,死马当成活马医,石榴倒提了孩子,啪啪几巴掌拍在孩子的脚心上,孩子哇哇的哭声清脆又响亮。那孩子后来认下石榴当干娘,石榴的干儿子干女儿还有六个,都是她从阎王那里抢过来的。

石榴说,有一次,是夜里,去河南,过黄河故道,遇到了鬼打墙。来接她的男人在前面走,走到河滩中间不一会儿就不见了。前面出现了一个穿白衣裳的人影子,模模糊糊,有一尺多高,在她前面不远不近地走着。也不觉着怕,就跟着那影子走,走了大半夜,鸡叫了,白影子没有了,来接她的男人出现了，两个人才发现一晚上都在故道里打转转，遇到鬼打墙了。天明走到男人家，早耽搁了，大人孩子都死了。石榴后来听人说，这家人不是好人家哩，老的少的都是三只手，连邻居都不放过，缺德着呢。缺德，鬼都不放过。

死大人孩子的也没谁怨着石榴。石榴给人接生，不收人家钱财，主家感激，多半包了鸡蛋和红糖给她，也有送手帕头巾的，也有给她扯布料做褂子裤子的。后来，七八十年代，医院有专门管接生的了，家境好的都把产妇送了医院，还总有信着石榴的，总有不舍得花钱的，恭恭敬敬来请她。

石榴长一双柔若无骨的手。手掌厚实温软，十指细腻圆润，年老的时候，石榴的手仍然润滑洁白，手背上没有一粒老年斑，像刚出锅的白面馒头，柔韧，温暖。问她接生有啥诀窍，她说，黑灯瞎火的，黑咕隆咚的，不能钻进去看，不能打开了看，只能瞎子过河，摸索着来！要说诀窍，就一个，胆大心细！

石榴靠她那双手接生了多少孩子呢，问她，她说，不知道，总有百多个吧。走在街上，常听人喊，奶奶，您不记得俺啦？俺是东堤的王花袄；或者，俺是西堤的张棉裤，俺娘说，是您给俺接的生，起的名！

石榴说，屁股上有胎记的孩子，都是老鬼托生的。是老鬼身下的铜钱留的印记，老鬼才有棺材睡。老鬼托生的孩子，活的年纪大，长寿。

我的屁股上有一颗。石榴小时候，也是有的。

我是石榴接生的，我好多表姊妹也都是石榴接生的。麦芽不是，麦粒也不是。

舅爷

石榴最后一次回水门镇是在一九四五年。那年，我姥爷要娶小媳妇，石榴气不过，赌气挺着个大肚子回了她童年的水门镇。石榴坐在马车上哭了一路。到了，家已不是家的样子，看着废墟中面目全非的家，想着生不见人死不见尸的娘和哥，想着自己的命苦，石榴肝肠寸断。那是石榴十四岁离家后第一次回家，也是最后一次。

石榴的小哥，我该叫作舅爷的一个人，二〇〇八年从台湾回来的时候，已经老态龙钟了。当年，舅爷在洪水之后的逃亡途中，被抓了壮丁，参加了随军团，去了台湾，成为一名老兵。三十多岁才娶上媳妇，婚后一年多媳妇就身染重病，不治身亡，媳妇没能给他留下一儿半女。舅爷终生没再婚娶，不是不想，是娶不起，他和众多台湾老兵一样，只勉强靠微薄的终身俸养活自己，年老的时候，所得的俸禄更是杯水车薪，捉襟见肘的每一个日子，老人都在思念亲人的惆怅中度过。

舅爷回来的时候，一大家子人都失望得很。那么干巴巴

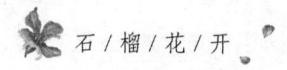

的一个老头，干巴巴的一点礼物都没有。没有礼物，晚辈的态度就有些冰凉冷漠。都以为台湾是天堂，都等着金银首饰呢。只有石榴和她哥亲，俩人哭了笑，笑了哭，说不完的话。

石榴的大烟袋

不知道石榴是啥时候开始抽烟的，好像从我记事起，就记得她手握那杆长长的旱烟袋抽烟的情形。她把烟袋锅插到烟包里慢慢地按上一锅烟丝，用手指抚平按紧实，再慢慢地划一根火柴点燃。有时候，她也在锅底和香炉上引燃。

夜晚，在她纺花织布的间歇，在她倚靠床头给我讲故事的时候，屋里没有灯光，只有那杆烟袋的火光忽明忽暗，只有石榴惬意的吞吐烟圈的声音在黑夜里啪嗒啪嗒响。有时候，石榴似乎很享受的样子，眯着眼，轻吐着烟圈，夜色在烟叶的缕缕清香里静谧安详。烟叶是石榴自己田里种植的，搁置久了，越发地香。有时候，石榴的烟也抽得狠，像和谁赌气似的，划火柴的动作也猛，烟锅磕在鞋帮上的声响也大，把我吓一个愣怔，把黑夜磕出一个窟窿。

石榴抽烟，从不和人借火，她嫌弃别人的味道。石榴不说抽烟说吃烟。吃烟也不说好孬，说软硬。软了，硬了，一上口，石榴就明辨秋毫。石榴不喜欢软烟，软烟绵绵的散发着草腥气，没味道。石榴也喜欢吃狗肉，吃狗肉她只吃黑狗肉。吃狗肉讲究一黑二黄三花四白，黄狗花狗白狗土腥气，败胃口，糊弄不了她。

曾经，石榴对种植烟叶做了最后的坚守，后来政府不让种了，石榴还一直坚持在自家院子里，在田间深处，偷偷种上几棵。没有烟叶可吃的时候，石榴也尝试着把我买给她的纸烟扒开了，把烟丝按到她的烟锅里。最终，因为软，没感觉，再好的纸烟都被石榴遗弃了。没旱烟可吃，石榴决绝地告别了她抽了大半辈子的旱烟袋，也决绝地拒绝了我买给她的任何纸烟。石榴戒烟了。

早年，我舅舅相亲的时候，石榴必不可少的规矩是未来儿媳妇得当着媒婆和一众人等的面，给她装烟锅。相亲不挂灯花，石榴不信那个邪。石榴说，不用看别的，只一眼就看透女人一辈子啦。三舅相亲时，一个姑娘，老门旧家的，门户也对，模样也周正，一锅烟半天装不上，泼撒得满地都是，划火柴的手抖得像筛糠，石榴硬是没答应。

石榴的烟袋是红玛瑙嘴，乌木杆，纯铜锅的，有一尺长，是她爹留下的，是她家的祖传。石榴的烟包也好，是鹿皮的呢，也是她爹留下的。这两样东西石榴都不用了，压箱底了。偶尔，会拿出来，炫耀一番，说是传家宝了。

曾经，好多次，我问石榴打双枪的事，石榴的回答总是轻描淡写的，不咸不淡的。她说，听人瞎说哩，哪有那么

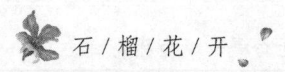

神！又说，枪倒是有过，是你姥爷从南京带回来的，乌黑的短手枪，死沉。有土匪那几年，石榴要姥爷教她打枪，姥爷不教，她就自己把手枪打响了。

也曾经，和石榴一起住的夜晚，问她，三十五岁守寡，就没再找一个？就没看上你的男人？石榴也是轻描淡写的，不咸不淡的，她说，找个啥？哪个男人愿意找一堆拖油瓶，找一堆累赘！事实是，不嫌的男人还不止一个，愿意入赘，愿意和她一起抚养孩子。只是，石榴难以启齿呢。生了那么一大堆孩子，子宫严重脱垂了，鲜红的肉肉漏出来，蹭在裆里磨破了，疼，也羞。石榴难以启齿，也羞于见人。

石榴心里的念想呢，她不说，我也不傻问啦。

晚年的时候，石榴不止一次地对我说，妮，我知道，人家说我八字硬，命硬，把家里人都克死了。

我逗她，那你就别死了，好好活给人家看！

不死，还能活成千年王八万年龟啊？

石榴嘎嘎的笑声把满地阳光摇曳成一地碎银子，把岁月摇曳成一支歌。

生命是一场盛大的生死轮回

多年之后，石榴过世的时候，我们都没怎么掉眼泪。石

第五章　生命是一场生死轮回

榴活了一百零一岁，是喜丧。重重叠叠的几世子孙，身着孝服，白花花一片，声势浩大的送葬队伍，嚎得声音都够大，嚎丧呢，却都没几滴眼泪掉下来。响器唢呐呜呜哇哇，吹的是《百鸟朝凤》，吹的是《花打朝》，草台班子一个嘴唇涂得血红的大嗓门女人，唱的是妹妹坐船头，哥哥岸上走。她的女儿只剩下了七个，其他的都走在了她前头。石榴临走前几天，只说老不死的，该死啦，阎王爷来和她商量，要她去那边了。那边娘等着，爹等着，她男人也等着，好多人都等着。石榴走得安详，睡过去没再醒来。我还是觉得难过，觉得人生短暂，人世渺茫。石榴院子里的大槐树，是她婆家奶奶栽下的，它还盛开着一树槐花呢，它还茂盛着呢。

小麦活了八十四岁，她的葬礼上，麦芽一身重孝，只是麦芽没像农村女人那样嚎丧。麦芽没有把屁股坐在地上，手捋着脚脖子，唱着哭，哭着唱。农村女人，嚎丧，唱得哭得都响亮。嚎丧，农村人有笑话说呢。儿媳妇哭公婆，哭的是心疼东西；儿子哭爹娘，哭的是真心实意；女婿哭丈母娘，哭的是老叫驴放屁。麦芽眼里也有泪水，麦芽就那么无声地流着泪水，尽着礼数，该有的规矩都有，该走的程序一样没落下。

小麦的葬礼我也是必定要参加的，是乡间礼数，也是为了麦芽，曾经，麦芽为了替我还债，倾家荡产。老了，也活明白了，和一个死人计较啥呢。活着见证了太多的死亡。我娘，我弟；马驹，鲜花，鲜花娘；七舅，四舅，九舅，七姨，九姨；七成，麦粒，我男人；玉英；庄邻；同学朋友家的老人；以及熟悉不熟悉的意外死去的人和寿终正寝的人；最终，还有石榴，还有小麦，还有我自己。小麦的葬礼上我也是流了眼泪的，为小麦，为大麦，为一切消失的生命，为一切活着的生命。生命是如此短暂，短暂到一生犹如一天。大麦水淋淋躺在大堤上的情景犹如昨天。生命是如此脆弱，生命又是如此坚韧。活着的艰辛和困顿，活着的侥幸和幸福都伴着泪水。痛苦的泪水，悲伤的泪水，欣慰的泪水，幸福的泪水。泪水洗刷了我们的生活，泪水也丰盈了我们的人生。

石榴的葬礼上，还出现了一个小插曲。棺材入土后，两个健在的舅妈都在坟前抓了一把黄土急着往家里赶。矮矮胖胖的八舅妈比六舅妈走得慢，她就一路小跑着，一路比鸡骂狗地骂。两个女人穿着孝衣，戴着孝帽，一身重孝，在街上厮打起来，两个人都滚成了泥母猪。唉，急着赶啥呢，说是谁先赶到家，谁家日子过得好。六舅妈女儿出嫁了，是绝户，她还是急着往家赶。幸亏只剩下两个了，要是都活着，还不定多热闹。

石榴的葬礼上，我心里没有悲伤，却忍不住泪流满面。生命是一场盛大的生死轮回。人伴着一声哇哇啼哭来到世间，以响亮的哭声开启了人生，是知道来人间走一趟不容易吗？人从一个混沌的世界懵懂而来，哪里就知道这一世的艰

第五章　生命是一场生死轮回

辛呢？一路的挣扎和彷徨，一路的苦难和心酸，哭着，笑着，笑着，哭着，能终老人生，能伴着浩浩荡荡的送葬队伍，伴着声势浩大的歌哭，回到另一个世界，也是一个功德圆满吧。

泪眼朦胧中，我依稀看见石榴两手撕扯着烧鸡，满嘴流油。

石榴说，妮，你买的烧鸡，香，好吃！

石榴声如洪钟。

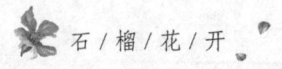 石/榴/花/开

跋：生命是一树繁花，写作是一场修行

春节之后，天一下子就暖了。我把一些发芽的大蒜种在了废弃的花盆里，不几日，鲜绿的蒜苗齐整整地长出了一茬。春天绽放在小小的花盆里，令人满眼愉悦，身心荡漾。

《石榴花开》是开在心间的一盆花，是孕育了整整十个春夏秋冬的一株石榴花。

小说动念是十多年前。我老公的发小，我该叫作四哥的一个人，是个老文艺青年，自己家族故事丰厚，忙于政务，又自谦文疏才浅，一遍遍地讲给我听，逼着我写。四哥的家族故事里"姥娘"是核心。姥娘是个有故事的女人。我在无数个白天和黑夜，被"姥娘"故事激动得热血沸腾、寝食不安。但怯于姥娘故事是个体量庞大的工程，怯于自己功力单薄，虽无数次蠢蠢欲动而又打了退堂鼓。直到五年前的春天，草长莺飞的四月，姥娘这个人物形象像一颗按捺不住的种子钻出地面，石榴的形象也随之呼啸而出，穿透我的胸膛。我

/ 跋：生命是一树繁花，写作是一场修行 /

知道，是该写石榴的时候了。不写出来，折磨的不再是讲述人四哥，而是我自己的懦弱。我用了大半年的周末和节假日走遍了鲁西南黄河故道的村庄，遍访八十岁以上老人。我婆家就是黄河故道岸边的一个村寨，我婆婆和我的大姑姐们都是会讲故事的人。她们身为黄河故道的知情人，她们十分乐意向我诉说她们记忆中的一切，她们道听途说的一切。经意不经意间，我蹲守在婆婆和老人们聚集的人堆里、麻将桌旁，听她们讲陈芝麻烂谷子的事。经意不经意间，饭桌上或者茶余饭后的话题都是我想要了解的过往记忆。这个长篇我也先后无数次采访了四哥和他的家人，三更半夜我心有疑问，也会操起电话刨根问底。他的父亲，我该叫叔的一个老人，有一天，我把他请到家里，听他唱完一整出的戏文《提高警惕》。这个八十多岁的老人，一人扮演多个角色，每个角色声腔动作都拿捏到位，每个角色的台词都一字不漏。叔说，为了给我说得完整，他一整夜都没睡安稳，一整夜都在逐字逐句地背戏文。这段《提高警惕》，是第二章《大麦小麦》的一个重要情节。当然，我也翻阅学习了不同版本的县志和史志资料。大半年的时间，笔记资料记了三大本。直到二〇一三年的十一月份，在一个冬日的深夜，我安静下来，坐在电脑前，开启了石榴人生命运故事。最初，我给小说的名字叫《故道》，初稿完成是在二〇一五年底。

《石榴花开》来源于四哥的家族故事，他的姥娘即是小说中的女主人公石榴原型；小说中的姥爷生活原型实为四哥的爷爷，是当时敌占区的区长，为了创作的需要，我把他们嫁接成了一家人。至于大麦小麦和鲜花，至于我那些舅和姨，至于麦芽等一众人等，他们生存于黄河故道这片土壤，他们都是鲜活的生命，是有血有肉的人，但他们必定也和石榴一样，不是生活中你见到的那一个。但可以肯定地说，她们都是有生活原型的。大麦小麦最初是我婆婆和大姑姐饭桌上的谈资，真正写起来，她们身上有了我姑姑的生活经历，也有了我童年伙伴母亲的影子。瞎子四舅的生活原型是我童年记忆里的说书人，神婆的生活原型是我童年闺蜜的姐姐，遭遇黄皮子的九舅生活原型是我童年伙伴的弟弟，三舅的生活原型是我勤劳智慧的父亲，麦芽的生活原型是我姐姐婆家的邻居。还是那句老话，写作来源于生活，又高于生活。从真实到虚构，表达的不仅仅是现实，而是超越现实。"虚构要先产生文学意象，这些意象帮你从真实走向小说。"生活中的发现都是支离破碎的，是一地散沙，就算是一地碎金子，也要写作者凭借丰富的想象力，凭借一颗慧心，去芜存菁，去串成与众不同的金项链。鲁迅先生说过，人物的模特儿也一样，没有专用过一个人，往往嘴在浙江，脸在北京，衣服在山西，是一个拼凑起来的角色。想象力是生活的翅膀，没有翅膀，生活归于平庸，写作最终也会归于平庸。一个好的写作者，应该像一个好的厨师，善于杂糅各种材料，呈现给人们一桌能调动人视觉、味觉的丰盛大餐，厨师呈现给人的是物质大餐，一个好的写作者呈现给人们的应该是一桌色香味俱全的精神盛宴。

《石榴花开》微信平台推送期间，就有好多文友问我，小说中的"我"是你吗？小说中的人物和故事，是你家族人物故事吗？面对如此问题，我不禁莞尔。哈，这其实是一个很大的命题，很难一句话说清楚。小说中的我，是我，又不是我；小说中的人物，有，也没有，但小说中每个人物的身上，都有我的寄托和心血，都有我深沉的爱。

当初创作这部小说，在架构上还真是颇费踌躇。乡村题材写家族故事的，已经有无数座高峰在，像《创业史》《白鹿原》、像莫言的红高粱家族系列，我一个无名之辈，难望其项背。如何能独辟蹊径，如何能推陈出新，如何找到一个适合《石榴花开》的架构，我也是困惑好久。我想写的是"姥娘"石榴和她子孙几代人的故事，石榴子女众多，几代人的命运故事，年代跨度比较大，写在一个故事里，人物多，头绪乱。这时候我想起李佩甫老师的一个短篇小说《画匠王》。《画匠王》是一个小村，里面写了黑孩儿、狗剩，写了国家教师李明玉、香叶和二拐子几个独立人物，又写了捉奸、捏蛋儿和菜园风波几个独立故事，看似各自为政，不相关联，读起来却浑然一体，没有散的感觉。《石榴花开》的架构是《画匠王》给我的启发，也是一些中外名著给我的启发。

《石榴花开》的架构也是石榴，这种果实本身的结构给我的启发。作为树木的石榴在黄河故道一带是极为常见的，农家小院多喜欢栽植几株石榴，既赏心悦目又有果实的丰收。石榴外形虽然是个多面体，但看起来浑圆，它色泽鲜艳，饱满美观。石榴籽粒繁多且晶莹多汁，一道道黄色的膜把籽粒分开，粒是甜的，膜是苦的。小说的结构正是"模拟"石榴的结构设计的，二者天然地貌合神似。像石榴的果实一样，石榴一家人口众多。《石榴花开》的叙述对象是石榴一家，包括石榴父母、公婆、丈夫以及她生养的十九个儿女和十九个里孙外孙。时间的回溯和前置，空间的交错和颠倒，人物的纠葛和事件的缠绕，都是一道道很好的"膈膜"，它既保证了家族成员的相对独立性，又把它们血脉贯通组织在一起，从而达到了个性和集体性的统一，一个个籽粒晶莹透亮，合起来又浑然一体。《石榴花开》的叙事结构被著名文艺评论家邵子华教授亲切地称为"石榴体"。

　　邵教授是这么说的：《石榴花开》继承了传统线性叙事的清晰和现代空间叙事的多变，巧妙地处理事实时间和叙事时间的关系，实现了时空意识的融合，创建了一种新型的叙事结构——"石榴体"。《石榴花开》是站在民间的立场上，以"我"的所见、所闻、所感引导叙事，采取内外视角交叉、多元叙事视角交织的个人化诉说——"我"既是石榴家族的成员，耳闻目睹了家族个体生命之间的爱恨恩怨与聚合离散,因而能够置身其中地感受、体验家族生存的艰苦卓绝的历史进程,从而清晰地揭示这个家族幽深的心灵秘史,同时,"我"又是故事的叙述人,心理的切近和意识的恣肆使"我"的叙事如一条心灵的河流,腾挪跌宕,铮铮淙淙,婉转流畅地表现石榴家族历史的生死沉浮,从而拓展出黄河平原上一个平民家族的深邃、醇厚的文化内涵,拥有了朴实而又凌厉的审美特性,《石榴花开》也因此达到了家族叙事的新高度。

石榴在整部小说中是核心,又是一条贯穿始末的轴线。哪一章都离不了石榴,就像瓜离不开秧,鱼离不开水。每一章故事都关联纵横又相对独立。石榴是小说中贯穿始终的主要人物,以"石榴"命名这个人物是大有深意的。作为植物的石榴本身,红红火火的花朵是好日子的盼头,籽实饱满的果实是多子多福的念想和寓意。作为小说人物的石榴,作者寄予了她美好的祈愿,石榴的命名对她的自性来说既是象征又是揭示。用邵教授的"石榴体"来解析,石榴在这部小说里是整个石榴家族的载体和包裹,她的子女和子孙是一粒粒石榴籽,大麦小麦是,瞎子四舅是,六舅七舅是,我和麦芽是,桐桐也是。

石榴家族经历了黄河决堤、千里饿殍、兵匪横行、情欲交祸的蹂躏,但是,我们听不到这个家族的呻吟,即使有败坏也不是轰然的倒塌。石榴家族基本的生命精神就是坚韧地活着,有尊严地活着。对待生死福祸,横竖都淡然处之。石榴以单薄身躯，负载着一串嗷嗷待哺的生命，经历千辛万苦，千难万险，到寿终正寝，期间九死一生。

　　创作《石榴花开》的初衷就是反映鲁西南黄河故道的文化，作为一个土生土长的单县人，有责任有义务去挖掘关于黄河故道更深层次的人文情怀。在这部小说中，我用地道的方言，用丰富的民间俗语，植根于鲁西南黄河故道醇厚的民间土壤，把黄河故道的风土民情，市井百相，民俗流远，人生况味，以及琐碎的生活场景和细枝末节，都描述得细致入微。我把单县牌坊、老君庙和浮龙湖等地理标志巧妙融合文中，使整部小说更具地域特色，既散发着浓郁的地域色彩，又彰显时代特色。《石榴花开》涵盖丰富，从风土民情、人文地理到对黄河故道人自强不息的人文精神的解读，对宣传黄河故道历史和文化，都有良好的品牌效应。

　　《石榴花开》微信平台推送期间，有的石榴粉说，读石榴是每晚最美时光，有的说是每天早晨睁开眼睛最迫切的期待。真诚地感谢亲爱的石榴粉们，你们默默的关注点赞转发，你们坦诚真挚的留言，都是对《石榴花开》最好的热爱。赞美鼓励，建议意见，也有批评挑剔。赞美鼓励给我克服战胜困难的勇气和信心，但我更看重的是后者。每一条建议意见和批评挑剔的留言我都认真考虑斟酌，能接受的我虚心接受修改，不能接受的我报以感恩之心。更有几位挚友，每一期都一字不落地精细阅读，从标点符号，到字词句，再到章节段

/ 跋：生命是一树繁花，写作是一场修行 /

落和谋篇布局，都给出了详尽细致的修改和指导建议。期间，有一直以来不离不弃的老同学老朋友，像老同学席慕藤和吕玉强，每一期都有一丝不苟的标点符号和字词句的修改。有一位年届七十的无名老者，每期文字都认真下载保存。还有因《石榴花开》有幸结缘的新朋友，河南的王贵友老师，每期都给出大段大段的真挚留言。马金章老师，身为小说大家，百忙中给第一章石榴通篇标注修改建议。还有远在天边的子午、海洋、旭日东升、陶舒、杨绪明、李皓教授……你们远在天边，又近在眼前。你们对《石榴花开》的爱，对文字和文学的爱，鼓舞了我，温暖了我，愿《石榴花开》也温暖了你们。

　　理所当然要感谢的，还有我的父母亲。他们在我房前屋后开垦的荒地上，种植着春天金灿灿的油菜花，种植着夏天的西红柿和脆黄瓜。秋天的小菜园里旺长着火红一片的朝天椒和一架架的丝瓜和眉豆，冬天里我从二楼的阳台上抬眼可见一地碧绿的菊花菜菠菜和蒜苗。一年四季经常抬眼可见的，是阳光里父母或悠闲或劳作的情景。小菜园愉悦了我的眼睛和味蕾，一生相守以沫勤劳节俭的父母才是我心中永远最美的风景。八十多岁的母亲记忆力尤其好，她一边跟我唱着"天皇皇，地皇皇，天上有个扫天娘。扫帚扫扫天，云彩躲到东南山。一早起来，呼啦晴天""树根深，树叶长，大树底下有神郎。啥样的神郎都不请，单请七姐六姐下天堂。不图你的针,不图你的线,单图你的七十二般好手段"的歌谣,一边跟我用高粱莛子和彩纸扎制了扫天娘娘和小仙女七姐六姐,母亲描画的小人儿眉眼之清秀让我和学美术的侄子都心悦诚服甘拜下风。

创作和家庭,如果非要选一个,我会选家庭。在爱和更爱之间选择割舍是残忍和痛苦的。好在我先生没给我痛苦选择的机会。他包容了我的不谙世事不会做饭不会女红。爱是让一个人自由舒展。我何其有幸,我在我的小世界里安稳地读书,做着不合时宜的文字梦。

微信平台的推送让我受益匪浅,鉴于此,我在小说结集成书之前,决定召开小说研讨会。感谢当下的新媒体工具,让我得以把《石榴花开》微信版本、QQ版本和原创版本都能发送到应邀来参加研讨会的各位领导、各位专家、学者、评论家和文友们面前。大家有备而来,对《石榴花开》给予了充分肯定,也给予了诚恳坦诚的批评和建议。还是那句话,我更看重后者,批评和建议,是打造精品的良药。

生命中的一切遇见都是缘分。《石榴花开》是长在黄河故道岸边的一株石榴树,是开在黄河故道岸边的一树石榴花,是从黄河故道历史深处走出来的有着旺盛生命力,有着自强不息精神的一代代女人。她们生活的土壤也许贫瘠过,艰难困苦过,但她们的今天,是石榴花开别样红,是累累硕果,她们在金秋十月的和煦阳光里,在黄河故道,在浮龙湖畔,风韵妖娆，仪态万方，吸引着四海来宾，八方游客。

爱和感恩是生命中的阳光雨露。爱，是生活的源泉，是创作的源泉，是生命的源泉。

耿雪凌

2018年冬月

石榴花开一年年

为单县女作家耿雪凌长篇小说《石榴花开》而作

1=D 4/4 ♩=65

杜寒风词曲
温 馨记谱

6 i2 i76 65 4535 | 6 - 6i 656 | 2 i765 5. | 6 i766 - - |

| 6 66 765 6 | 6 5243 - | 36 6765 32 | 1232 i75 6 |
石榴　花开一年　年，年年　花瓣红艳　艳。
石榴　花开一年　年，年年　花瓣红艳　艳。

6 - 6221 2 | 3. 56 2 2 6 | i. 76 33 2 | i. 76 765 6 |
黄河　故道　娘　养　我，
浮　龙　湖畔　娘　疼　我，

53. 3 6i 656 | 2 i 66 - | - 0 6 i23 32 |
槐　下老屋升炊烟。　　多少离来
庙　旁戏台睹芳颜。　　多少醒来

i. 7 6 765 6 3 - | 6 656 2. 1 | 2 56 3 - | 3. 367 65 3 |
多少　合，多少愁来多少　欢，娘的小　曲
多少　梦，多少苦来多少　甜，娘的教　诲

2 35 3 23 1 65 6 | 3. 5 i 2 35 | i 2i 6 - | 66i 6532 - |
歌　一　篮，多子多福德配天，
灯　一　盏，多子多福寿绵延，

22i i65 6 - : | 66i 76. 5 | i 76. 7 6 756 | 53. 3 - 0 |
　　　娘的教诲灯　一　　　盏。

6. i23 2i 6 | i. 656 3. 0 | 36 i23 2 i2 | 2 - 5. i |
多子多福寿绵延，多子多福寿　绵

i 6 - - | - - 6 - 0 0 ||
延。

314

石榴花开

刘继锋 作词
李少卿 作曲

1=♭E 4/4
♩=80 优美抒情地

‖: 6 7 1 2 4 3 3 3 | 2 1 7 1 5 5 - | 6 7 1 2 3 5 2 2 | 2 5 1 2 2 3· |
微风 吹拂 着麦浪， 轻轻 地摇摆， 黄河 故道 的原野， 鲜花 正盛开；
春风 沐浴 着阳光， 自由 又自在， 老一 辈人 的故事， 讲了 一代 代；

3 6 6 5 3 2 1 2 2 | 2 1 2 3 3 2· | 2 2 1 2 3 5 5 5 | 5 3 5 1 6 6 - :‖
浮龙 湖畔 芦苇荡， 百鸟 唱天籁， 火红 的石榴花 开， 是我 的最爱。
远处 蔚蓝 天空下， 心随 梦同在， 一排 排土屋草 房，

[2.
5 3 5 6 6 6 - | 3 6 6 5 6 6 - | 1 6 5 6 2 3· | 2 2 2 1 2 3 6 6 |
连着 花的海。 石榴 花儿开， 朵朵 惹人爱， 一望 无际 的美景，
石榴 花儿开， 每朵 都是爱， 万紫 千红 的风景，

6 5 6 5 6 2 3· | 3 6 6 5 6 6 - | 1 6 1 2 2 1· 1 | 7 7 7 6 5 3 3 3 |
铺成 红的海； 石榴 花儿开， 绵延 云天外， 冬去 春来 只为这，
一路 都精彩； 石榴 花儿开， 花香 醉心海， 年复 一年 只期待，

结束句
1 7 6 5 6 6 - :‖ 7 7 7 6 5 3 3 3 | 1 7 6· 5 6 | 6 - - - ‖
心灵 的等待。 D.C.年复 一年 只期待， 美好 的未 来。
美好 的未来。